KB054633

김태영 著

108

선도체험기 108권을 내면서

Preface

필자가 선도 수련을 시작한 것은 코리아 타임스라는 영자신문사에 근무할 때인 1986년 1월 20일부터니까 어느덧 28년이라는 세월이 흘러가버렸다. 그리고 선도체험기가 나오기 시작한 것은 그로부터 4년 후인 1990년 1월 15일부터였으니까 24년이 되었다.

처음에는 단전호흡, 등산, 걷기, 달리기, 관법 등 단순한 수행법으로부터 시작했지만, 유교, 도교, 불교, 기독교, 선단원, 오행생식원, 관세음 관법, 수선재, 물 따로 밥 따로, 현묘지도, 몸살림 운동, 알즈너, 우주초염력, 증산도로부터 그들 특유의 수련 기법들을 습득하려 했었다.

그러나 실제로 내가 이들로부터 배워서 현실적으로 이용할 수 있었던 것은 운사합법, 오행색식, 물 따로 밥 따로, 현묘지도, 몸살림 운동, 알즈너, 태을주 염송 등이고 이 일곱가지는 지금 실제로 이용하고 있다.

지금 내가 여기서 말하고자 하는 것은 지난 4월 23일부터 새로 시작한 태을주 염송이다. 나는 내 능력으로 익힐수 있는 이 세상의 어떠한 기법이나 방편이든지 수행과 건강에 도움이 된다면 그것이 누구의 것이든 차별 두지 않고 지체없이 이용하자는 것이 내 소신이다.

그러한 내가 얼마 전에 우연히 텔레비전 프로를 고르다가 만난 STB 방송을 통하여 증산도 도전道典을 알게 되었다. 4월 24일에 도전을 구입하여 읽기 시작했는데. 나도 모르게 책 속에 몰입한 삼매지경 속에서 1500쪽이나 되는 것을 33일 만인 5월 26일에 다 읽었다.

이 책을 읽는 동안 상제님의 가르침대로 태을주를 염송하기 시작했다. 그런데 놀랍게도 염송 즉시 강한 기운을 느꼈고, 16일 만인 5월 9일부터 심한 명현반응과 함께 기몸살이 엄습해 왔다.

이로부터 37일 동안 나는 병석에 눕지만 않았을 뿐 계속 오싹오싹 기몸살을 하면서 겨우겨우 일상생활을 유지할 수 있었다. 그러다가 6월 16일에 기몸살은 물러갔다. 그전보다 힘도 나고 몸이 한결 더 가벼워졌다. 기적 같은 일이 아닐 수 없었다.

나는 자신감을 갖고 그동안 삼공재에 나오는 수련생 중에서 병원에서 고치지 못하는 난치병을 앓고 있는 두 사람에게 태을주 염송을 권해보았다. 다행히도 이들 두 사람은 내 말을 듣는 즉시 열심히 태을주를 염송하자 병세에 현저한 차도를 보이기 시작했다. 그들은 지금 도전을 구입하여 열심히 읽으면서 태을주를 꾸준히 암송하고 있다.

과연 주문을 읽는 것만으로 난치병을 고칠 수 있을까? 아무래도 현대 교육을 받은 지식인이 듣기에는 미신 같은 소리가 아닐 수 없다. 그러나 사실이 그러한데 무슨 구구한 설명이 필요하겠는가? 안경전 역주 환단고기 신시본기 주註에는 다음과 글이 나온다.

'주문呪文은 인간의 마음과 신의 마음을 소통하게 하고 대자연의 생명과 인간을 조화시켜준다. 영어로 만트라(mantra)라 하는데, 이 말은 산스크리스트에서 유래하였다. 어원으로 보면 만(man)은 '생각', '마음'을 뜻하고 트라(tra)는 '해방하다', '자유롭다'는 뜻이다. 따라서 만트라는 물질적인 영역에서 마음과 생각을 자유롭게 하고 초월하게 하여 신과 인간이 하나가 되게 하는 마음의 도구라는 뜻이다.

주문의 효력이 발동하려면 여러 가지 측면이 조합되어야 하지만 그 중에서도 주문의 신권神權과 화권化權을 열어주는 스승의 권위가 가장 중요하다. 스승의 은혜와 축복을 내려 받아야 주문의 기운이 제대로 열리기 때문이다.'

나는 1992년경에 어떤 사람이 증산도 도전을 한 권 선물하기에 읽어보기는 했지만 별로 감동을 받지 못하여 덮어 둔 일이 있었을 뿐 증산도와 아무 관계도 없는 사람이다. 22년 전에 내가 읽었던 도전은 요즘 읽은 도전과는 현저하게 달랐던 것 같다.

그러나 태을주 체험을 한 후부터 증산도를 보는 나의 태도는 달라졌다. 어떻게 달라졌을까? 궁금하면 선도체험기 108권 차례 중에서 '도전과 태을주' 및 '기성 종교와 다른 점' 항목을 읽어보기 바란다.

도전을 펼쳐보면 태을주太乙呪 원문이 전면에 나오는데 순전히 낯선 한문으로만 되어 있다. 옥편에서도 찾기 어려운 한자여서 대원출판사에 전화를 걸어 직원 아가씨의 도움으로 발음을 알 수 있었다.

도전을 처음 읽는 독자들을 위해서 나는 다음과 같이 한글로 적어 보았다.

태을주太乙呪

훔치, 훔치,

태을천太乙天 상원군上元君

훔리치야 도래都來

훔리함리 사파하.

선도체험기 독자들은 모두가 마음이 바르고 착하고 지혜로울 것이므로 우주 의식인 하느님과 마음의 주파수가 비슷하여 곧 공감대를 이루게 될 것이다. 태을주는 하느님과 사람을 연결하는 다리 역할을 해주는 것 같다. 독자들 중에 혹시 괴질怪疾이나 난치병難治病으로 고생하는 사람은 밑져야 본전이다 여기고 태을주를 염송해 보기 바란다.

그러나 태을주에는 이 우주내의 모든 약기운이 농축되어 있다고 하니, 이왕이면 다홍치마라고. 몰아沒我의 경지에 들도록 열심히 그리고 진지하게 염송해보기 바란다.

이메일 : ch5437830@kornet.net

단기 4347(2014)년 6월 18일

강남구 삼성동 우거에서 김 태 영 씀

차 례

Contents

[이메일 문답]

[부록]

명분 없는 철도 파업

2013년 12월 30일 월요일

우창석 씨가 말했다.

"선생님, 오늘이 지난 12월 9일, 철도 파업이 시작된 지 22일째인데 역대 어느 때보다도 가장 길게 끌어오고 있습니다. 국민들의 교통 편의를 위하여 114년 전에 한국에서 시작된 철도가 지금은 도리어 국민들의 교통 편의를 가로막고 있습니다. 이 지루하게 계속되고 있는 철도 파업이 성공할 수 있을까요? 선생님께서는 어떻게 생각하십니까?"

"이번 철도 파업은 틀림없이 실패하고 말 것입니다. 파업이 실패하지 않으면 나라가 망해버리고 말 것이니까요."

"왜 그렇게 생각하십니까?"

"우리나라 412개 공기업의 총 누적 적자가 500조이고, 철도 노조원의 평균 연봉이 6,700만 원으로서 미국 동급의 3분의 2 수준입니다. 미국의 국민소득이 우리의 2배이니 그 연봉이 얼마나 많은지 잘 말해 주고 있습니다.

우리나라 공기업 1호라고 할 수 있는 철도의 총 누적 적자만도 17조 6천억 원인데도, 연평균 5.5%의 임금 인상에, 해마다 1천억 내지 3천억이 상여금으로 지급되고 있습니다. 그래서 한국의 공기업을 신

神도 부러워하는 직장이라고 말합니다. 이러한 방만한 공기업 운영으로 발생하는 적자는 순전히 국민의 혈세로 메꾸어지고 있으니 계속 방치할 경우 어찌 나라가 망하지 않을 수 있겠습니까?"

"그럼 그동안 역대 정부는 이것을 바로 잡지 못하고 무엇을 했습니까?"

"김대중, 노무현, 이명박 정부가 나름대로 이를 시정하려고 노력을 기울여보았지만 자기들의 철밥통을 지키려는 노조가 하도 철옹성 같은 방어벽을 단단하게 쌓아왔고, 낙하산 인사라는 고질적 병폐가 누적되어 아무도 선불리 손을 댈 수가 없었고 손을 댔다가는 파업 때문에 늘 실패를 거듭해 왔습니다."

"그럼 선진국들에서는 이런 경우 어떻게 대처해 왔습니까?"

"민영화를 하거나 민영화가 어려우면 동종 공기업을 쪼개어 경쟁을 유도함으로써 방만 경영을 극복해 왔습니다."

"그럼 우리도 그렇게 하면 되지 않겠습니까?"

"왜 그렇게 해보지 않았겠습니까? 민영화와 공기업들끼리의 경쟁을 유도해 보았지만 철도노조의 철밥통 챙기기 파업으로 모조리 실패하여 온 것입니다. 그러다가 박근혜 정부가 이번에 큰 맘 먹고 마치 치외법권 지대처럼, 외국에서는 20년 전에 이미 용도 폐기된, 경쟁 없는 지극히 비능률적인 사회주의적 경영 체제가 깊숙이 뿌리내린, 한국 공기업의 국영체제의 하나인 한국철도를 상대로 개혁의 칼을 빼어든 것입니다."

"박근혜 정부는 과연 성공할 수 있을까요?"

"당연히 성공할 것입니다."

"왜 그렇게 생각하십니까?"

"그럴 사연이 있습니다."

"그 얘기 좀 해주시겠습니까?"

"그러죠. 이명박 전 대통령은 자기 임기 내에 전임 정부에 의해 계획된, 일부 행정기관들을 세종시로 옮기는 사업을 중단시키고 그 대신 교육 또는 산업 도시로 육성하려고 시도한 일이 있었습니다. 원래 충청도 표를 의식하고 충청도 안에 행정수도를 만들 것을 공약하고 16대 대선에서 당선되는 재미를 본 후 이 일을 추진한 것은 노무현 전 대통령이었습니다.

그러나 그때도 반대 여론이 만만치 않았습니다. 세계적인 추세가 수도를 쪼개어 분산시키기보다는 하나로 합쳐서 능률을 올리자는 것이었기 때문입니다. 대통령이 되기 전부터 행정수도를 반대하여 온 이명박 대통령이 취임하자 그 취지를 본격적으로 실천하려고 했습니다. 국민여론도 이에 호의적이었습니다.

그러나 그는 뜻하지 아니한 복병을 만났습니다. 같은 한나라당 내의 친박 진영과 그 수장인 박근혜 의원의 완강한 반대에 부딛친 것입니다. 노무현 치하의 국회에서 야당이었던 한나라당이 여당과 함께 세종시 건설에 합의해 놓고 나서 이제 와서 그 약속을 깰 수 없다는 것이 명분이었습니다. 결국은 박근혜 의원의 끈질기고도 완강한 반대로 행정수도 폐지는 무산되고 말았습니다.

나는 그때 정치인은 아니지만 한 사람의 국민의 자격으로 외국에서는 이미 비능률적인 것으로 판명난 수도 쪼개기를 반대했습니다. 여론도 그녀의 편이 아니었건만 한번 한 약속을 깰 수 없다는 그녀의 끈질긴 고집과 명분에 진절머리를 내기도 했었건만 그녀는 끝내 자기 소신을 관철하고 말았습니다.

철밥통을 지키자는 집단 이기주의 외에는 아무 명분도 없는 철도노조가 공기업의 방만한 개혁으로 국가를 도산 위기에서 건져야 한다는 뚜렷한 명분이 있는 박근혜 대통령을 이길 수 있다고 보십니까?

세종시 이전 때는 국민여론도 이전 반대가 다수였지만 이번 철도 파업에는 여론도 등을 돌리고 파업 이탈 조합원이 30%면 파업은 동력을 잃게 되는데 이미 26%에 도달했으므로 성공할 리가 만무합니다."

"철도노조는 민영화를 질색을 하는데, 과연 민영화는 그렇게 나쁜 것입니까?"

"노조가 민영화를 반대하는 것은 경쟁을 싫어하는 게으름 때문입니다. 그래서 벽지의 어느 철도역은 하루 종일 승객이 10명도 안 되는데 역장이 한 명, 부역장이 2명, 직원이 10명이나 일하고 있는 형편이니 적자가 눈덩이처럼 늘어나지 않을 수 있겠습니까?

우리나라 공기업 중에서도 포스코와 KT는 이미 민영화가 되어 잘 운영되고 있지 않습니까?"

"그렇고말고요."

그러나 내 예상대로 이날 오후 늦게 철도노조는 국회의원 김무성

박기춘 의원의 중재로 22일 만에 파업을 철회했다. 이로써 박근혜 정부의 이른바 공기업의 방만 운영으로 야기된 '비정상의 정상화 작업'에는 일단 청신호가 켜지게 되었다. 역대 정부가 해결하지 못했던 전두환 전 대통령의 추징금 문제를 해결한 박근혜 정부의 능력이 이번에도 성공을 거둔 것이다.

이스라엘식으로 살기

우창석 씨가 말했다.

"선생님, 저는 최근에 조갑제 기자가 쓴 『이스라엘식으로 살기』(조갑제 닷컴 간행, 전화 02-722-9411~3)라는 책을 읽고 많은 감동을 받았습니다. 혹시 그 책을 읽어보셨습니까?"

"네, 읽어보았습니다. 그 책은 조갑제 기자가 이스라엘을 여러 차례 방문하여 그 나라의 구석구석을 샅샅이 살펴보고 라빈 수상을 비롯한 명사들을 직접 인터뷰하여, 그야말로 머리가 아니라 발로 쓴 역작입니다. 나 역시 그 책을 읽고 깊은 감명을 받았습니다."

"어떤 점이 특별히 인상적이었습니까?"

"나는 지금까지 1948년에 식민지에서 독립한 나라로서 산업화와 민주화에 성공하여 원조를 받던 나라에서 처음으로 원조를 주는 나라가 된 것은 세계에서 대한민국이 처음인 줄 알고 속으로 다소 우쭐했었는데, 이 책을 읽어보고는 전연 생각을 달리하게 되었습니다."

"어떤 점으로 생각을 달리하시게 되셨는지 말씀해주시겠습니까?"

"나는 지금까지 많은 나라들이 한국의 기적적인 발전을 부러워하고 한국을 벤치마킹하는 것을 자랑스러워했었는데 그게 말짱 다 허세에 지나지 않았다는 것을 알게 되어 국민의 한 사람으로서 나 스스로 좀 더 겸손해야겠다는 생각을 하게 되었습니다.

가장 뼈아프게 생각한 것은 이스라엘인들은 2000년 동안이나 온 세계를 떠돌면서 유랑생활을 하다가 2차 세계대전 때는 나치 독일의 독재자 히틀러에게 무려 600만 명이 대량 학살을 당한 일이었습니다.

그런 일을 당하고 나서야 유태인들은 자기들의 생명을 지켜주는 것은 자기네 국가뿐이라는 것을 절실하게 깨닫고, 영국의 주선으로 중동의 파레스타인 사람들이 살던 땅에 이스라엘을 건설한 후 지금까지 네 차례에 걸친 중동 전쟁을 전부 승리로 이끌었습니다.

인구는 건립 초기 겨우 500만으로서, 2억의 인구를 가진 아랍국들을 상대로 건국 후 내내 지금까지 우리와는 비교도 안되게 위험하고 긴장된 삶을 살아오면서도 경제 자립을 이룩하고 우리가 성취하지 못한 막강한 자주 국방력을 배양하고 있다는 점을 분명히 주목해야 될 것입니다.

더구나 우리가 미국과 유엔의 도움으로 북한의 남침을 격퇴하고 나서, 산업화를 이룩하던 시기인 이승만, 박정희 차하에서는 이스라엘처럼 굶주린 늑대같이 싸우면서 건설하는 위험하고 긴장된 삶을 살아왔지만 민주화가 이룩되는 1990년대 무렵부터는 이스라엘과는 달리 국방은 미국에 외주를 준 채 차츰차츰 살찐 돼지와 같은 안일한 생활을 해 왔다는 겁니다.

다시 말해서 이스라엘은 지금은 700만으로 늘어난 인구지만 3억 인구를 가진 적대국들에 둘러싸여 있으면서도 네 차례의 중동 전쟁에서 전승 기록을 세운 자주 국방력을 달성한 후 항상 아랍국들을 꼼짝 못하게 제압하고 있다는 것입니다.

그러나 우리나라는 우리의 적인 북한의 2,400만 인구보다 배가 넘은 5천만 인구에, 국민소득은 북한의 1,000달러에 비해 2만 5,000달러로서 무려 25배나 되지만 아직도 자주국방을 달성하지지 못하고 미국에 국방을 의존하고 있습니다.

그리고 미국, 일본, 러시아, 이스라엘 등은 연간 예산의 8 내지 9%를 국방력에 할애하고 있지만 한국은 겨우 연간 예산의 2.8%를 쓰고 있을 뿐입니다. 더구나 북한은 핵과 미사일, 장사정포 등을 남한 요지에 겨냥하고 계속 위협하고 있는데도 우리는 아직 핵을 소유하지 못하고 있습니다.

결론적으로 말해서 북한은 굶주린 늑대가 되어 살찐 돼지가 되어버린 우리를 잡아먹으려고 호시탐탐 노리고 있는 형국입니다. 우리는 언제까지 살찐 돼지가 되어 굶주린 늑대의 먹이감이 되어야 하는가 반성하고, 겨자씨만한 애국심이라도 있는 사람이라면 당연히 발분하여 우리도 북한에 대하여 이스라엘식으로 대처해야 한다고 봅니다.

이스라엘과 이 나라를 둘러싸고 있는 아랍 여러 나라들은 마치 곰 한 마리가 불개미 한 마리에게 꼼짝 못하게 제압당하고 있는 형국입니다. 이스라엘 사람들은 한국의 경제력을 부러워한다지만 한국인은 그들의 자주 국방력을 탐내지 않을 수 없습니다.

한국은 북한에 비해 경제력과 인구는 막강하지만, 미군 없이 우리 단독의 군사력으로는 북한을 압도하기는커녕 도리어 그들에게 협박

당하고 있습니다.

어떻게 하면 우리도 군사력으로 북한을 압도하여 이스라엘이 아랍 여러 나라들을 제압하듯, 북한을 꼼짝 못하게 만들 수 있을까? 또 어떻게 해야만 우리나라의 안전을 보장할 수 있고, 북한의 위협에서 벗어나 그들을 효과적으로 관리할 수 있을까? 그 해답을 나는 이 책에서 찾았습니다.

저자는 말합니다.

'위험하게 살아라. 그것이 잘사는 길이다. 국가 지도부는 무서운 자주국방 의지로 무장하고, 장교들은 [돌격 앞으로] 대신 [나를 따르라]고 명령한다. 영웅적 국민들은 위험하게 살면서도 행복도가 세계 최상위권이다.

남에게 당하기만 하던 민족이 단결하여 국가를 건설하고 싸우면서 일하고 일하면서 싸워서 번영과 자유를 누리게 되는 이야기는 세계사의 가장 감동적인 역전逆轉 드라마이다.

베니스와 신라, 1948년 이후의 한국과 이스라엘이 그런 나라이다. 그런 나라와 그런 나라를 만든 사람들의 당당하고 치열하게 살아가는 모습은 존경스러울 뿐만 아니라 아름답다.

한국인이 이스라엘에서 가서 특히 감명을 받는 것도 그러한 동병상련同病相憐의 감수성을 공유한 때문일 것이다. 한국은 일제 식민통치, 분단, 전쟁을 극복하고 민주적인 경제강국을 건설했다. 이스라엘은 2000년 동안의 유랑생활과 나치에 의한 600만 유태인 학살을 딛고 선 나라이다. 건국 후 네 차례의 전쟁을 외국의 도움 없이 승리로 이긴 자주 국방의 나라이다.

민족집단이 사느냐 죽느냐의 생존 문제를 놓고 사투死鬪를 벌이면 엄청난 에너지가 발동된다. 살아남으려는 몸부림은 상상을 초월하는 성취를 이루는 경우가 많다. 그러나 닮은꼴이던 한국과 이스라엘은 1990년 무렵부터 달라지기 시작하였다.'

이 책에는 이스라엘 지도부, 이스라엘 비밀 핵개발 비화, 이스라엘 군대 연구, 이츠하크라빈의 삶과 죽음 같은 항목들이 있지만 이 책의 마지막 항목인 '이스라엘식으로 산다는 것'이라는 항목에 나오는 '이스라엘 같았으면…'이라는 소항목에 내 의견을 가미하여 '한국이 이스라엘이라면…'으로 바꾸었습니다.

한국이 이스라엘이라면

한국이 만약 이에는 이, 눈에는 눈으로 보복하는 이스라엘이라면 김신조가 속했던 북한의 124군 부대에 의한 1968년 1월 21일 청와대 기습공격 후 김일성은 지체없이 암살되었을 것입니다. 그리고 아웅산 테러, KAL 기 폭파 사건 발생 즉시 그 책임자인 김정일은 황천객이 되었을 것입니다.

한국이 이스라엘이라면 군대에 안 간 대통령과 총리는 한 해에 40일 동안 예비군 훈련을 받았을 것입니다.

한국이 이스라엘이라면 천안함 폭침 사실이 알려진 직후 북한 잠수함 기지를 폭격하였을 것입니다. 또 2010년 11월 23일 연평도 포격과 동시에 수도권을 기습공격 할 수 있는 북한의 미사일과 장사정포 진지를 예방적으로 선제공격, 초토화시켰을 것입니다. 기습을 허용한 뒤에 반격을 하는 소극적인 전략은 한국이나 이스라엘처럼 종심縱深이 얕은 곳에서는 패배를 자초하는 길이기 때문입니다.

한국이 이스라엘이라면 연평도 도발시, 사후에 북한이 재도발시 해안포와 그 지원부대와 지휘부를 응징한다는 것을 말로써가 아니라, 그 즉시 행동으로 북한의 해안포대와 지원부대와 지휘부를 폭격하였을 것입니다.

한국이 이스라엘이라면 북한의 영변 핵시설은 1990년대에 이미 폭격하여, 이란의 핵시설처럼 쑥대밭으로 만들어버렸을 것입니다. 어떤 사람은 그렇게 하면 제2의 한국전쟁이 일어났을 것이라고 말하겠지만 한국이 북한보다 강한 군사력을 유지하고 있는 한, 그리고 북한이 지금처럼 한국에 먼저 도발할 경우 중국이나 러시아의 지원을 받을 가망이 없는 한, 전면전은 일어날 수 없습니다. 이스라엘과 아랍의 현상황이 그것을 증명하고 있습니다.

한국이 이스라엘이라면 김일성의 남침을 부정하는 자, 천안함 폭침이 북한의 소행임을 인정하지 않는 자는 이적행위자로 그 즉시 감옥으로 보내졌을 것입니다.

한국이 이스라엘이라면 천안함 전사자 유족들이 울부짖는 장면들을 텔레비전 생방송으로 결코 내보내지 않았을 것입니다.

한국이 이스라엘이라면 우리의 군사기밀을 폭로한 정치인을 교도소에 처넣었을 것입니다.

한국이 이스라엘이라면 휴전 후 미군의 도움 없이도 능히 나라를 지켜내고, 오래 전에 통일까지도 성취했을 것입니다.

한국이 이스라엘이라면 북한에 억류중인 국군포로와 납북자, 정치범들을 엔테베 작전식으로 구출하였을 것입니다.

한국이 이스라엘이라면 어떻게 해서든지 핵무기를 벌써 개발하였을 것입니다.

한국이 이스라엘이라면 대북 무력 응징에 국민의 90%가 찬성하였을 것입니다.

한국이 이스라엘이라면 장군 출신 국회의원, 장관, 총리, 대통령이 숱하게 배출되었을 것입니다.

한국이 이스라엘이라면 북파 공작원을 영웅으로 대접하였을 것입니다.

한국이 이스라엘이라면 통합진보당과 각종 종북 이적단체들은 벌써 말끔하게 해산당했을 것입니다.

한국이 이스라엘이라면 군인들은 실탄과 총기를 휴대한 채 휴가를 갈 것입니다.

한국이 이스라엘이라면 지금보다 훨씬 더 많은 여자들이 군대에 들어갔을 것입니다.

한국이 이스라엘이라면 남파간첩 출신 미전향 장기수들을 북한에 무조건 송환하는 어리석음은 결코 범하지 않았을 것입니다.

한국이 이스라엘이라면 북한 세습독재정권은 1990년대에 벌써 철저하게 소탕해버렸을 것입니다.

한국이 이스라엘이라면 베이징에 특사를 보내 중국 정부에 '당신들이 북한의 핵개발과 대남 도발을 막지 못한다면 우리가 처리할 것이고, 북한의 핵시설과 잠수함 기지도 우리가 폭격하겠다'고 통고하고 그대로 실천하였을 것입니다.

한국이 이스라엘이라면 주적主敵개념을 삭제하고, 대북방송을 중단하고, 제주해협을 북한의 무장선박에게 열어주고 북한에 무조건 퍼주기를 하여 그 돈으로 핵무기를 개발하게 해 준 자들을 찾아내어 법적으로, 정치적으로, 사회적으로 단죄하고 매장했을 것입니다.

한국이 이스라엘이라면 국방비를 예산의 8%~9% 수준으로 올리고 공군기 보유대수를 북한보다 못한 지금의 250대에서 6백대 수준으로 강화할 뿐 아니라 더욱 더 첨단화하고, 해군력도 더욱 더 증강, 첨단화하여 북한이 서해 도발은 감히 꿈도 못 꾸게 만들었을 것입니다.

왜냐하면 적대적인 동족 집단을 포함한 국제사회에서는 이에는 이, 눈에는 눈으로 응징할 줄 아는 강자만이 살아남아 번영을 누릴 수 있기 때문입니다. 동족 집단이라고 해서 그들의 도발에 유화책을 쓰거나 퍼주기만 할 경우 계속 얕보이기만 하여, 살찐 돼지처럼 굶주린 늑대에게 언제까지나 물어뜯기기만 할 것이라는 것이 지금까지의 남북관계가 잘 말해주고 있습니다.

우리 민족이 분단된 지 2014년 현재 69년이 되었고 그동안 우리는 육이오를 겪은 후 갖은 방법을 다 동원하여 별별 수를 다 써 보았지만 북한과 협상으로만 통일을 한다는 것은 한갖 백일몽에 지나지 않는다는 것을 알게 되었습니다. 따라서 북한보다 40배 이상 강한 경제 규모를 가진 우리는 이스라엘처럼 막강한 군사력으로 북한을 계속 제압함으로써 김씨 왕조 스스로 핵을 포기하고 시장 경제를 수용하든가, 아니면, 정권 교체를 하든가, 그것도 안되면 스스로 무너지는 길을 택하도록 했어야 했을 것입니다."

"북한의 김씨 왕조 핵심 세력은 한국에 백기를 들기보다는 차라리 중국의 동북 4성省이 되는 길을 택할지도 모른다고 말하는 사람도 있습니다. 그럴 가능성은 없을까요?"

"김씨 왕조가 궁지에 몰리면 그럴 수도 있습니다."

"그럼 우린 어떻게 해야 합니까?"

"중국이 만약에 김씨 왕조가 스스로 망하기 직전에 그들의 요청을 받아들여 한국군이 진주하기 전에 한국과 사전 협의 없이 압록강과 두만강을 넘어 북한 땅에 진주한다면 어떻게 할 것인가? 그들을 쫓아내는 일은 순전히 우리 정부와 국민들의 통일 의지에 달려 있습니다.

서기 668년 나당羅唐 연합군이 백제와 고구려를 차례로 쓰러뜨리고 나자, 엉큼한 생각을 품었던 당은 고구려와 백제의 옛 땅을 차지하려는 야심을 노골적으로 내보였습니다. 이럴 경우를 대비하여 사전에 충분한 준비를 하고 있던 신라군은 당군과 당당하게 두번에 걸친 결전 끝에 당군을 패배시킴으로써 당의 야욕을 보기 좋게 꺾어버렸습니다.

그와 마찬가지로 우리는 패주하는 김씨 왕조의 요청으로 중국군이 압록강과 두만강 이남에 진주함과 동시에 이들을 우리의 육해공군으로, 신라군이 당군에게 했듯이 과감하게 격퇴해야 할 것입니다. 사태가 이렇게 될 경우 미국과 EU를 비롯한 유엔의 중재로 전투 행위는 일단 중단될 것이고, 중국은 명분도 실리도 없는 전쟁에 더 이상 휘말리려고 하지 않을 것입니다."

"요컨대 우리는 삼국을 통일한 신라 못지않게 주도적으로 모든 가능성에 대한 충분한 대비를 미리 해 두는 것이 필수적이군요."

"정확합니다."

신침神鍼

2014년 1월 4일 토요일

삼공재에서 수련이 끝나갈 무렵, 충북 보은군 속리산에 사는 박경수라는 50대 초반의 남자 수련생이 말했다.

"선생님, 상의드릴 일이 있는데 말씀 좀 드려도 괜찮겠습니까?"

"물론입니다. 그렇지 않아도 먼 곳에서 모처럼 오셨는데, 어서 말씀해 보세요."

"다른게 아니라, 제 이웃에 사는 사람들 중에 신침神鍼이라는 특유한 침술을 가진 사람이 있는데, 제법 소문이 나서 적지 않는 사람들이 찾아와 침을 맞고 효과를 보고 있습니다. 신령의 도움으로 그러한 능력을 갖게 되었다고 합니다.

그분이 제가 선도수련하는 것을 보고 그 신침을 전수받을 생각이 없느냐고 물어왔습니다. 까딱하면 신중神衆에게 접신당할 우려도 있고 하여 혼자서 걱정을 하다가 선생님께 의논해 보려고 이렇게 찾아왔습니다."

"박경수 씨는 선도체험기를 몇 권까지 읽었습니까?"

"지금까지 나온 106권까지 다 읽었습니다."

"그럼, 내가 운사합법신運思合法神에게 접신되어 고생했던 사연을 읽어 보았을 것입니다. 그때만 해도 수련 초기여서 나도 모르게 그런 일을 당했고, 그 일로 혼자 고생하던 중 한 도반의 도움을 받아 접신에서 벗어나, 그 신령을 내 마음대로 부릴 수 있게 된 전말 역시 선도체험기에서 읽었을 겁니다. 이 사실을 잘 알고 있는 박경수 씨는 내가 체험한 실수를 저지르지 않을 것이라고 생각합니다.

어떻습니까? 그때의 나처럼 신침 신령에게 접신당하지 않고 그 신령을 부릴 수 있는 자신이 있으면 그렇게 해도 됩니다."

"좀 더 생각해 보고나서 결정하겠습니다."

박경수 씨와 내가 대화하는 것에 유심히 귀를 기울이고 있던 한 수련생이 말했다.

"저도 선도체험기를 읽어서, 운사합법신 얘기는 알고 있었는데, 그럼 그 신령을 선생님은 지금도 뜻대로 부릴 수 있습니까?"

"그렇고 말고요."

"그런 초능력을 구사하는 신령에게 접신당하지 않고 평생 부릴 수 있으려면 어떻게 해야 합니까?"

"그 신령의 초능력을 개인의 욕심을 위해서는 절대로 쓰지 말아야 합니다. 사욕과 자만심이 개입한다든가, 그로 인하여 치부致富와 엽색獵色에 말려들면 반드시 그 신령에게 접신당하게 되어 있습니다. 내가 그 신령을 부릴 수 있는 자신이 있느냐고 물은 것은 이것을 확인하기 위해서입니다.

이 우주에는 사람들에게 도움을 주려는 수많은 유능한 신중神衆들이 있습니다. 이들의 능력을 이웃을 위해 유익하게 쓰느냐 아니면 순전히 자신의 사욕을 위해 쓰느냐 하는 것은 전적으로 당사자 자신의 성품, 인격 그리고 능력에 달려 있다는 것만을 명심한다면 걱정할 것은 조금도 없습니다."

"영안靈眼이 열리지 않은 저 같은 사람은 신령과 사람과의 관계를 잘 이해를 할 수 없습니다."

"어렵게 생각할 필요 없습니다. 사람과 신령과의 관계를 사람과 야생마의 관계와 비슷하다고 생각하면 됩니다. 말의 성질을 잘 알고 다룰 줄 아는 사람은 어떠한 말이라도 잘 길들여 유익하게 이용할 수 있습니다.

그러나 말에게 존경을 받기는커녕 도리어 깔보이면 그 말을 타고 가다가 말이 심술이 나서 갑자기 발작을 일으키면 말에서 떨어져 부상을 당할 수도 있습니다. 이런 불상사를 피하려면 말을 타기 전에 말을 관리하는 방법부터 잘 익혀야 합니다.

신령에게 접신이나 빙의를 당하는 것은 기수가 낙마당하는 것과 같습니다. 그 요령은 방금 전에 말한 바와 같이 훌륭한 성품과 인격과 능력을 배양하는 겁니다. 다시 말해서 내공內攻이 충분히 되어있는 사람은 말과 신령에게 존경은 받을지언정 얕보임을 당할 이유가 없다는 말입니다."

"역시 어렵군요."

"어려우니까 도전해 볼 가치가 있지 않을까요?"

"그렇긴 합니다만."

"이 세상에는 학문이든, 예술이든, 경영이든, 정치든, 종교든, 구도든, 각기 해당 분야의 탐구가 깊어지면 입신의 경지에 드는 사람이 있게 마련입니다. 이러한 사람들은 예외 없이 그의 내공 정도에 따라 이 우주를 떠도는 수많은 신명들의 도움을 받게 되어 있습니다. 산이 높으면 그림자도 크고 긴 것과 같습니다."

"요컨대 내공의 깊이가 문제군요."

"그렇습니다. 내공이 많이 된 지도자일수록 그를 도우려는 추종자도 많게 마련입니다. 이처럼 자발적으로 따르는 존재들이 그 지도자를 해칠 리가 있겠습니까?"

"도대체 그 내공이 어느 정도 되어야 합니까?"

"밤이 무르익으면 송이가 저절로 열리듯 내공이 완성기에 가까워지면 구도자 스스로 빛을 발함으로써 일종의 발광체가 됩니다. 이러한 존재는 빛과 기운을 자기도 모르게 주변에 방사하게 되어 있습니다. 내공은 바로 이 에너지의 발사체가 되는 겁니다. 어느 분야에서든 누구든지 시종일관 초조해 하지 않고, 꾸준히 계속 파고들면 반드시 그러한 경지에 도달하게 되어 있습니다."

결혼관結婚觀

모 기업체 사원인 30대 중반의 김석현이라는 수련생이 말했다.

"선생님, 부모님과 주변에서 하도 결혼을 하라고 해서 말씀드리는데요. 결혼을 꼭 해야만 합니까?"

"이 세상에 남자와 여자가 반반의 비율로 존재하는 것을 보면 사람은 때가 되면 결혼을 하여 아이를 낳고 가정을 이루라는 것이 자연의 섭리임에 틀림없습니다. 다만 문제가 되는 것은 결혼할 사람이 결혼 생활을 능히 잘 꾸려나가면서도 자기 전공 분야를 잘 조화시켜 나갈 수 있느냐의 여부입니다. 그럴만한 능력이 있으면 결혼을 하는 것이 좋다고 생각합니다."

"선도체험기를 읽어보면 초기에는 선생님도, 구도자는 될 수 있으면 결혼을 안 하는 것이 좋다고 하시지 않았습니까?"

"그때는 '아들 딸 구별 말고 둘만 낳아 잘 기르자'는 것이 온 국민적인 케치프레이스였지만, 지금은 이대로 우리나라 인구가 계속 감소되어 나가다가는 50년, 100년 후에는 사람 수효가 점점 줄어들어 석가족, 만주족, 돌궐족, 거란족처럼 멸족을 당할지도 모르는 판국입니다.

국가의 인구 정책에 순응하는 뜻에서라도 능력만 있으면 결혼을 하여 자손을 출산하는 것이 애국이요, 여론의 대세요, 자연 즉 하늘의 섭리입니다. 국가 정책과 우주의 섭리에 순응하는 뜻에서라도 결혼을 권하고 싶은 것이 지금의 솔직한 내 심정입니다."

"애국과 우주의 섭리에 순응하는 뜻에서라면 저도 순응할 각오가 되어 있습니다. 다만 지금 문제가 되는 것은 제가 평생 추구하기로 작정한 구도 생활에 지장을 초래하지 않을까 하는 것이 걱정입니다."

"그런 것이 문제라면 조금도 걱정할 것이 없습니다."

"그럴까요?"

"그렇고 말고요."

"그 요령을 좀 말씀해 주시겠습니까?"

"결혼할 신부감은 있습니까?"

"네."

"그럼 그 예비신부와 검은 머리가 파뿌리가 되도록 평생을 해로偕老할 각오가 되어 있고 앞으로 처자식을 부양하고 가정을 잘 관리해 나갈 자신이 있고 그것을 실천할 능력만 있으면 구도 생활과 가정생활이 마찰을 빚을 우려는 없습니다. 그러니까 망설일 것 없이 결혼을 추진하세요."

"만약에 요즘 텔레비전 연속 방송극에 흔히 등장하는 것처럼 아내가 어느 날 갑자기 이혼을 하자고 나오면 어떻게 하죠?"

"그러니까 평소에 부부 사이가 좋을 때 신뢰를 쌓아놓아야 합니다. 애정이 식을 때, 권태기가 찾아올 때를 대비해서 미리 부부로서의 깊은 신뢰 관계를 구축해 놓아야 합니다. 그러자면 어떤 일이 있어도 결혼 생활 내내 상대에 대한 관찰의 시선을 거두지 말아야 합니다. 그것이 바로 가정을 제대로 관리해나가는 요령입니다."

"만약에 결혼 생활 중에 가정을 관리할 능력을 상실하면 어떻게 합니까?"

"경제력을 상실할 경우를 말합니까?"

"그것도 포함해서 여러 가지가 있을 수 있겠죠."

"그런 일은 그때 가서 생각해도 늦지 않습니다. 닥쳐오지도 않은 미래의 일을 지금부터 걱정할 필요는 없습니까요."

자녀관子女觀

이때 옆에서 이 대화를 듣고 있던 50대 중반의 수련생이 말했다.

"선생님 저는 고등학교에 다니는 세 아이를 거느린 가장입니다만, 요즘 텔레비전 방송국 극들을 보면 거의 대부분이 혼기에 접어든 자녀와 부모의 결혼관의 차이로 인한 갈등과 마찰과 분노와 원한으로 인한 희비극이 주제가 되고 있습니다.

문학은 그 사회의 거울이라는 말과 같이 이러한 방송 드라마들은 우리 사회의 실상을 그대로 보여주고 있다고 봅니다. 실례로 판사인 아버지는 어릴 때부터 연기자가 되기를 소원하는 4대 독자인 아들의 소망을 무시하고 끊임없이 채근하여 드디어 변호사로 만들어 로펌에 취직까지 시켰지만 날이 갈수록 그 직업에 회의를 느낀 아들은 계속 아버지와 사사건건 충돌을 일으킵니다.

그 아비에 그 아들이라는 세상 사람들이 부러워하는 평을 듣기를 꿈꾸어 왔던 아버지의 소망이 무너져 내리고 부자간의 갈등은 깊어만 갑니다. 부자간에만 이런 일이 있는 것이 아니라 모자간에도 부자관계 못지 않는 충돌이 일어납니다.

어머니는 평생소원이 자기의 외아들이 번듯한 집안의 규수를 며느리로 맞아들이는 것이 소원이었는데, 아들은 극단에서 만난 배우 지망생인 세탁소 집 딸을 좋아하여 큰 실망을 안게 됩니다. 이러한 부모와 자녀 사이의 알력과 갈등을 선생님께서는 어떻게 생각하십니까?"

"부모의 자녀관이 근본적으로 잘못되어 있기 때문에 부질없는 알력과 마찰로 보다 더 좋은 곳에 쓸 수 있는 막대한 에너지의 손실만 자초하고 있습니다. 자식에 대한 지나친 부모의 집착이 부모와 자녀 사이를 망쳐버린 실례입니다. 요컨대 부모는 자녀를 자신들의 소유물로서 자신들의 욕망을 성취하는 수단으로 보지 말아야 합니다. 자녀는 자녀의 인생행로가 있고, 부모는 부모대로의 인생행로가 따로 있습니다.

좀 더 쉽게 말하면, 부모와 자식들은 각기 그들대로의 인과응보 즉 사주팔자가 따로 있어서 이 세상에 태어난 목적이 서로 비슷할 때도 간혹 있지만 대부분이 각기 따로 정해져 있다는 얘기입니다. 따라서 부모는 악의 길로 빠지지 않는 한 자녀들의 인생행로에 시시콜콜히 간섭하지 말아야 합니다. 자녀는 부모의 소유물로 태어난 것이 아니라 성인이 될 때까지 일정한 기간 손님으로 자기에게 찾아온 것에 지나지 않는다는 것을 부모들은 알아야 합니다.

그러나 한국의 부모들은 이러한 것을 깨닫지 못하고 생활고로 자살을 택할 때도 어린 자녀들을 양육하지 못한 부모로서의 지나친 책임감으로 잘못 인식된 무지와 집착으로 동반자살을 감행합니다. 그런가 하면 아들이 치매에 걸린 늙은 부모를 내버려두고 혼자 죽을 수 없다고 생각하고 부모를 먼저 살해하고 자살을 감행하는 경우도 있습니다. 이 모두가 사람의 목숨은 하늘에 달려 있다는 이치를 모르는 무지몽매無知蒙昧에서 일어난 것입니다.

이 방면에서는 서유럽과 미국, 캐나다, 호주, 뉴질랜드 같은 선진국들의 부모들의 자녀관을 잘 관찰해 볼 필요가 있습니다. 이들 선진국들의 부모들은 자녀를 고등학교까지 졸업시키면 일단 부모로서의 기본적인 사명을 끝낸 것으로 간주합니다.

따라서 일단 고등학교를 졸업한 자녀들은 그들의 부모가 비록 부자나 대기업의 소유주라고 해도 부모 신세지지 않고, 그때부터 으레 독립하여 취직을 하든가 아르바이트로 돈을 벌어 대학에 진학하든가 스스로 자신들의 진로를 선택하고 개척합니다. 그리고 부모들은 자녀들의 진로와 결혼에 대해서는 그들의 의견을 존중해주고 도와줄지언정 일체 간섭을 하거나 이의를 제기하지 않습니다.

애초부터 부모는 자녀를 자신들의 소유물이나 소망이나 욕망을 달성하는 수단으로 간주하려고 하지 않는 겁니다. 나는 서양인들의 이분법적 흑백논리는 반대할지언정 이들의 이러한 허심탄회한 자녀관만은 적극적으로 본받아야 한다고 봅니다.”

소중한 물건이 분실되었을 때

직업군인으로 근무하면서도 몇 달에 한번씩 삼공재를 잊지 않고 찾아오는 한 수련생이 물었다.

"선생님, 저는 직업상 이사를 자주 다니는데요. 한번 이사를 할 때마다 아내는 귀중품이 한두 개씩 분실된다고 가슴앓이를 하곤 합니다.

여러 번 그런 일을 당한 경험이 있어서 아무리 정신 바짝 차리고 감시한다고 하지만 실제로 이사를 끝내놓고 보면 여전히 그런 일이 반복되곤 합니다. 그때마다 아내는 자신의 부주의를 자책하기도 하지만 이삿짐센터 사람들의 손을 탄 것이라고 여기고 그들을 의심하곤 합니다.

그럴 때마다 저는 어떻게 해야 아내를 위로해 줄 수 있을지를 몰라 당황하곤 합니다. 이럴 때 제가 할 수 있는 일이 무엇인지 선생님의 지혜를 좀 빌렸으면 합니다."

"우선 어떤 소장품이 없어졌으면 될 수 있는 대로 빨리 그것과 똑같은 것을 구입하는 것이 좋습니다. 혹시 그 잃어버린 물건이 추후에 발견되는 일은 없습니까?"

"그런 일이 자주 있습니다. 그래서 아내는 자책하기도 합니다."

"어쨌든 똑 같은 물건을 빨리 구입하는 것이 좋습니다. 똑같은 것이 없으면 그와 최대한 비슷한 것으로 대체해도 됩니다. 그렇게 함으로써 그 정들고 손때 묻은 유실물이 더 이상 생각나지 않게 하여, 그 소장품 잃어버린 것을 남의 탓으로 돌려 엉뚱한 사람을 원망하는 일이 없게 해야 합니다.

그렇게 하여 일단 마음을 안정시킨 뒤에 이 세상 사람들은 궁극적으로는 다 하나에서 출발했다는 것을 일깨워 주어야 합니다. 다시 말해서 그것을 가져간 사람과 나는 원래 하나라는 것을 알게 해 주어야 합니다.

그것까지만 알게 해 주어도 다소 위안이 될 것입니다. 그 잃어버린 물건이 아무리 소중하다고 해도 결국 본래 나와는 한 뿌리에서 갈라져 나간 사람이 사용하게 된다면 그렇게 애석해 할 필요가 없게 될 것입니다."

"그것은 그 유실물을 우연히 어떤 사람이 습득했을 경우이고, 처음부터 도벽이 있어서 의도적으로 훔쳤을 때는 현행범이 아니겠습니까? 아내는 그런 절도범은 그냥 둘 수 없다고 벼르곤 합니다."

"그렇다고 해서 확실한 증거도 없이 단지 심증이 간다고 해서 남을 의심할 수는 없는 일이 아닙니까? 그럴 때는 비록 의심이 가더라도, 함부로 남을 의심해선 안 된다는 것을 알아야 합니다.

그렇게 한다고 해도 절도범의 업장이 해소되는 것은 아니고 반드시 그 대가는 치러야 하는 것이 우주의 법칙입니다. 천망회회소이불누실天網恢恢疎而不漏失입니다. 즉 하늘의 그물은 느슨하여 소홀한 것 같지만 빠뜨리는 일이 없습니다. 그러니 하늘에 맡기고 잊어버리는 것이 좋습니다. 그러면 하늘이 다 알아서 처리할 것입니다.

또 내가 그 물건이 필요한 사람에게 기꺼이 기부를 했다고 생각하면 됩니다. 내가 너무 인색해서 제때에 기부를 하지 않으니까 하늘이 알아서 이러한 기회에 기부를 하게 하였다고 생각하면 차라리 마음이 홀가분해질 것입니다."

"마음을 우주만큼 넓게 가지라는 말씀이시군요."

"그렇게만 될 수 있으면 구도자로서 더 이상 무엇을 바랄 수 있겠습니까? 이 우주에 사는 사람들은 남을 미워하고 원망하기보다는 서로 돕는 사이라는 것을 늘 염두에 두어야 합니다.

그래야 상부상조하는 대조화의 세계, 하느님과 나, 남과 나 우주와 내가 하나로 합쳐지는 실상의 세계 속에 살 수 있게 되어 있습니다. 열반의 경지, 극락과 천당, 무릉도원武陵桃源은 마음들이 서로 도와서 만들어지는 것이지 시간과 공간의 지배를 받은 물질이 만들어 내는 것이 아닙니다."

"일체유심소조一切唯心所造라는 말이 기가 막히게 맞아 들어가는 것 같습니다."

"그렇습니다. 부디 부인께서도 그런 심정에 도달하시기 바랍니다."

"그렇게 되도록 노력하겠습니다."

사기를 당하지 않으려면

우창석 씨가 말했다.

"선생님, 이 세상에는 잊어버릴 만하면 매스컴에 대형 사기 사건이 등장하곤 합니다. 동양금융 같은 대형 사기가 있는가 하면 소소한 개인끼리의 사기 사건에 이르기까지 이 세상은 온통 사기꾼의 천국이 아닌가 여겨질 만큼 사기 사건들이 판을 치고 있습니다.

과연 우리 같은 서민이 사기꾼의 피해를 입지 않고 편안하게 살아갈 수 있을지 의문이 들 때가 많습니다. 20년 만에 만난 부동산 중개업을 한다는 다정한 옛 친구가, 자기한테 투자하면 두 달 안에 투자액의 두배로 늘여준다는 감언이설에 속아 몰래 부모의 집문서를 넘겨주었다가 몽땅 사기를 당하고 온 식구가 졸지에 길바닥에 나 앉는 일이 다반사로 벌어지고 있습니다. 이런 불상사를 피할 수 있는 선생님의 지혜를 좀 빌려주실 수 없을까요?"

"해답은 단 하나 '이 세상에 공짜는 없다'는 격언만 늘 잊지 않고 있으면 사기를 당할 염려는 없을 것입니다."

"그런데도 불구하고 사기는 여전히 도도한 강물처럼 판을 치는 것은 무엇 때문일까요?"

"그것은 공짜라는 미끼보다도 더 막강한 욕심이 속마음 깊숙이 도사리고 있기 때문입니다."

"어떻게 하면 그 욕심에서 벗어날 수 있겠습니까? 그리고 어떻게 하면 그 욕심을 다스릴 수 있는 힘을 기를 수 있을까요?"

"욕심을 관觀함으로써 내공이 깊어져야 합니다."

"욕심을 관하는 내공이 어느 정도 깊어져야 자기 욕심을 다스릴 수 있을까요?"

"적어도 사기꾼이 첫눈에 알아보고 그 사람을 피해갈 정도는 되어야 합니다."

"사기꾼이 피해갈 정도라면 그 사람은 이미 내공이 깊어져 도가 튼 사람이 아닐까요?"

"그렇습니다. 그런 사람에게는 제 아무리 값비싼 미끼를 던져보았자, 먹히지 않는 것을 사기꾼은 본능적으로 알아챕니다."

"결론적으로 말해서 사기를 당하지 않는 비결은 사기를 당한 뒤에 사기꾼을 원망하고 증오하지 말고, 사전에 사기꾼이 자기를 알아보고 피해가도록 만들라는 거군요."

"그렇습니다."

"그건 결국 내공을 쌓으라는 말이 아닙니까?"

"옳게 보셨습니다."

어느 형제 이야기

"그럼 내공을 쌓은 사람 쪽에서는 자기에게 다가오는 사기꾼을 한눈에 알아볼 수 있습니까?"

"그렇구 말구요. 영리한 뱀이 땅꾼을 멀리서 알아보고 피해버리듯 사기꾼이 먼저 알아보고 피해버립니다."

"그러니까 처음부터 게임이 안되겠군요."

"그렇고 말고요."

"결국 내공 고수高手와 사기꾼은 처음부터 게임 자체가 되지 않는다는 말씀이군요."

"그렇습니다. 내 친구 중에 내공이 깊은 고수가 하나 있었습니다. 그는 정보기관에서 30년 근무한 고참 수련자고 육이오 때 월남한 이산가족입니다.

다행히도 그의 아내가 알뜰하게 치부를 하여 강남에 빌딩을 한 채 가지고 있었는데, 헤어진 지 50년쯤 뒤에 그의 동생이 탈북하여 찾아왔습니다. 그는 북한에서 외화벌이 일꾼으로 일하다가 책임량을 채우지 못해서 받을 처벌이 무서워 두만강을 넘었습니다. 그가 하던 일은 북한 당국이 보기에 성분이 좋지 못한 사람들의 재산을 갈취하여 외화로 바꾸는 일이었습니다."

"그런데 50년 만에 탈북한 동생이 어떻게 형의 주소를 알고 찾아왔죠?”

“그는 형의 주소는 몰랐지만 형의 이름과 나이만은 알고 있었으므로 찾아달라고 경찰에 졸랐습니다. 수백 개나 되는 같은 성명 중에서 다행히도 형을 찾아내는 데 성공했습니다. 그는 먼저 월남한 형이 강남에 빌딩을 가지고 있다는 소문을 듣고, 어떻게 해서든지 형의 빌딩을 갈취하려는 흑심을 품게 되었습니다.

무려 50년 만에 만난 핏줄의 감격은 다만 한 순간이었고, 동생이 몇번 찾아오는 동안 그의 흑심을 손금처럼 환히 알게 된 형은 자연히 이에 대비하지 않을 수 없었습니다. 동생은 그동안 자기가 습득한 온갖 금품 갈취 기법을 총동원했지만 번번이 약발이 듣지 않았습니다.

마지막 수단으로 동생은 형수를 납치하려고 시도했지만 형은 사전에 그럴 가능성을 눈치챘었기 때문에 납치 계획도 실패로 돌아갔습니다. 온갖 수법이 다 물거품이 되자 동생은 끝내 백기를 들었습니다.

‘형만 한 동생 없다더니 결국은 제가 손을 들었습니다. 제 속셈을 항상 몇 수 앞서 꿰뚫어보시는 비결이 무엇입니까?’

‘너를 처음 만나서 대화를 나누는 순간 네 속셈이 손금처럼 환히 떠오르더구나.’

‘도대체 그 비결이 무엇입니까?’

‘내공(內功)을 쌓으면 누구나 그렇게 된단다.’

‘내공이 무엇입니까?’

'마음 공부를 말한다.'

'마음 공부는 어떻게 하는 겁니까?'

'마음속에서 탐욕을 시나브로 몰아내는 공부를 말한단다.'

'그 내공을 얼마나 하면 형님과 같은 경지에 오를 수 있겠습니까?'

'얼굴만 척 보아도 그의 속마음이 환히 들여다보일 때까지 해야 한다.'

'그럼, 형님은 처음 보셨을 때, 제 마음 속을 환히 다 들여다보셨군요.'

'물론이지.'

'참으로 부끄럽습니다.'

'그걸 알았다니 다행이구나.'

'형님을 진정으로 존경합니다.'

이렇게 말하면서 동생은 형에게 머리를 조아렸습니다.

'의義를 보았으면 찬탄만 할 것이 아니라, 몸소 실천을 해야 하지 않겠느냐?'

'형님은 제가 어떻게 하면 되겠습니까?'

'지진으로 형성된 수만 년 된 동굴 속에도, 또 지진이 일어나 지형이 바뀌면 햇볕이 들어와 한 순간에 환해지는 것처럼, 너 자신도 어떤 계기로 마음 하나만 바뀌면 그 순간에 얼마든지 딴 사람이 될 수 있다.

그런 일은 스스로 작정하는 것이지 누구에게 묻고 말고 할 건덕지도 없는 일이다. 개과천선하겠다는 마음 하나가 모든 것을 바꾸어

놓을 것이다.'

잠시 아무 말 없이 침묵만 지키던 동생이 이윽고 입을 열었습니다.

'제 마음은 이미 광명을 찾았습니다. 다음 찾아올 때는 제 생활도 바뀌어 있을 것입니다. 제가 형님 앞에서 떳떳해질 그때까지 부디 저를 기다려 주십시오.'

'틀림없이 너를 기다릴 것이다.'

내 친구인, 그 형은 때가 되면 동생이 틀림없이 찾아오리라 생각하고 기다리고 있다고 합니다."

"선생님의 이야기를 다 듣고보니 그 형에 그 동생이군요. 50년 만에 겨우 재욕財慾 때문에 찾아온 동생을 개과천선시키는 극적 과정이 감동적입니다. 동생의 재욕이 도심道心으로 바뀌는 과정 역시 인상적입니다. 모두가 형의 내공 덕분이군요. 이 이야기를 들으면서 저는 줄곧 우리나라 정치인들로 제발 좀 내공을 좀 쌓았으면 하는 생각을 했습니다."

"우리나라 야당 정치인들은 창피하게도 온 지구촌이 효력이 없어서 이미 20년 전에 용도폐기 처분해버린 낡은 공산주의 이념에 사이비 종교 광신도처럼 접신당하고 빙의되어 있는 것이 문제입니다. 우리 국민의 20~30%가 주체사상, 종북 사상, 김씨 왕조 숭배사상에 빠져 있는데 어떻게 하면 제 정신을 차리게 할 수 있을지, 보통 문제가 아닙니다.

내공자가 보기에서는 관법觀法 수련만 제대로 하면 거기에서 벗어나는 일은 식은 죽 먹기보다 쉬운 일이건만, 공산주의 이념에 대한 과도한 집착 때문에 제자리에서 한치도 벗어나지 못하고 있는 것이 안타까울 뿐입니다."

뼈아픈 반성 없이 발전 없다

2014년 1월 15일 수요일

우창석 씨가 말했다.

"선생님, 오늘 아침 신문을 보니 민주당이, 김대중 정부가 1988년부터 추진했던 햇볕 정책의 공과功過에 대하여 무려 16년 만에 자체 검증과 보완을 추진하고 있으며, 북핵 이후의 새로운 변화에 대응하기 위한 대북 정책 연구에도 착수하기로 했다고 합니다.

그런데 김대중 정부의 햇볕 정책, 노무현 정부의 포용 정책 10년이 결과적으로 북한의 핵과 미사일 개발을 가져온 사실에 대해서는, 반성이 아니고, 단지 변화된 정세에 대응하기 위한 것이라는 미온적인 태도를 취하고 있습니다. 어떻게 생각하십니까?"

"햇볕 정책 10년이 가져온 폐해는 단지 그 당시 식량부족으로 3백만의 북한 주민이 굶어죽었고, 게다가 외화 부족으로 핵과 미사일 개발은 엄두도 못내고 있던 북한에 대한민국의 친북 좌파 정부가 핵과 미사일 개발용 자금을 대 준 것뿐만이 아닙니다."

"그럼 무엇이 또 있죠?"

"남한 내에서 북한의 지령을 받고 활동하고 있던 주사파, 민노당, 통진당, 민노총, 전교조, 한총련, 범민련 등 각종 종북 세력들에게 국민의 혈세로 조성된 국고에서 자금을 대어줌으로써 마음껏 활개치게 하여, 북한 실정을 모르고 있던 천진난만한 학생들과 육이오를 경험하지 못한 젊은 세대들에게 좌편향 교육을 실시하여 국민의 20 내지 30%를 친북 성향으로 바꾸어 놓은 것입니다.

이 때문에 천안함 폭침이 북한의 소행이 아니라 한국의 자작극이라고 믿게 만들어 놓았습니다. 그 결과 지난 2012년 12월 9일 대선에서 여야 대통령 후보의 득표차가 51.6 대 48%로써 경우 3.6%의 아슬아슬한 차이로 박근혜 후보가 이기게 만들었습니다.

만약에 노무현 정부의 포용 정책 계승을 공약으로 내건 문재인 후보가 당선되었더라면 대한민국은 북한의 김씨 왕조에게 흡수되어 꼼짝없이 적화 통일되고 말았을지도 모릅니다. 다행히도 하늘의 도움으로 이번에는 대한민국이 적화 통일은 면하게 되었지만 앞으로는 우리가 정신 바짝 차리고 이스라엘식으로 대비하지 않으면 어떻게 될지 장담할 수 없는 상태입니다.

이러한 엄연한 현실 앞에 겸손하고 뼈를 깎는 반성을 하고 환골탈태換骨奪胎하는 일대 변신은 못할망정 햇볕 정책을 변화된 상황에 맞게 대응한다는 식의 뜨뜻미지근한 태도로는 대다수 국민들의 기대를 충족시키기에는 역부족입니다."

"그런데 국회의석 수 126석을 확보한 민주당의 인기도가 아직 정식 출범도 하지 않았고, 당명도 없는 안철수 신당의 3분의 1 정도에 지나지 않는 것은 무엇 때문일까요?"

"오늘 아침 티브이에 보니까 국민의 인기도가 새누리당 39%, 안철수 신당 36%, 민주당 13%였습니다. 6.4 지방 선거를 앞두고 민주당은 햇볕 정책을 변화된 환경에 맞게 대응한다는 식으로는 살아남기 어렵습니다.

안철수 신당의 인기는 민주당뿐만 아니라 새누리당도 언제 뛰어넘어버릴지 모르는 판국입니다. 국민들은 그 정도로 기존 정치인들에게 넌덜머리를 내고 있다는 증거입니다."

민주주의를 유린하는 자 누구인가?

우창석 씨가 말했다.

"선생님, 통진당 이정희 대표는 신년 기자회견 담화에서 6.15와 10.4선언으로 평화적 남북통일의 토대가 구축되었는데도 박근혜 정부가 민주주의를 유린하고 유신 독재로 나아가기 때문에 민주당 정부가 10년 동안 이룩해 놓은 성과를 망쳐놓고 있다고 말했습니다. 말이 되는 소리라고 보십니까?"

"그야말로 어불성설語不成說이요 언어도단言語道斷입니다. 김대중 전 대통령과 김정일 사이에 체결된 6.15선언 그리고 노무현 전 대통령과 김정일 사이에 체결된 10.4선언은, 공산주의가 무엇인지 책이나 말로만 들었지, 실제로 현장에서 체험해 보지 못한 한국의 김대중, 노무현 두 전 대통령이 김정일에게 깜빡 속은 상태에서 작성된 문서입니다.

그래서 이 두 선언은 현실화되지 못한 것입니다. 아무리 한국을 대표하는 대통령이라고 해도 그동안 국회의 인준도 못 받고, 국민의 지지도 얻지 못했으니 그 두 선언은 이미 사문화된 것입니다.

만약 이들 두 선언이 실현되었더라면 대한민국은 이미 북한의 김씨 세습 왕조에 의해 적화 통일되고 말았을 것입니다. 바로 이 때문에 이 두 선언은 친북좌파 정권 시대는 물론이고 이명박 정부 때에도 현실화되지 못한 것입니다. 온 국민이 다 알고 있는 사실을 이정희 대표 혼자서만 모르고 있었다니 이 역시 말이 안 됩니다."

"이정희 대표는 또 박근혜 정부가 민주주의를 유린했다고 말했는데 이 말은 어떻게 생각하십니까?"

"그 말 역시 어불성설입니다. 왜냐하면 박근혜 정부가 민주주의를 유린했다면 이정희 대표가 신년 기자회견에서 감히 박근혜 정부를 헐뜯는 말을 어떻게 마음대로 하고도 무사할 수 있었겠습니까?

처지를 바꾸어서 만약에 북한에서 남한을 지지하는 정당의 대표가 감히 김씨 왕조를 비난하는 말을 기자회견장에서 할 수 있을까요? 김정은이 자신의 고모부요 2인자였던 장성택도 기관총 90발을 쏘아 사살하고 화염방사기로 청소하여 흔적조차 없애버리는 판국에 그런 일은 상상도 할 수 없는 일입니다."

"이정희 대표는 또 박근혜 대통령이 유신 독재로 나아가고 있다고 했는데, 어떻게 생각하십니까?"

"유신 독재는 박근혜 대통령이 아니라 그녀의 아버지인 박정희 전 대통령이 했지만 나는 무조건 나쁜 것이라고는 생각지 않습니다. 여론조사에도 나온 것처럼 박정희 전 대통령의 공과功過는 7 대 3입니다.

비록 민주주의와 인권에 어느 정도 제한은 있었지만 그때 중화학공업을 강력하게 밀어붙이지 못했다면 이스라엘을 포함하여 전 세계가 부러워하는 지금과 같은 우리나라의 산업화는 없었을 것이고 그것을 토대로 한 민주화도 없었을 것입니다.

유신 독재는 1970년 후반에 한국에서 꼭 필요했던 것이지, 국민소득이 2만 6천 달러인, 선진국 문턱을 넘은 지금의 대한민국에는 필요한 것은 아닙니다. 나는 이정희 씨가 백주 대낮에 무슨 꿈 같은 소리를 하고 있는지 모르겠습니다.

서울법대를 나왔고, 똑똑하고 두뇌 회전이 빠르기로 이름났다는 수재요 변호사의 입에서 도대체 어떻게 돼서 그런 엉뚱하고도 무식한 헛소리가 나왔는지 알다가도 모를 일입니다. 그리고 과연 민주주의를 유린하는 자가 박근혜 대통령인지 아니면 민주 국가인 대한민국과 그 헌법을 부정하고 태극기와 애국가를 부인하고 북한의 3대 세습왕조를 추종하는 이정희 대표인지, 길 가는 사람 아무나 붙잡고 물어보고 싶은 심정입니다."

통일 한국의 등장

2014년 1월 18일 토요일

우창석 씨가 말했다.

"선생님, 어제 아침 조선일보를 보니까 통일 한국에 대한 세계적 석학들과 권위 있는 연구소들의 기사가 여러 편 눈에 띕니다. 오늘뿐만 아니고 박근혜 대통령이 신년 기자회견에서 '통일은 대박'이라는 말을 하기 전후하여 여러 신문들은 물론이고 방송 매체에서도 일제히 약속이나 한 듯이 통일 한국에 대하여 많이 다루고 있습니다.

실례를 들면 한국이 통일되면 연 21조 원의 예산이 줄어들고, 통일은 남북 대치의 불안 요인을 제거하여 중국과 일본도 군비 축소가 가능하고, 통일을 불안해 할 북한군에게 일자리를 보장해주어야 하며, 북핵 해결의 열쇠는 도발에 대한 응징과 미국과 중국의 공조에 달려있다든가, 한반도 통일은 중국과 대만 통일보다 빠를 것이고, 일본도 남북통일을 반대하기 어려울 것이며, 남북한 국방비가 20년간 400조가 절감되고, 군복무기간을 1년 미만으로 한다든가 하는 신문 제목들을 보면 제가 지금 어디에 살고 있는지 의심이 갈 정도입니다.

더구나 이런 기사들과 함께 티브이에서의 통일 대담을 시청하노라면 마치 통일이 벌써 코앞에 다가온 것 같은 착각마저 들게 합니다.

어떻게 생각하십니까?"

"김정은이 북한의 김씨 왕조의 세번째 왕으로 등장한 이후 미국 CIA가 김정은의 스위스 유학 시절을 비롯하여 전 세계에서 그를 조금이라도 아는 사람 수백 명을 일일이 찾아다니며 조사한 보고서에 따르면 그의 성격은 다음 세 단어로 압축되었습니다.

즉 '위험, 예측불허, 과대망상증'이 그것입니다.

아니나 다를까 그는 2009년 김씨 왕조 3대 세습자가 되자마자 자신의 존재를 과시하려고 천안함 폭침, 연평도 포격에 뒤이어 제3차 핵실험을 감행했고, 2013년에는 당장 핵전쟁을 일으킬 것 같은 말폭탄을 터뜨려 동북아는 물론이고 전 세계를 긴장과 불안과 전쟁 공포에 떨게 했습니다.

그 때문에 미군의 첨단 장비를 갖춘 B-52와 이시즈함, 항공모함들이 동북아의 한반도 주변으로 모여들게 하여 중국을 경악케 했습니다. 그러다가 김정은은 마침내 자신의 친 고모부를 참살하는 불륜아가 되어 세계를 또 한번 놀라게 했습니다.

그런가하면 북한 주민들은 먹을 것이 없어서 굶어 죽어가고 있는데, 마식령 스키장을 만든다, 물놀이장을 만든다 하고 스위스 같은 선진국 흉내를 내는가 하면 김일성, 김정일 우상화 작업을 위해 무려 20억 달러를 퍼부었습니다.

미국 CIA의 조사 결과인 '위험, 예측불허, 과대망상증'이라는 조울증 환자 같은 김정은의 성격이 구체적으로 적중된 셈입니다. 이제 동북아뿐만 아니라 온 지구촌이 이 미치광이 널뛰듯하는 핵을 거머

쥔 30세의 젊은 세습 군주의 일거일동을 숨을 죽이면서 지켜보지 않을 수 없게 되었습니다."

"그렇다면 김정은이 앞으로 무슨 짓을 할지 모르는 위험 속에서 남북한의 한국인 7천 4백만은 물론이고 그 주변의 중국 · 일본 · 러시아 · 미국 같은 나라들도 언제까지 나 몰라라 하고 방치할 수는 없는 일이 아닙니까?"

"당연한 일입니다. 한국은 말할 것도 없고, 한반도 문제 해결에는 떼려야 뗄 수 없는 의무와 책임이 있는 중국과 미국은 한국과 상의하여 일찍부터 문제의 핵심인 김씨 왕조를 단단히 손보기로 작정한 것으로 보입니다."

"김씨 왕조를 손보기로 작정하다니 어떻게 말입니까?"

"세계 평화와 안정을 위하여 강압적으로라도 김씨 왕조를 글로벌 기준을 따르는 정상 국가로 만드는 겁니다."

"지난 20년 동안 갖가지 시도를 다 해보았지만 북한의 핵 개발만 가져오게 한 채 아무런 성과도 없지 않았습니까?"

"그렇다고 해서 언제까지 이대로 방치할 수만은 없음을 깨달은 미국과 중국은 정 안되면 리짐 체인지 즉 정권 교체라도 해서, 공산당 독재국이면서도 집단지도 체제가 정착된 중국이나 베트남 정도의 정상 국가로 만들기로 작정하고, 한국과도 긴밀한 협의 중에 있는 것으로 각종 보도매체들은 전하고 있습니다.

바로 이 때문에 박근혜 대통령은 신년 기자회견에서도 자신있게 '통일은 대박'이라는 말을 터뜨린 겁니다."

"그 정도로 알려진 정보라면 북한 또한 모르고 있을 리가 없지 않습니까?"

"북한이 그 낌새를 모를 리가 없습니다. 미국과 중국은 그 압박 수단의 일환으로 곧 있을 연례적인 한미 키 리졸브 독수리 훈련 외에도 중국은 이례적으로 두만강과 압록강 상류 대안에서 10만 중국군의 대규모 훈련이 진행되고 있습니다.

이에 발끈한 한 북한은 경비대를 동원하여 작년 12월부터 압록강과 두만강 강변 지역에 콩크리트 화점火點 즉 숨어서 기관총을 쏠 수 있게 만든 시설을 구축하고 있는 것으로 알려져 있습니다.

그런가하면 북한은 한국에 상호비방 중지와 함께 한미 키리졸부 훈련 중지를 강력히 요구했지만 상호비방 중단 조치는 북한이 먼저 위반했다면서 거부되었습니다. 그러자 북한은 자기네가 먼저 상호비방 중단을 실천하겠다고 했지만 두고 볼 일입니다.

더구나 북·중 국경에서의 양측의 무역과 거래는 지금 거의 중단 상태입니다. 북한은 중국은 물론이고 미국과도 대화가 끊어진 상태입니다. 이럴 때 북한은 으레 한국에 접근하여 관계가 좋아지면 그것을 빌미로 미국과도 관계를 호전시킨 후, 입 싹 씻고, 통미봉남 정책을 폈지만 기금은 그런 관행마저 막혀 있는 상태입니다."

정상 국가로 만들려는 기류

"미국과 중국이 G2라는 초강대국이긴 하지만 과연 북한을 정상 국가로 만들어낼 수 있을까요?"

"아직 세계는 100년 전처럼 강대국들의 파워 게임으로 유지되고 있는 것이 현실입니다. 그래서 지금 동북아에서 돌아가는 정세가 100년 전 구한말과 유사하다고 말하는 논객들이 적지 않습니다.

그때는 일본, 청국, 러시아가 한반도를 놓고 씨름판을 벌였고, 실제로 청일, 러일 전쟁에서 영국과 미국의 지원을 받은 일본이 승리하였고, 미국의 주선으로 양 전쟁의 전후 처리가 마무리되었습니다. 그 후 미일간의 태프트-가즈라 비밀 협약으로 1905년에 한국은 일본에, 필리핀은 미국에 먹혀버리고 말았습니다. 모두가 강대국들의 파워 게임의 결과였습니다.

그렇지만 지금은 한국이 그때처럼 강대국들의 도마 위에 올려진 물고기 신세는 결코 아니라는 엄연한 사실입니다. 미국도 중국도 지금은 대한민국을 100년 전 허명虛名만 갖고 있던 대한제국이 아니라 세계 10대 무역 강국으로 대우하여 북한을 처리하는 데 있어서 당당한 당사국으로 맞아들이게 되었다는 것입니다."

"대한민국이 언제부터 그러한 대우를 받게 되었습니까?"

"내가 알기로는 월남전에서 한국군이 위용을 떨치면서부터 미국의 태도가 달라지기 시작했고 본격적으로 변하기 시작한 것은 지금부터 20년 전인 1994년, 김영삼 대통령 때부터가 아닌가 생각됩니다. 그때 미국의 부시 대통령은 거짓과 표리부동으로 일관하는 북한을 응징하기 위해 영변의 핵 시설을 폭격하려고 했지만 김영삼 대통령이 결사반대하는 통에 어쩔 수 없이 보류되었습니다.

그때 이미 한국은, 미국도, 감히 100년 전 대한제국과는 달리, 함부로 다룰 수 없는 존재로 부상했던 것입니다."

"김영삼 대통령은 왜 미국이 영변 핵 시설을 폭격하겠다는 것을 결사반대했습니까?"

"한반도를 핵으로 오염시킬 수 없다는 것이 이유였습니다. 그러나 이스라엘은 자국의 안전을 위하여 이란과 이라크의 핵 시설을 폭격하여 초토화시켰지만 아무 일 없었습니다. 이것을 알았는지는 모르지만 김영삼 전 대통령은 그때의 자신의 잘못을 솔직히 인정하고 후회했습니다.

그때 김영삼 대통령이 미국의 결심을 만류하지 않았더라면 북핵 문제는 벌써 20년 전에 해결되었을 것이고 북한은 죽지 않고 살기 위해서라도 개혁개방을 받아들여 한반도는 이미 통일이 되고도 남았을 것입니다."

"북한이 개혁개방을 하면 남북은 통일될 수 있습니까?"

"그렇고 말고요."

"북한이 주민들을 3백만이나 굶겨 죽이면서까지 개혁개방을 끝까지 반대하는 이유가 무엇인지 알 것 같네요."

"다행입니다. 개혁개방만이 북한이 살길인데 그렇게 하면 북한 주민들은 살겠지만 김씨 왕조는 틀림없이 망해버린다는 것을 그들은 너무나도 잘 알고 있습니다.

미국, 중국, 한국이 주도하여 북한 땅에 독사처럼 똬리를 틀고 북한 주민들의 피를 빨아먹는 김씨 왕조를 퇴출시켜 2천 4백만 북한 주민들을 살려내려는 것 자체가 통일 한국의 출발점이 될 것입니다.

대세는 지금 그 방향으로 나아가지 않을 수 없게 되어 가고 있습니다. 한줌도 안 되는 김씨 왕조를 살리기 위해서 2천 4백만 북한 주민이 언제까지 무간지옥 속에서 시달리게 할 수는 없지 않겠습니까?"

"어떤 사람들은 김씨 왕조가 붕괴될 경우 그 핵심 세력은 북한 땅을 들어 중국의 동북 4성省이 될 것을 자청할 것이라고 말하는데 어떻게 생각하십니까?"

"그것은 김씨 왕조 핵심 세력의 생각일 뿐 북한 주민 대부분은 한국과 합칠 것을 원한다고 탈북 주민들은 말하고 있습니다."

"왜 북한 주민들은 그렇게 하려고 할까요?"

"탈북자들의 말을 들어보면 SNS 정보 통신의 보급으로 북한 주민들은 국민소득이 중국은 5천 달러이고 한국은 2만 6천 달러이므로 한국이 중국보다 다섯배 이상 더 잘 살고 있다는 것을 잘 알고 있다고 합니다. 이왕이면 잘 사는 같은 동포의 나라를 택하지, 말도 통하지 않는, 한국보다 못 사는 이민족의 나라를 북한 주민들이 택할 이유가 없습니다.

김씨 왕조 핵심 세력들은 북한 주민들에게 지은 죄가 워낙 많아서 처벌을 당할 것이 두려워 중국을 택하겠지만, 순진무구한 주민들이야 구태여 그들을 따라갈 이유가 없습니다."

통일 한국에 대한 일본의 우려

2014년 1월 20일 월요일

"선생님, 보도에 따르면 요즘 일본의 한국 전문가들은 북한이 붕괴하고 통일 한국이 곧 현실화될 경우 두가지 점에서 큰 걱정근심에 쌓여 있다고 합니다."

"두가지 근심걱정이 어떤 것이죠?"

"첫째로 북한이 붕괴되면서 한국에 흡수 통일되는 과정에서 통일 한국 정부가 북한이 개발해 놓은 핵무기로 핵 보유를 공식 선언하는 것을 '일본 최악의 시나리오'로 손꼽았습니다. 이렇게 되면 일본도 어쩔 수 없이 핵무장을 하지 않을 수 없게 될 것이고 이것은 동북아 전체의 불안을 심화시킬 수 있다는 것입니다.

현재 일본의 학자, 정치인들 중에서 한반도 통일에 반대하는 사람은 거의 없지만 한국의 핵 보유 문제만은 확실히 매듭을 짓고 넘어가야 한다고 강조하고 있습니다. 이 점을 어떻게 생각하십니까?"

"그건 한국인의 평화애호 기질을 모르고, 한국을 자기네와 동일하게 보고 과소평가한 것입니다. 구한말 때처럼 한국을 침략하려는 청국·러시아·일본 같은 나라들이 저희들끼리 으르렁거리면서 각축전을 벌이는 것도 아닌데 무엇이 안타까워서 통일되자마자 핵무기 보유 선언부터 하겠습니까? 그것은 한국인의 성향에도 맞지도 않거니와 상상도 할 수 없는 일입니다.

과거를 알면 미래를 내다 볼 수 있습니다. 삼국시대 이래 지난 2천년 동안의 한·일간의 역사만 살펴보아도 한국은 언제나 일본에게 일방적인 침략만 당해 왔지 일본을 먼저 침략한 일은 단 한번도 없습니다.

우리는 일본이 먼저 우리를 공격하기 위해 핵무장을 하지 않는 한 우리가 먼저 핵무장을 하는 일은 없을 것입니다. 이 점 대한민국 정부는 지금부터 통일 한국에 대한 주변국의 우려를 없애는 차원에서 지난날 서독이 통독을 반대하는 프랑스와 영국을 비롯한 주변국들을 설득하고 안심시킨 것 못지않게 정성을 기울여야 할 것입니다.

우리는 역사적으로 내내 일본을 문화 및 경제적으로 도와주기만 했습니다. 그 결과 지금 일본의 국보급 문화재의 90% 이상은 그들이 한국에서 수입 또는 약탈했거나 한국에서 일본으로 이주한 한국인들의 손으로 만들어진 것입니다.

그리고 일본 상류층의 유전자를 검사해 본 한 일본인 학자의 연구에 따르면 그들의 60% 이상의 DNA가 한국인과 일치한다고 합니다. 한국은 언제나 일본을 도와만 왔지 한번도 해친 일이 없습니다. 그럼 나머지 또 한가지 일본인들의 걱정꺼리는 무엇입니까?"

"통일된 한국이 지나치게 중국과 가까워져서 일본을 적대시하는 것은 아닌가 하는 것입니다. 분단 한국은 한 미 일 동맹의 틀 속에 묶여 있어서 일본의 안보에 위협이 될 수 없었지만 한반도가 통일되어 미군 철수와 한미 동맹의 해체로 이어질 경우 일본에게는 안보상

위협이 될 수밖에 없다는 우려입니다.

일부에서는 중국이 통일 한국과 손잡고 일본을 공격할지도 모른다는 극단적인 우려를 합니다. 미국도 은근히 그런 걱정을 하고 있습니다. 미국 국가정보위원회는 2012년에 발표한 '글로벌 트렌드 2030'이라는 보고서를 통해서 통일 한국이 미국의 영향권에서 벗어날 가능성이 있다고 전망했습니다.

중국의 지속적인 경제 성장, 군사 대국화, 미국의 경제력 쇠퇴, 군비삭감 등의 변화로 동북아의 긴장이 높아가고 있습니다. 일본의 아베 총리가 이른바 '적극적 평화주의'를 내걸고 군사력 강화와 동맹국 확대를 추진하는 것은 이러한 힘의 변화에 대응한다는 명분이 있다는 겁니다. 이 점은 어떻게 생각하십니까?"

"그 점 역시 통일에 앞서 우리 정부 당국이 세심하게 주의와 지혜를 기울여 일본의 우려와 걱정을 해소할 책임이 있다고 봅니다.

첫째, 한국이 분단된 원인 제공자는 전적으로 한국을 침략한 일본에 있음을 명확하게 밝혀야 합니다. 2차 대전 후 독일은 침략 전쟁의 책임을 물어 미군과 소련군에 의해 서독과 동독으로 영토가 45년 동안 분단되었습니다.

그러나 일본은 그러한 분단을 겪지 않았고 일본 침략의 희생자로서 보상을 받아야 할 한국이 엉뚱하게도 일본을 대신하여 벌써 69년째 분단의 고통을 다하고 있고, 그에 더하여 6.25와 휴전과 쓰라린 이산의 고통을 당하고 있음을 일본은 똑똑히 알아야 할 것입니다.

그리고 최근에 한국이 일본보다는 중국과 가까워진 것 같은 인상을 주는 것은 전적으로 일본의 아베 총리에게 책임이 있습니다. 그는 한국과 중국을 위시한 일본 침략 피해국들의 강력한 항의를 무릅쓰고 일본의 A급 침략전쟁 범죄자들이 안치되어 있는 야스쿠니 신사에 참배를 강행했는가 하면, 역사적으로나 국제법적으로나 엄연히 한국 영토인 독도를 일본 땅이라고 생억지를 부리고 교과서에도 기재하기도 하고, 군비를 획기적으로 증강하여 과거 일본 군국주의 기풍을 진작시키는 등 무라야마와 고오노 총리의 침략 반성과는 정반대로 재침략의 길을 가고 있기 때문입니다.

그뿐만 아니라 아베 총리는 독일이 히틀러의 침략 전쟁 희생자들을 지금도 철두철미하게 조사하여 일일이 사과하고 보상해주는 것과는 정반대로 일본군의 희생양으로 강제 동원되었다가, 아직도 생존하고 있는 20만 위안부들의 존재 자체를 부인하고 사과도 보상도 깡그리 외면하고 있습니다.

아베 총리와 같은 일본의 국수주의자들이 재기하여 또 다시 침략전쟁을 획책한다면 과거 일본의 침략전 당시 가장 참혹하게 희생을 당했던 한국과 중국이 가만히 팔짱만 끼고 못 본 척할 수는 없는 일이 아니겠습니까? 일본이 만약에 한국이나 중국의 입장이라면 어떻게 하겠는지 묻고 싶은 심정입니다.

만약에 일본이 독일처럼 자신들의 과거의 잘못을 뼈아프게 반성하고 희생자들에게 일일이 사과와 보상을 성의껏 철저히 했다면 한국과 중국은, 히틀러의 침략전으로 희생당했던 독일의 주변국들이 지금의 독일을 존경하는 것처럼, 일본을 존경하고 진정한 우방으로 받아들였을 것이고, 일본이 유엔 상임이사국이 되려고 한다면 지금처럼 결사반대 대신에 기꺼이 찬성해 주었을 것입니다."

"결국 일본이 지리적으로 가장 가까운 이웃 나라인 한국과 중국의 불신과 경멸을 사는 것은 자업자득自業自得이요, 인과응보因果應報일 뿐만 아니라, 콩심은 데 콩나고 팥심은 데 팥나고, 심은 대로 거둔다는 이치에 지나지 않는다는 말씀이시군요."

"정확합니다. 그러나 통일 대업을 앞둔 한국은 그러한 이웃을 갖게 된 것을 숙명으로 받아들이고, 그나마 세습 독재 왕조 국가가 아니고, 우리와 같은 자유민주주의와 시장 경쟁 제도를 가진 일본을 이웃으로 갖게 된 것을 다행으로 생각하고 가능한 한 최대한으로 비위를 맞추어 주는 지혜를 발휘해야 될 것입니다.

한국이 통일되면, 유구한 과거사가 그러하듯, 일본에 도움이 되도록 노력할지언정 폐가 되는 일은 절대로 하지 않을 것임을 이해시켜야 할 것입니다. 한국이 통일된다면 박근혜 대통령 말대로 우리가 북한에 철도, 도로, 항만, 발전소 등 사회간접 시설을 하게 되므로 한국뿐만 아니라 동북아 지역의 기존 철도 및 도로와 연결되어 유라시아 전체가 하나가 될 것이므로 일본·중국·러시아·미국에게도 대박이 될 것임을 알게 해 주어야 할 것입니다."

노총각의 밀월蜜月

2014년 1월 24일 금요일

무역업에 종사하는 37세의 노총각이고 고참 수련생인 김성식 씨가 삼공재에서 수련을 하다가 다른 수련생들이 먼저 자리를 뜨고, 나와 단 둘만 남자 기다렸다는 듯이 말했다.

"선생님, 제가 요즘 건강이 전 같지 않은데 왜 그런지 맥 좀 보아 주시겠습니까?"

"결혼한 지 얼마나 되었지요?"

"이제 6개월 되었습니다."

이 말을 들으니 지난 여름에 결혼을 했다면서 신부와 같이 수박을 한 통 사들고 인사차 찾아온 일이 생각났다. 김성식 씨는 키가 180cm나 되는 거한巨漢인데 신부는 예쁘장하고 여자답고 다소곳했다. 과색過色하면 건강을 해칠 텐데 하는 느낌이 얼핏 들었던 일이 생각났다. 그래서 나는 나도 모르게 다음 말이 튀어나왔다.

"김성식 씨 입에서 그런 말이 나올 것이라고 짐작하고 있었습니다."

"네?"

"합방合房을 너무 자주하는 거 아닙니까?"

"아, 네. 조금."

"일주일에 몇번이나 잠자리를 같이 합니까?"

"거의 매일입니다."

"37세에 결혼을 했지만, 이미 청년기가 아니라 중년기라는 것을 알아야 합니다. 오늘부터라도 합방 회수를 반으로 줄이세요.

그리고 김성식 씨는 이미 기문氣門이 열리고 운기조식運氣調息을 하고 있으니까 합방 때마다 사정射精을 하면 안 됩니다. 선도체험기를 1권에서부터 모두 읽어왔다면 이미 다 알고 있겠지만, 운기조식을 할 줄 아는 수행자라면 거듭 말하지만 성합 때마다 사정을 할 필요가 없습니다."

"그럼, 사정은 언제 합니까?"

"아이를 갖기 원할 경우, 배란기排卵期기에만 사정을 해도 됩니다. 선도수행자에게 사정은 수련 에너지로 써야 할 귀중한 에너지를 낭비하는 것밖에는 안 되기 때문입니다. 혹시 김성식 씨는 합방 시 마다 사정을 해 온 거 아닙니까?"

"제가 좀 미련해서, 저도 모르게 그렇게 됐습니다."

"그러니까, 몸에 과부하過負荷가 걸린 겁니다. 지금 말하는 것을 들어보니까 김성식 씨는 내가 선도체험기에 보정법保精法에 대해서 자세히 설명한 것을 하나도 실천하지 못하고 있습니다.

운기를 하고 소주천을 할 수 있는 수행자는 합방시에 마음만 먹는다면 사정을 얼마든지 멈출 수 있습니다. 합방시에 클라이막스에 사정을 하는 대신 정액을 기체로 바꾼다고 의념意念하면 그렇게 됩니다.

이때 정액에서 기체로 바뀐 기운을 12정경과 기경팔맥으로 순환시키는 과정을 연정화기煉精化氣라고 합니다. 정精을 단련하여 수련 에너지인 기氣로 바꾸는 것을 말합니다. 이것을 희학적戱謔的으로 제왕학 제1조라고도 합니다. 합방시마다 사정을 하면 군왕이 비빈들과 3천 궁녀를 거느릴 수 없을 뿐만 아니라 제 명대로 살 수 없을 것이기 때문입니다.

그렇다고 해서 제왕들 중에서 연정화기를 성취한 이가 과연 있었는가 하면 그렇지는 않습니다. 이 수행과정은 제왕 따위의 세속인들이 성취할 수 있는 것이 아니기 때문입니다."

"그게 그러니까 말처럼 쉽게 되기는 어렵겠죠?"

"그렇긴 하지만 선도수련의 한 과정이라 생각하고 일로매진一路邁進하면 못할 것도 없습니다. 부인에게 미리 양해를 구하고 협조를 얻을 수 있으면 운우지사雲雨之事 중에도 정신을 똑바로 차리고 속도를 조절할 수 있고, 사정射精을 하지 않고 기氣로 바꾼다고 강하게 의념하면 얼마든지 사정을 막을 수 있을 뿐만 아니라 정액을 기로 바꾸어 온몸에 순환시킬 수 있습니다. 열번 찍어 안 넘어가는 나무 없다는 심정으로 계속 시도하면 반드시 성공하는 날이 있을 것입니다.

결혼한 사람의 선도수행의 성패는 연정화기의 성취 여부에 달려 있다고 해도 지나친 말이 아니라는 것을 알아야 합니다."

"명심하겠습니다."

이런 일이 있은 지 한달쯤 뒤에 다시 찾아온 김성식 씨가 얼굴에

싱글싱글 웃음꽃을 피우면서 말했다.

"선생님께서 지도해주신 덕분에 드디어 연정화기에 성공했습니다."

번데기가 나방 되기

"내 그럴 줄 알았지. 번데기가 나방이 되는 심정일꺼요. 이제 비로소 김성식 씨는 선도의 가장 넘기 어려운 첫번째 관문을 하나 통과했습니다. 축하합니다."

"그게 그렇게 축하받을 일인가요?"

"그렇지 않고요. 가톨릭의 수사修士, 불교의 비구比丘들이 이 관문을 통과하려고 그렇게도 애를 쓰건만 아직 기록에 남아있는 당나라 때의 혜안慧眼선사, 조선조 때의 화담 서경덕을 빼고는 연정화기煉精化氣를 통과했다는 사람의 말을 들어 본 일이 없습니다."

"아니, 수사나 비구는 독신인데도 연정화기를 통과해야 합니까?"

"아무리 독신이라고 해도 남근男根이 수시로 발기하는 것은 어쩔 수 없습니다. 그때마다 그것을 가라앉히려고 간음을 하거나 마스터베이션으로 해결하면 체면과 건강을 상하고, 무리하게 참을 경우 정관精管에 염증을 일으키어 전립선 수술을 하지 않을 수 없게 됩니다.

한두 번의 수술로 해결이 되는 것도 아니고, 수술을 거듭하다 보면 전립선염 또는 전립선암이라는 난치병을 앓는 등 그 고통은 이루 다 말할 수 없습니다."

"그럼 선도 수행자처럼 기문을 열고 운기조식을 하여, 연정화기 수련을 하면 되지 않을까요?"

"그분들은 자존심이 하도 강해서 선도를 외도外道라 하여 거들떠보려고 하지도 않으니 어쩔 수 없는 일입니다. 그런데 가톨릭 수사 한 사람이 한 10년 전에 삼공재에 찾아와서 연정화기 수련을 하려고 몇 개월 동안 수련을 한 일이 있었는데 끝내 성공하지 못하고 그만 둔 일이 있습니다."

"수련도 다 인연이 있어야지 아무나 안 되는 것 아닙니까?"

"물론입니다. 인연도 중요하지만 수련하겠다는 당사자 자신의 확고한 의지와 얼마나 지극정성으로 치열하게 일로매진하느냐 하는 노력에 성패가 달려 있습니다. 그 가톨릭 수사처럼 몇 개월 해 보고 안 된다니까 그만 둔다는 태도를 가지고는 무슨 일을 해도 성공하기는 어려울 것입니다."

"선생님께서는 아까 저를 보시고 번데기가 나방이 된 심정일 것이라고 말씀하셨는데 사정射精을 안 할 수 있게 된 뒤로는 합방을 아무리 해도 피곤을 모르고 몸에 활기를 느끼게 됩니다. 그렇다고 해서 아내와 잠자리를 그전처럼 자주 하고 싶어지는 것도 아닙니다."

"당연히 그래야죠. 연정화기煉精化氣란 글자 그대로 정액을 단련하여 수련 에너지인 기체로 바꾸는 것을 말합니다. 성행위를 하면서도 사정射精을 안 할 수 있다는 것은 색욕色慾이나 갈애渴愛에 함몰당하지 않고 성행위 자체를 스스로 통제하고 관리할 수 있는 능력을 갖게 되었다는 것을 의미합니다.

이 세상에 남녀가 있고 뜻 맞는 사람끼리 결혼하여 아이를 낳고 가정을 이루는 것은 우주의 섭리입니다. 그런데 그러한 섭리를 스스로 통제하고 그것을 초월하여 성행위 자체를 다스리고 관리할 수 있게 되었다는 것은 세속적인 성행위의 경지를 자기 자신의 힘으로 벗어나 한 단계 높은 차원에 도달했다는 것을 말합니다.

백만 대군을 이기는 것보다 자기 자신을 이기는 사람이 훨씬 더 훌륭한 승리자입니다. 그 사람은 이 세상을 창조한 최고신도 꺾거나 물리칠 수 없다고 법구경은 말하고 있습니다. 자기를 이기는 자라야 남을 다스릴 수 있고 끝내 시공을 벗어나 우아 일체가 될 수 있습니다.

이제 김성식 씨는 계속 수행을 게을리하지 않고 지속하는 한, 마음, 몸, 기의 세가지 공부가 저절로 되어 무슨 병에 걸려도 자연치유능력이 획기적으로 향상될 것입니다. 그리고 보통 사람보다 적어도 30년 내지 50년 이상 무병장수無病長壽할 수 있을 것입니다."

"선생님, 정말 감사합니다. 선생님이 아니시면 제가 어떻게 이런 공부를 할 수 있었겠습니까?"

"그 대신 이 세상에 공짜는 어디에도 없다는 것을 항상 명심해야 될 것입니다. 앞으로 인생을 살아가다 보면 반드시 내가 아니면 할 수 없다고 생각되는 정의로운 일과 부닥칠 때가 반드시 있을 것입니다. 그런 때는 몸 사리지 말고 정성껏 그 일을 꼭 수행해야 할 것입니다."

"명심하겠습니다. 그리고 참, 선생님, 연정화기 다음 단계의 공부는 어떻게 됩니까?"

"연정화기煉精化氣 다음에는 양신養神, 또는 연기화신煉氣化神의 단계가 있습니다."

"그 단계는 제가 넘보기 어렵겠죠?"

"반드시 그렇지 않습니다. 우아일체宇我一體를 목표로 꾸준히 한걸음 한걸음 나아가다가 보면 자기도 모르게 그 단계를 넘어서 버리는 경우도 있습니다."

"독신으로 수련에 매진하고 있는 수련자들은 어떻게 하면 연정화기를 성취할 수 있을까요?"

"남근이 발기했을 때 운기조식運氣調息으로 잠재울 수 있어야 합니다. 이때는 임독任督을 거꾸로 돌려야 합니다. 사정射精할 때의 생리구조를 잘 살펴보면 그 이유를 알 수 있을 것입니다.

순전히 운기조식의 힘만으로도 발기된 남근이 진정되는 일이 일상화되면 자기 성욕을 스스로 조절하고 관리할 수 있게 됩니다. 독신자로서 연정화기가 성취된 것입니다.

이것이 바로 지금도 가톨릭 수사와 선가禪家의 비구比丘들이 그렇게도 넘으려고 노력했고, 극단의 경우 자신의 발기된 남근을 면도칼로 자르기까지 하면서도 끝내 넘지 못했던 담벼락입니다."

"지금까지는 남자 수련생들의 연정화기에 대해서만 이야기해 주셨는데 여자 수련생들은 어떻게 됩니까?"

"능동적이냐 수동적이냐의 차이만 있을 뿐 여성에게도 전체 과정은 남성과 똑 같다고 보면 됩니다. 구체적인 수련 과정은 여성 수련자가 되어보아야 자연히 알게 될 것입니다.

다른 차원의 세상에서 인간은 원래 남녀의 구분이 없는, 하나의 성이었습니다. 그것이 지구상의 유인원類人猿의 생식生殖에 알맞는 양성으로 나뉘어져 진화되었을 뿐입니다. 그 증거가 퇴화된 상태로나마 지금도 남자에게 남아있는 유방의 흔적이 아닌가 합니다. 마치 꼬리의 필요성이 사라지자 점점 퇴화되어 흔적만 남아 있는 미골尾骨처럼 말입니다.

수명 140세의 새로운 시대

이왕에 질문을 하려면 금생에 내가 경험한 것을 물어보세요. 그래야 보다 구체적으로 자신 있게 대답할 수 있을 것입니다."

"연정화기를 통과한 수련자는 언제까지 성욕을 느낄 수 있습니까?"

"성욕을 느낀다는 것은 구체적으로 무엇을 말합니까?"

"성욕을 느끼면서 동시에 남근이 발기하는 것을 말합니다."

"내 경험과 연정화기를 성취한 다른 수행자들의 경험을 종합하면 75세 전후가 한계입니다. 몇 해 전에 노인들의 성생활을 그린 영화가 나온 일이 있었는데 그 영화에서는 그보다 더 연세가 많은 노인들도 활발하게 성행활을 즐기는 것으로 되어 있었습니다. 연정화기가 무엇인지 모르는 노인들에게는 얼마든지 있을 수 있는 일입니다. 그러나 모두가 다 부질없는 짓입니다."

"부질없는 일이라니요?"

"고령의 노인들이 겨우 성생활에서 생의 의미를 찾으려는 것은 철지난 꽃놀이처럼 격에 맞지 않는 부질없는 짓이라는 뜻입니다. 그 연령대의 노인은 그 나이에 알맞은 소일거리를 찾아야 할 것입니다.

성행위를 해 보았자 가뜩이나 얼마 남지 않은 정精만 낭비하여 여명만 단축시킬 뿐이기 때문입니다. 그 나이에는 인생을 뜻있게 마감하기 위해서라도 될수록 보정保精에 신경을 써야지, 그 반대의 일을 해서야 유병단명有病短命을 촉진할 수있을 뿐입니다."

"그럼 75세 이상의 노인들은 어떻게 소일하는 것이 가장 바람직할까요?"

"김성식 씨에게는 40년의 먼 미래의 이야기입니다. 지금부터 그러한 먼 미래의 일에 신경 쓰기보다는 당장 현실에서 처한 일을 진지하고 착실하게 해결하여 나가는 것이 더 소중할 것입니다.

미래의 일은 그때 가서 생각해도 늦지 않습니다. 미래학자들의 이야기를 들어보면 2030년 이후에는 인간의 수명은 140세가 보통이라고 합니다. 23.5도 기울어졌던 지구축이 바로 서면서 6480년 만에 천지개벽을 하면서 지구 환경이 완전히 새로 바뀌어 버리기 때문입니다. 1년 365일이 360일이 되고 봄, 여름, 가을, 겨울 네 계절이 여름과 겨울로 단순화됩니다.

지구 환경만 쇄신되는 것이 아니라 사람의 마음도 지금과는 전연 다르게 상부상조형의 새로운 인간형으로 발전한다고 합니다."

통일은 대박이다

우창석 씨가 말했다.

"선생님, 혹시 신창민 지음, 한우리통일출판(전화 02-507-5557) 간행『통일은 대박이다』라는 책 읽어보셨습니까?"

"박근혜 대통령의 신년 기자 회견을 보도하는 종편에서 그 책을 소개하기에 구해서 읽어보았습니다."

"그 책 읽어보신 소감 좀 말씀해주시겠습니까?"

"이산가족으로 64년을 살아온 나는 이 세상 그 누구보다도 통일에 관심이 많은 사람들 중의 하나입니다. 그동안 통일에 관한 책이나 논설이라면 빼놓지 않고 읽어온 나로서 이 책을 읽어보고 참신하고도 유익하다는 느낌을 받았습니다."

"어떤 점이 참신하다고 느끼셨습니까?"

"통일에 관한 기존의 모든 제안이나 논설들을 두루 섭렵하고 새로운 대안을 내놓은 본격적인 연구서라는 점에서 그렇습니다. 그러나 통일에 관한 저자의 결론은, 무력 통일은 물론 상상도 할 수 없는 일이고, 반공도 안 되고, 평화공존도 상호주의도 안 되고, 햇볕 정책, 퍼주기도 다 해보았지만 실패했으니 이제 남은 것은 북이 간절히 원하는 사회간접자본 시설의 주요 부분인 도로, 철도, 항만, 공항, 발전 시설, 송배전 시설, 방송통신 설비, 수도, 도시가스 지역난방, 중화학공업 개발, 산림녹화 시설 등을 무조건 우리가 먼저 북한에 만들어주자는 것입니다.

통일이 되어도 어차피 우리가 해주어야 할 시설들이므로 지금 해주는 것이 통일에 훨씬 유익하다는 것입니다. 권력은, 모택동 말대로, 총구에서 나오는 것이 아니라 민심에서 나오는 것이므로 우리의 자본과 기술과 전파가 북한에 그러한 시설을 해 주는 과정에 우리의 진심이 북한 주민 속에 배어들면 그들의 마음을 우리 편으로 끌어들일 수 있다는 겁니다. 우창석 씨는 그럴 수 있다고 보십니까?"

"바로 그 점이 문제군요. 선생님께서는 어떻게 생각하십니까?"

"북한의 김씨 왕조가 자유민주주의와 시장경제를 지향하는 우리의 의도를 뻔히 알면서도 우리의 자본과 기술을 순순히 받아들이지는 않을 것입니다. 왜냐하면 북의 최우선 관심사는 사회간접자본 시설을 우리가 북한에 건설해 주는 동안 북한주민들의 민심이 한국 쪽으로 돌아섬으로써 김씨 왕조가 망해버리게 하자는 것이 아니라 어떻게 해서든지 그 왕조를 북한 땅에 존속시키는 것이기 때문입니다."

"그 말씀을 들으니 생각나는 것이 있습니다. 북한 함경남도 신포에 건설 중이던 경수로 공사가 한창 진행 중에 북한이 약속을 어기고 변덕을 부리자 건설이 중단되고 한국은 수십억 달러 상당의 시설과 장비만 빼앗긴 채 추방당한 사건입니다. 그런 일이 되풀이되지 말라는 법이 없을 거 아닙니까?"

"물론입니다. 그런 일이 되풀이될 가능성이 충분히 있습니다."

"그럼 그 책의 저자는 무엇을 믿고 그런 책을 썼을까요?"

"이 책은 원래 2012년 7월에 초판을 내고 2013년 5월에 개정판을 낸 것으로 보아 박근혜 대통령의 한반도 신뢰 프로세스에 기대를 걸고 그렇게 하지 않았나 생각됩니다. 그것 외에는 장성택 처형 이후 불안해진 김씨 왕조가 자멸하든가 아니면 강대국의 압력을 견디지 못하고 붕괴될 경우를 가정하고 이 책을 썼다고 할 수도 있을 것입니다.

통독 전에 독일인은 누구도 동독이 그렇게 갑자기 무너질 것이라고는 예상을 못했습니다. 졸지에 당한 일이라 서독은 통일에 대한 아무런 구체적 계획도 가지고 있지 못했습니다. 그래서 통독시에 그들은 다음과 같은 3대 실책을 저질렀습니다.

첫째로 서독과 동독 간의 마르크 화폐를, 실세는 동독 마르크가 서독의 4분의 1 수준이었는데도, 무리하게 1대 1로 교환한 것이고,

둘째로 동독의 임금을 서독에 준하여 책정한 것이고,

셋째로 동독 지역 토지를 원 소유주에게 실물 반환하도록 한 것입니다.

첫째와 둘째 때문에 동독에서 많은 실업자가 양산되었습니다. 세 번째는 220만 건에 달하는 소송을 야기케 하여 원할한 재정 운영을 저해하는 요인이 되었습니다.

독일의 실패를 타산지석으로 삼아 이 책은 완전한 통일이 이루어지기 전에 10년 유예기간을 두고 남북의 주민들에게 통독시의 경우처럼 자유왕래를 허용하지 말고, 한국의 자본과 기술을 대량 투입하여 각종 시설을 하여, 그동안에 적어도 북한 주민의 개인소득이 남

한의 반 정도는 도달하게 한다는 것입니다. 그러는 사이에 남북간에 어느 정도 동질감이 회복된 후에 남북한 주민의 자유왕래를 허용한다는 것입니다.

그리고 또 한가지 주목되는 것은 전국토가 국유화된 북한의 토지 제도를 그대로 유지하고 남한도 점차 북한식 토지 국유화를 추진한다는 것입니다. 그렇게 하는 것이 우리나라가 1류 국가로 성장하는데 여러 가지로 유익하다는 것입니다."

"그럼 현재로서는 당장 아무 일도 착수할 수 있는 것이 없다는 얘기가 되는가요?"

"그렇습니다. 통일이 제아무리 한국은 물론이고 주변국들에게도 대박인 것만은 틀림이 없지만 장차 남북간의 신뢰 프로세스가 구축되어 북한이 글로벌 기준을 받아들이지 않는 한, 유감스럽지만 지금은 아무 일도 할 수 없습니다."

"그럼 선생님께서도 선도체험기에서 말씀하신 대로 현재 남북간의 합의로 운영 중인 개성공단과 같은 것을 북한 전역의 중요 도시에 확대 설치할 수 있도록 우리가 북한에 전격 제의하는 것은 어떨까요?"

"북한이 설사 그 제안을 받아들인다 해도 그로 인하여 북한 주민들의 인심이 한국 쪽으로 돌아서는 낌새만 보이면 북한은 과거의 행태로 보아 언제든지 김씨 왕조를 보존하기 위하여 약속을 어기고 한국에 공단 시설의 철수를 요구할지 모릅니다."

"결국은 때가 무르익을 때까지 온갖 경우를 가상한 대책과 준비나 철저히 하면서 기다리는 수밖에 없겠군요."

"그렇습니다. 하늘은 언제나 충실하게 준비하는 쪽의 손을 들어주게 되어 있으니까요."

키 리졸브 훈련을 북한이 질색하는 이유

우창석 씨가 말했다.

"선생님, 북한은 언제나 우리가 연례적으로 실시하는 키 리졸브(Key Resolve) 같은 한미 합동훈련을 결사적으로 반대하는 이유가 무엇일까요?"

"키 리졸브 같은 한미 합동훈련이야말로 김씨 왕조의 존망이 걸린, 그들에게는 무시무시한 타격이 될 수도 있는 군사적 행사이기 때문입니다."

"키 리졸브 훈련에 한미군 병력과 첨단 장비가 동원된다고 해도 당장 북한을 직접적으로 타격하는 것도 아니고, 어디까지나 방어훈련에 지나지 않는데 무엇 때문에 그렇게까지 과잉반응을 해야 하는지 이유를 모르겠습니다."

"군 출신 탈북자들의 말을 들어보면 연례적으로 실시되는 한미 키 리졸브나 독수리 훈련 때면 북한군 전체가 실전과 똑같이 발칵 뒤집힌다고 합니다. 장성택 처형 후 요즘 북한과 중국 사이에는 물자왕래가 거의 끊긴 상태입니다. 가뜩이나 유엔의 통제로 경제적인 고통이 막심한 북한에게는 설상가상으로 경제가 거의 마비될 정도로 힘든 때입니다.

이런 때에 키 리졸브 훈련이 실시될 경우 북한군이 이에 맞추어 병력과 장비를 동원하여 대치 상태로 유지해야 하는데 연료가 바닥이 나서 탱크와 항공기를 움직이면 이미 바닥난 연료가 더욱 더 바닥이 나서 곧 모든 장비가 고철이 될 수 있는 상태에 빠지고 맙니다.

북한이 이렇게 될 줄 잘 알면서도 키 리졸브 훈련이 실시되는 것은 핵을 포기하라는 한·미 측의 무언의 압력이기도 합니다. 한미합동훈련이 실시될 때마다 북한군은 자신은 말할 것도 없고 김일성, 김정일, 김정은 3부자는 최측근은 물론이고 아무도 모르게 거처를 숨겨버리곤 합니다.

만약에 북한이 도발을 할 경우 사전에 세워진 작전 계획에 따라 스텔스 전폭기와 드론 같은 무인기가 수술로 환부를 도려내듯 북한의 최고 지휘부와 핵 시설을 언제 정밀 타격할지 아무도 모르기 때문입니다. 키 리졸브 훈련은 이처럼 북한 최고위층에 대한 직접적인 위협 외에도 이미 파산 상태에 빠진 북한 경제에 지속적인 타격을 가하자는 속셈도 있습니다.

미소 양극 체제가 극에 달했던 1990년대에도 미국은 소련에 대하여 '별들의 전쟁'이라는 군비 경쟁을 유도하여 소련의 경제를 파산시킴으로써 소련연방을 1917년에 창설된 지 74년 만에 공중 분해시켰습니다.

이때 미 항공기들은 소련 항공기들이 대항하여 뜨지 않을 수 없는 최후 한계선까지 접근함으로써 소련 항공기들에게 보급할 유류 고갈 작전을 강행했습니다. 그와 동시에 소련의 재정원인 유류와 천연가

스에 대한 저가低價 정책을 시행하여 소련 경제에 압박을 가했습니다. 이렇게 함으로써 미국은 사회주의 경제의 비능률로 다 쓰러져 가는 소련 경제의 붕괴를 촉진시켰습니다.

결국 경제력이 바닥이 난 소련은 미국에 손을 들지 않을 수 없었습니다. 그때 소련은 미국을 수천 번 전멸시킬 만한 1만 기의 핵탄두를 보유하고도 단 한 발도 써보지 못했습니다. 키 리졸브 훈련이야 말로 북한 핵 포기를 재촉하는 무언의 압력이 아닐 수 없습니다.

이처럼 키 리졸브는 김씨 왕조의 멸망을 재촉하는 미국과 한국의 무언의 압력입니다. 이에 반발한 북한은 키 리졸브 훈련 직후 미군 병력과 첨단 장비가 한반도에서 철수된 직후에 천암함과 연평도 사건을 일으켰습니다. 그러나 한미군은 지금은 그러한 사태에도 충분한 대책을 세워놓고 철저히 보복하게 되어 있으므로 북한이 같은 짓을 저지르기 어렵게 되었습니다."

"요컨대 북한이 핵을 포기하고 글로벌 기준을 준수하느냐, 아니면 언제까지나 미국에 항거하느냐가 세계인들의 관심사가 아닐 수 없게 되었군요."

"그렇습니다."

"과거에도 핵보유 국가들이 미국의 지속적인 압력을 받고도 살아남은 실례가 있었습니까?"

"우크라이나 같은 나라는 소련연방이 공중분해된 후 독립하자, 미국으로부터 대가를 받고 스스로 알아서 핵 보유를 포기했고, 남아공, 시리아, 이란 같은 나라들은 미국의 각종 압력을 끝내 견디어내지 못하고 결국은 손을 들었습니다."

"북한이 언제까지나 지금처럼 계속 버틸 수 있을까요?"

"문제는 경제력에 달려 있습니다. 북한이 지난 20년 동안 핵 개발을 하면서도 버텨 낼 수 있었던 것은 혈맹인 중국이 음으로 양으로 도와주었기 때문입니다. 그러나 작년에 김정은이, 중국의 거듭된 경고를 끝내 무시하고, 3차 핵실험을 강행한 이후로는 중국이 유엔의 대북 결의에 동참하는 쪽으로 현저히 기울어지고 있습니다.

더구나 장성택 처형 이후는 북한과 중국 사이의 무역량은 급격히 줄어들고 있습니다. 중국이 지금처럼 미국과 유엔의 대북 압박에 동조한다면 김씨 왕조의 멸망은 단지 시간문제에 지나지 않을 것입니다."

초강대국 시대의 종말

"근세사의 흐름을 보면 세계는 여전히 지구촌을 힘으로 지배하는 초강대국의 의지에 달려 있는 것이 틀림없습니다. 언제부터 이런 역사의 흐름이 형성되었습니까?"

"서세동점기西勢東漸期가 시작된 16세기부터입니다. 그때 무역선단으로 지구촌을 휩쓸고 다닌 나라는 네덜란드였습니다. 그러나 네덜란드의 전성기는 17세기 스페인 선단과의 각축전에서 패한 후 역사의 뒤안길로 사라졌습니다.

그러나 스페인 역시 트라파갈 해전에서 패한 후 초강대국 자리를 영국에 물려주어야했습니다. 그 후 대영제국은 해가 지지 않는 18~19세기의 황금기를 보내고 20세기 들어 1차 대전 말기인 1917년에 윌슨 미국 대통령이 민족자결론을 제창하면서부터, 초강대국 지위를 막강한 경제력을 가진 미국에게 넘겨주지 않을 수 없게 되었습니다.

우리나라가 9100년 동안 차지하고 있던 동아시아 대륙의 요지를 떠나 지금의 한반도로 추방된 것은 바로 그때의 초강대국 영국의 책동에 의해서였고, 일제의 식민지로부터 국토가 둘로 쪼개진 것은 1945년 2월 얄타회담에서 미국과 소련의 전후 전략에 의해서였습니다."

"그럼 미국의 초강대국 시기는 앞으로 얼마나 더 지속될 것 같습니까?"

"어떤 사람은 2030년 이후에는 중국의 경제력이 미국을 능가할 것이므로 중국이 초강대국으로 등장할 것이라고 말하지만 나는 그렇게 보지 않습니다."

"왜요?"

"중국이 경제력은 미국을 앞설 수 있을지 모르지만 세계를 이끌어 나갈 만한 창의력과 새로운 시대정신을 주도할 역동성과 지혜와 비전과 참신한 문화적 콘텐츠를 지금은 거의 가지고 있지 않습니다.

중국은 한국의 경제적 성과를 일부 벤치마킹하여 시장경제를 채택함으로써 경제는 일으켜 세웠지만 여전히 전 세계가 20년 전에 이미 용도폐기 처분해버린 공산주의 독재 국가입니다. 따라서 몇 번의 치열한 혁신을 더 치러 내야 할 발전 과정이 남아있는, 일개 후진국에 지나지 않는 나라입니다.

그리고 더 중요한 것이 있습니다. 2030년에는 23.5도 기울어진 지구축이 똑바로 서면서 지구별은 대격변을 겪은 후 전연 새로운 분위기의 시대에 진입하게 된다는 겁니다. 이것은 우리가 살고 있는 지구라는 천체가 6480년마다 겪는 그 누구도 이의를 달수 없는 엄연한 천체 현상입니다.

이러한 천체의 운항 원리를 감안할 때 미국 다음으로 지구촌을 이끌어나갈 나라는 분명 중국은 아닙니다."

"그럼 누굽니까?"

"이번에 지구가 대격변을 겪은 뒤에는 초강대국이 일방적으로 지구촌을 제 마음대로 지배하던 수백 년 동안 이어져 온 초강대국이 할거하던 지배 패러다임이 완전히 바뀌게 될 것입니다.

그 대신 지구촌 여러 나라가 상부상조하는 지상천국 시대가 열리게 될 것입니다. 그러한 시대를 주도할 나라는 동방에서 나타나게 될 것이라고 기독교 성경을 비롯하여 옛날부터 동서양의 수많은 예언자들에 의해 예언되어 왔습니다."

"그럼 그 동방은 어디를 말합니까?"

"동방은 분명 동아시아를 말합니다."

"동아시아에는 지금 한국, 중국, 일본 밖에 더 있습니까?"

"그렇습니다."

"그럼 이들 세 나라 중 하나이겠군요."

"블룸버거 통신은 지금 세계에서 가장 창의적이고 역동적으로 뻗어나가는 나라는 한국이라고 말했습니다. 그러한 한국이 통일이 된다면 남한의 자본과 기술, 북한의 인력과 지하자원이 결합하여 한강의 기적을 훨씬 능가하는 대기적을 창출하여 우리나라뿐만 아니라, 인접국들은 물론이고, 전세계에 대박을 안겨주게 될 것입니다."

"한국이 통일이 된다고 해서 반드시 세계가 대박을 안게 된다고 어떻게 말할 수 있겠습니까?"

"왜냐하면 통일 한국은 부산에서 시베리아, 만주를 거쳐 모스크바 · 파리 · 런던까지 철도로 연결됨으로써 당장 세계 무역과 교통에 막대한 이익을 가져다줄 뿐만 아니라 유라시아 전체를 명실공히 곧

바로 하나의 대륙으로 활성화할 것이기 때문입니다.

그뿐 아니라 그 역동성과 창의력에서 한국을 능가하는 나라는 없습니다. 한국의 근대사를 지켜본 한 외국 기자는 '한국은 그저 발전만한 것이 아니라 로켓처럼 치솟았다'고 말했습니다. 또 세계 경영학의 대부 피터 드리커는 '제2차 세계대전 이후 인류가 이룩한 성과 중 가장 놀라운 것은 바로 사우스 코리아라고 말하고 싶다'고 말했습니다."

조선이 다시 통합하는 해

"그렇군요. 선생님 격암유록에는 언제 남북통일이 된다고 나와 있습니까?"

"2025년입니다. 2025년은 지금부터 11년 후입니다. 신창민 저 『통일은 대박이다』라는 책을 보면 금년 또는 내년에 한반도에 극적인 사태가 발생하여 남북 합의에 의해서든, 한국이 북한을 접수하든가 하여 북한 주민들을 현지에 그대로 수용하여 놓고, 사회간접시설과 함께 공장을 짓고 자본과 기술을 지원하여 10년 안에 북한 주민들의 생활수준을 한국의 50%가 되게 한 다음에 남북 주민이 자유롭게 남북을 왕래케 한다고 되어 있습니다.

그렇게 해서 10년이 훌쩍 지나고 나면 2025년이 곧 닥치게 되어 있습니다. 그렇게 해야만 아무런 구체적인 준비 없이 맞이한 독일 통일이 겪은 혼란들을 사전에 극복하고 통일비용을 최소화할 수 있고 남북 주민 사이에 추후에 발생할 수도 있는 불평과 불만과 원한과 이질감을 최소화할 수 있다고 합니다."

"여기에 화답이라도 하듯 박근혜 대통령의 '통일은 대박'이라는 발언은 어쩐지 아귀가 맞아 들어가는 것 같지 않습니까?"

"어디 그것뿐입니까? 미국과 중국이 한국 통일 문제를 의논할 예정을 짜놓고 있는가 하면, 중국이 안중근 의사 기념관을 세워주고,

중국의 싱크 탱크인 중국사회과학원에서 '중국이 북한을 포기하지 않을 것으로 여긴다면 오판'이라는 발언이 나오고, 한국의 인접국들뿐만 아니라 전세계의 중요한 나라들이 한국 통일에 관한 세미나를 빈번하게 개최하는 것은 어쩐지 하늘이 한국의 통일이라는 세계사적 거사를 향하여 절묘하게도 차츰 분위기를 조성해 가고 있는 것 같은 느낌이 들게 합니다."

"동감입니다."

"그런데, 선생님, 격암유록의 예언이 믿을 만할까요?"

"격암유록에는 임진왜란, 병자호란, 서세동점기西勢東漸期 이후 1876년의 강화도조약, 일제의 침략과 강점기, 해방, 분단, 육이오, 휴전, 남한의 비약적인 발전 이후 2030년에 이르기까지의 발생 연도가 정연하게 다 나와 있습니다. 그러나 2025년의 통일에 대한 예언은 어디까지나 미래의 일이므로 믿고 안 믿는 것은 순전히 독자의 선택에 달려 있습니다.

격암유록은 지금 내가 이 글을 쓰고 있는 2014년 2월 16일 이전까지의 주요 사건 발생년도는 전부 다 맞추었습니다. 그러나 앞으로 남은 2025년의 통일은 환영할 일이지만, 2030년의 지축이 변동하는 천지개벽과 같은 대환란은 가능하면 피하고 싶은 것이 솔직한 내 심정입니다."

"그렇지 않아도 지구에서 우주인들과 대화하는 채널러들에 따르면 지구를 다녀간 사랑하는 수많은 신령들이 지구의 환란을 완화하려고 지금 힘겨운 노력을 기울이고 있다고 하지 않습니까?

그 때문에 지축이 바로 설 때 그 충격을 가능한 최소한으로 줄이는 작업이 이미 시작되었다고 합니다. 그래서 아직까지는 대형 인명 피해는 그렇게 많이 일어나지는 않고 있다고 합니다.

부디 우주와 천지신명들의 가호를 바랍니다. 그러나 그전에 사람이 할 수 있는 노력은 다해야 할 것입니다. 결국 진인사대천명盡人事待天命의 자세로 지켜보아야 할 것입니다.”

역사에 반역, 조선은 대륙에 있었다

우창석 씨가 말했다.

"선생님, 혹시 박인수 지음, 도서출판 거근당(전화 02-388-5409) 간행 『역사에 반역, 조선은 대륙에 있었다』라는 책 읽어보셨습니까?"

"네, 임성택 씨의 권고를 받고 방금 다 읽었습니다."

"그 책 읽으신 감상을 좀 말씀해 주시겠습니까?"

"김종윤 재야사학자의 저서들을 읽어보면 조선왕조가 19010년까지 대륙에 있었던 것은 알 수 있지만, 그때까지 거의 원주민만 살고있던 한반도, 이 책에서 말하는 '청구靑丘반도'에는, 1876년 강화도조약 이후부터 대륙의 우리 조상들이 반도로 이주하기 시작했다는 것 외에는 딱히 언제부터 본격적으로 한반도로 이주했다는 것은 밝히지 않았습니다.

그러나 이 책에서는 그 당시의 세계의 주요 신문 기사, 시사 만평, 사진, 만화, 그림, 각종 저서, 조약문, 일본의 식민지 착취기관인 동양척식회사 자료 등을 토대로 그 과정을 구체적으로 밝혀놓고 있다는 것입니다."

"그럼 대륙의 우리 조상들이 본격적으로 한반도로 이주하기 시작한 것은 정확히 언제부터입니까?"

"1905년 을사늑약乙巳勒約이 체결된 이후부터입니다."

"그럼, 조선왕조가 공식적으로 대륙에서 떠난 해는 언제입니까?"

"일본의 한국 강점 조약이 체결된 1910년부터이고, 1919년 1월 2일 고종황제의 서거를 계기로 산동반도에서 민란이 일어나 3.1 운동이 시작되었고, 이것이 5.4운동으로 번졌습니다.

그리고 1926년 순종의 장례일이 6.10만세 사건으로 이어졌고, 1926년 10월, 일본이 대륙에서 완전히 철수하면서 그때까지 대륙에 남아있던 조선총독부를 한반도로 옮겼습니다. 그 원인은 장개석과 모택동 사이에 합의된 국공합작 때문이었습니다."

"국공합작과 대륙에 있던 조선총독부의 한반도 이동은 무슨 관계가 있습니까?"

"장개석의 국민당과 모택동의 공산당은 일시 싸움을 중단하고 대륙에 있던 일본군부터 먼저 추방하기로 약속했기 때문입니다. 이때 일본은 대륙에 있던 조선총독부는 물론이고 조선을 통치하기 위해서 만들었던 학교, 병원, 교화소, 신문사 등을 한반도로 철수했습니다. 그 후 1966년 문화대혁명 때 모택동의 지시로, 대륙에 남아있던 조선왕조의 흔적들이 홍위병들에 의해 조직적으로 모조리 다 말살되었습니다.

그 밖에도 이 책은 훈민정음과 동국정운의 의미와 함께 조선의 양반인 선비들의 애국적인 기개를 선양하려 노력했습니다. 그리고 만화로 우리 역사의 진상을 밝히려고 시도했다는 점이 좀 특이합니다."

"그럼 이 책이 밝히려고 한 핵심은 무엇입니까?"

"이 책이 강조한 핵심은 '중국中國'과 서양인들이 말하는 'Chinese

Empire'인데, 이것도 알고 보면 대륙의 주인이었던 조선왕조를 의미하는 것입니다. 훈민정음 해례에도 나오는 중국中國은 대륙에서 황제가 거주는 지역을 의미했습니다.

대륙에서 통일된 하나의 국가를 의미하는 중국이라는 명칭을 쓰기 시작한 것은 1911년 손문의 신해혁명 이후의 일이고, 그 전에는 하나의 국가 단위의 명칭으로서의 중국이란 존재한 일이 없었습니다."

"그럼 조선왕조가 대륙에 존재했던 시기에 있었던 명나라와 청나라와의 관계는 어떻게 됩니까?"

"명과 청은 조선의 제후국이었습니다. 그렇기 때문에 유네스코 기록문화재로 등록된 조선왕조실록이 명나라와 청나라에는 없습니다."

"그렇다면 청일전쟁 때의 청은 조선과 어떤 관계입니까?"

"청은 조선의 제후국이고 조선의 제후국인 청이 일본과 전쟁을 했으므로 조선과 일본이 전쟁을 한 것이었습니다. 아편전쟁 역시 청국과 영국과의 전쟁이 아니라 실제로는 조선과 영국과의 전쟁이었습니다."

"그럼 명성황후가 일본의 조폭들에게 시해당했을 때는 황궁을 보위하는 근대화된 일개 중대의 근위병도 없었던 것은 무엇 때문입니까?"

"대륙에서 황제가 기거하는 구역 즉 '중국'에는 무장 병력이 존재하지 않는 것이 전통이요 관례였습니다."

"그런데도 지금 알려지고 있는 동양사는 조선이 제후국이고 명이나 청은 황제국으로 되어있는 것은 도대체 어떻게 된 것입니까?"

"좋은 질문입니다. 17세기 스페인이 세계의 초강대국이었을 때 중남미에서는 어떤 일이 벌어졌습니까? 스페인군은 금을 갈취하기 위해서 그 찬란한 마야 문명을 깡그리다 파괴하고 원주민들은 짐승처럼 도살했습니다.

19세기 중반 대영제국을 비롯한 서구 제국주의 열강들은 동아시아 대륙을 분할 점령하기 위하여 그 터주대감인 조선의 역사를 완전히 뒤집어 놓았습니다. 다시 말해서 대륙의 주인이었던 조선의 역사를 하인으로 바꿔치기하여 조선의 변두리인 한반도로 추방해 버린 것입니다. 그래서 그 사건을 역사에 대한 반역으로 이 책은 규정했습니다."

"그 사실을 우리는 어떻게 알 수 있습니까?"

"물론 역사 날조의 실무를 담당했던 일본인들은 조선의 주요 사서들 예컨대 삼국사기, 삼국유사, 고려사, 조선왕조실록 같은 사료들을 반도식민 사관에 맞추어 왜곡 날조하느라고 애를 쓰기는 했지만 그 방대한 사료들을 전부다 위조하고 변조할 수는 사실상 불가능한 일이었습니다.

그 중에서도 각종 사서에 나오는 지리지地理誌들을 모조리 다 위조할 수는 없었습니다. 그래서 전문가가 아닌 한문을 해독하는 사람의 눈으로 보아도 위조된 부분은 금방 표가 나게 되어 있습니다.

결론적으로 말해서 지난 100여 년 동안 동아시아 대륙에서는 서구 제국주의 세력들에 의해 인류 역사상 전후 무후한 역사에 대한 대반역이 자행되었던 것입니다. 이 때문에 9100년 동안 대륙을 다스려온

조선이 처음부터 지금까지 한반도에서만 살아온 왜소한 보잘것없는 나라로 왜곡 날조되었던 것입니다.

그 결과 1910년 이후 지난 104년 동안 일본과 해방 후 한국 정부에 의해, 한국민을 영원히 일본의 노예로 길들여 부려먹으려고 날조해 낸 반도식민사관으로 교육받은 한국의 식자들은 각종 근거와 자료를 갖추어 우리 역사의 진상을 밝히려는 재야사학자들을, 정신병자로 간주하는 기막힌 현상이 벌어지게 된 것입니다.

지금 가장 통탄스러운 것은 아직도 한국의 각종 교과서를 집필하고 있는 강단사학자들이 우리 역사의 진실이 무엇인지 알려고 공부도 노력도 하지 않는다는 엄연한 사실입니다. 역사를 모르면 미래가 없다는 엄연한 진리를 그들은 모르고 있을 뿐만 아니라 알려고도 하지 않고 있습니다."

역사를 바로잡는 두 가지 조건

"그거야말로 대한민국을 위해서는 통탄할 일이 아니겠습니까?"

"원래가 동서고금 어느 시대에도 선각자先覺者는 외로운 법입니다. 그렇다고 해서 통탄만 하고 있을 수는 없는 일이 아니겠습니까?"

"그럼 어떻게 해야 합니까?"

"우리 주변에서 뜻 맞는 사람을 만나면 이 사실을 알려주어야 합니다. 천리 길도 한 걸음부터 시작한다고 하지 않습니까?

비록 100년이 걸리더라도 이렇게 꾸준히 외연을 넓혀나가다 보면 독립투사와 같은 기개 있는 역사가나 신문기자를 만날 수도 있을 것이고, 잘하면 러시아로 국적을 바꿀 수밖에 없었던 안현수 선수의 억울한 사연처럼 대통령의 귀에도 들어갈 수 있을지 누가 압니까?"

"그런데, 선생님, 비록 그 사연이 대통령의 귀에 들어간다고 해도 대통령이 문화교육부 장관에게 '이게 어떻게 된거냐'고 조사 보고하라고 지시를 내리면, 그 장관이 반도식민사관만을 철석같이 믿는 사람이라면, 대통령에게 '정신 나간 사람들의 망상이니 개의치 않으셔도 됩니다'하고 말하면 대통령은 '그런가!'하고 잊어버리고 마는 경우가 허다하다고 합니다."

"그러니까 역사의식이 제대로 확립된 대통령이 아니면 안됩니다. 우리가 잃어버린 우리 역사의 진실을 되찾을 수 있는 길은 두 가지로 요약할 수 있습니다.

그 첫째가 시간이 얼마가 걸리더라도 우리 국민들의 반수 이상이 참여하여 잘못된 우리 역사를 바로잡아야겠다는 여론이 형성될 때입니다.

그 두번째가 올바른 역사관을 가진 대통령이 잃었던 우리 역사의 진실을 되찾아야겠다는 결심을 하여 '비정상이 정상화'되어야 합니다.

우리나라 역사 바로잡기는 대통령과 국민이 똘똘 뭉쳐서 범국가적인 대형 사업으로 용의주도하게 계획을 세워서 철두철미하게 진행시켜야 합니다. 그렇게 하지 않고는 138년 전 강화도조약이 체결된 1876년 이후 시작된 세계 제국주의 열강들의 동아시아 분할책동으로 이루어진 '역사에 대한 대반역'으로 철석같이 굳어진 잘못된 역사를 바로잡기 어려울 것입니다."

"한국의 매스컴은 이런 때 무엇을 하고 있습니까?"

"한국의 매스컴 종사자들 중 아직은 아무도 우리의 역사의 진실에 귀를 기울이려하지 않습니다."

"진실을 세상에 밝히는 것이 언론인의 사명인데, 그들이 왜 그럴까요?"

"일제가 우리민족을 자기네 노예로 길들이기 위해 만들어낸 반도식민사관으로 교육받은 그들이 그 사관에 사로잡혀서, 아직 귀들이 꽉 막혀있기 때문입니다. 내가 보기에는 남북통일이 된 후에나 양상이 좀 달라지지 않을까 생각됩니다."

"왜 그렇게 생각하십니까?"

"잘못된 사관史觀을 바로잡지 않으면 우리나라가 더 이상 창조적인 미래를 구축해나갈 수 없는 절박한 수요가 생겨나게 될 것이기 때문입니다."

"지금 우리나라에는 어떠한 사관들이 있습니까?"

"첫째로 일제가 35년 동안의 강점기에 심어놓은 반도식민사관이 있습니다. 이 사관은 아직도 우리나라의 강단사학자들이 그대로 각종 역사교과서 집필에 이용되고 있습니다.

두번째가 일제 강점기와 해방 후에 신채호, 정인보, 문정창, 안호상, 박시인, 임승국, 박창암 등 재야사학자들에 의해 주창된 만주滿洲사관이 있습니다.

이 만주사관은 일부 재야사학자들에 의해, 최근에 발굴된 고고학적 성과를 바탕으로 새롭게 조명을 받고 있습니다.

세번째가 이중재(작고), 김종윤, 오재성, 정용석, 이병화, 박인수 등의 재야사학자들에 의해 주장되고 있는 대륙사관大陸史觀입니다. 한국과 중국 정사正史의 뒤받침을 받고 있는 사관입니다.

이들 세 사관들 중에서 제일 넘기 어려운 장벽이 바로 일제가 온 국력을 기울여 이 땅에 심어놓은 반도식민사관입니다. 이들의 하수인인 반도식민사학자들은 철석같은 학문의 아성을 구축하고 어떠한 반대의 목소리에도 요지부동입니다."

"그들이 꼭 그래야만 할 이유가 있습니까?"

"반도식민사관이 무너질 경우 그들이 몇 십년 동안 이 사관을 토대로 하여 쌓아올린 학문의 금자탑이 일시에 무너져버릴 것이기 때문입니다. 그렇게 될 경우 그들은 하루아침에 학교에서 쫓겨나 빈털터리가 되고 말 것입니다. 그러나 대통령이나 언론이 일시에 그들 반도식민사학자들을 추방하는 사태가 일어나지 않는한 그들은 안전할 것입니다.

그러나 서세동점기西勢東漸期에 제국주의 열강들에 의해 정당한 역사에 대하여 자행된 이 엄청난 반역과 범죄행위는 조만간 바로잡히는 때가 반드시 찾아오고야 말 것입니다. 사필귀정事必歸正이요 파사현정破邪顯正의 우주의 이치가 살아있는 한 비정상은 필연코 정상화될 것이기 때문입니다. 그날이 오기까지 우리 구도자들은 각자가 자기 할 일을 스스로 찾아 열심히 실천해 나갈 것입니다."

깨달으면 무엇이 달라집니까?

우창석 씨가 말했다.

"선생님, 깨달으면 무엇이 달라집니까?"

"무엇보다도 마음이 편안해지고 걱정근심이 사라집니다."

"마음이 편안해지는 것은 무엇 때문입니까?"

"우주와 내가 하나라는 것, 다시 말해서 우아일체宇我一體를 몸으로 느끼기 때문입니다. 우아일체를 체득한다는 것은 삶과 죽음이 같다는 것, 따라서 생사일여生死一如와 함께 불생불멸不生不滅을 직감하는 것을 말합니다.

그 때문에 지구가 당장 폭발한다고 해도 놀라거나 불안해하지 않습니다. 비록 지구는 폭발해버린다고 해도 그 이외의 무한 광대한 우주는 여전히 돌아가고 있을 테니까요."

"또 걱정근심이 사라진다고 하셨는데 그것은 무엇 때문입니까?"

"깨닫는다는 것은 인과응보의 법칙을 생활화하는 것을 말합니다. 인과응보의 법칙이 지배하는 현상계에서 이 진리를 깨닫는 것은 더 이상 걱정근심에 시달릴 필요가 없어진다는 것을 의미하기 때문입니다."

"인과응보의 이치는 불교의 연기론緣起論과 업장론業障論을 말하는 것이 아닌가요?"

"맞습니다. 그것은 바로 인과응보를 말하는 것이고 이러한 법칙은 2천 5백 년 전에 불교가 이 세상에 생겨나기 훨씬 이전부터 현상계를 지배하고 있었으므로 불교만의 전유물일 수는 없습니다. 불경보다 7천 5백 년 전에 나온 참전계경만 해도 366개 조항 하나하나가 모두 다 인과응보와 연관되지 않는 것이 없습니다."

"그럼, 인과응보의 이치를 깨달으면 왜 불안과 걱정근심에서 벗어날 수 있습니까?"

"불안과 걱정근심의 원인이 바로 대인관계에서 발생하는데 이것을 깨달은 사람은 애초부터 그 원인을 만들지 않을 것이기 때문입니다. 간단히 말해서 모든 불행의 원인이 자기 자신에게서 나온다는 것을 알게 된 사람은 남을 원망하고 저주하고 미워할 이유가 없어지게 됩니다."

"진정으로 깨달음을 얻은 구도자는 불안해하지 않고, 걱정근심에서도 벗어나있다는 것을 이해는 할 수 있겠는데, 깨달은 사람은 어떻게 공부를 하면 그러한 경지에 도달할 수 있습니까?"

"관법觀法 수련을 통해서입니다."

"그 관법 수련의 요령을 말씀해주시겠습니까?"

"수련을 하거나 일상생활을 하면서 수시로 일어나는 의문점들을 항상 제3자의 입장에서 객관적으로 냉정하게 관찰하고 규명해 나가다가 보면 자기도 모르는 사이에 한발 한발 진리에 다가서게 되어 있습니다.

"거기까지는 알겠습니다. 제가 알기에는 지금까지 선생님께서 말씀하신 것은 모든 종교인과 구도자가 보편적으로 추구하는 목표이고, 선도가 추구하는 차별화된 목표는 무엇입니까?"

"선도가 여타의 다른 구도행위와 차별화되는 것은 내공인 마음공부 외에 몸공부와 기공부를 한다는 것입니다. 그 결과 선도수행자는 대주천 경지에 오른 뒤에는 적어도 내과 질환이 원인이 되어 사망하는 일은 없다는 것입니다. 이 세상에 사는 날까지 살다가 눈을 감는 순간까지 최소한 질병으로 시달리는 일은 없다는 뜻입니다."

"그 이유가 무엇입니까?"

"기문이 열려 기운을 느끼고 운기를 하여 수승화강, 소주천, 대주천, 연정화기의 단계로 수련이 진행되는 동안, 살아있는 인간의 육체라는 소우주가 병들었을 때 자연치유력이 최고도로 가동되기 때문입니다. 교통사고나 자연재난 같은 외부에서 오는 타격으로 큰 부상을 당하여 팔다리 같은 신체의 일부가 떨어져나가거나 손실되지 않는 한 온갖 질병은 자연치유력이 원상회복을 시켜줍니다. 이것은 몸공부와 함께 기공부라는 선도 특유의 수련 기법이 담당하는 분야입니다.

이것을 기공부 또는 기수련, 단전호흡, 선도, 단학이라고 합니다. 선도체험기를 1권부터 107권까지 체계적으로 읽은 사람은 누구나 다 잘 알고 있는 것이므로 이 자리에서는 더 이상 언급하지 않겠습니다."

"선생님은 원래 소설가로 등단하신 후 12년 동안이나 작품 활동을 하시다가, 어떻게 돼서 선도 수련을 하시게 되었고, 그후 지금(2014

년)까지 28년 동안에 선도체험기를 107권이나 내놓으실 정도로 선도 수련에 전념하게 되셨습니까?"

"내가 스승도 없이 혼자서 선도수련을 하기 시작한 것이 54세 때인 1986년인데, 백약이 무효였던 내 지병인 다발성신경통을 고쳐보려고 단전호흡을 해 본 것이 뜻밖에도 적중하여, 아예 이에 몰입하게 되었습니다.

독학으로 시작한 선도 수련이 대박을 가져온 것입니다. 선도 수련이 확실한 효과가 있다는 것을 체험하게 된 나는 내가 사랑하는 문학은 말할 것도 없고, 현대의학도 해결하지 못한 고질병을, 오직 나 혼자 힘으로 시작한 수련만으로 고칠 수 있게 되었다는 데 깊은 감동을 받았습니다. 그뿐 아니라 이것이 계기가 되어 인간 존재의 실상을 추구해 들어가는 선도로 수행의 단계를 높이는 계기가 되었습니다.

그때부터 나는 내가 터득한 글재주로 기존 개념의 소설을 쓰는 대신에 구도와 건강을 동시에 챙길 수 있는 선도체험기를 씀으로써 내 독자들도 나와 똑같은 혜택을 누릴 수 있게 하자고 결심하게 되었습니다. 그렇게 하여 기존 문학과 의학이 해결하지 못했던 기쁨을 내 독자들로 하여금 만끽하게 해 보자는 내 소망이 선도체험기 속에 녹아있다고 자부합니다.

4년 동안의 준비 기간을 거쳐 1990년 1월 10일 선도체험기 1권과 2권이 첫선을 보인 지 어느덧 24년이라는 세월이 흘렀습니다. 선도체험기를 1권부터 중간에 빼놓지 않고 모두 읽어온 독자 여러분들은 그동안 일어난 희로애락들을 다 잘 알고 계실 것이므로 중언부언하지 않겠습니다."

"혹시 훗날에라도 순수문학 작품 대신에 선도체험기를 써 오신 것을 후회하시는 일은 없으시겠습니까?"

"그런 일은 결코 없을 것입니다. 나에게는 선도체험기 역시 시대 상황에 알맞은 일종의 창의적 문학작품이니까요."

관觀으로 뚫고 나가기

“한가지만 더 질문드리겠습니다. 깨달은 사람은 불안과 걱정근심에서 벗어난다고 하셨는데, 아직 깨닫지 못한 사람은 어떻게 하면 불안과 걱정근심을 극복할 수 있을까요?”

“관觀으로 뚫고 나가면 됩니다.”

“어떻게 말입니까?”

“불안하여 마음이 흔들리면 바로 그 불안을 관하십시오. 그리고 깊은 산길을 가다가 맹수가 덮쳐올 것이라는 무서움이 엄습하면 바로 그 무서움을 관하시고, 사랑하는 사람을 잃은 슬픔으로 견딜수 없을 때는 바로 그 견딜 수 없는 슬픔을 관하십시오.

한 여자에 대한 애욕愛慾으로 도저히 참을 수 없을 때는 바로 그 참을 수 없는 애욕을 관하십시요. 부모를 죽인 강도에 대한 원한과 증오로 몸이 사시나무 떨리듯 할 때도 바로 그 원한과 증오를 관하면 다소 시간의 차이는 있을 수 있지만 반드시 그 원한과 증오는 안개처럼 사라지게 될 것입니다.”

“관을 한다고 해서 모든 불안과 걱정근심을 털어버릴 수 있다는 것이 아무래도 믿어지지 않습니다.”

“우창석 씨 자신이 직접 그렇게 해 보았습니까?”

“직접 해 보지는 않았지만 상식적으로 납득이 안 가서 말씀드리는 겁니다.”

"흠뻑 젖은 종이를 빨랫줄에 널어놓았다고 합시다. 날씨가 흐렸다면 그 종이가 금방 마르겠습니까?"

"금방은 마르지 않을 것입니다."

"그러나 햇볕이 쨍쨍 내려쬐는 날이라면 어떻게 되겠습니까?"

"금방 마를 것입니다."

"우리가 심신을 가다듬고 진지하게 관을 한다는 것은 맑은 날에 햇볕이 쨍쨍 내려쬐는 것과 같습니다."

"그래도 관을 한다고 해서 불안과 걱정근심이 사라진다는 것은 상식으로는 이해를 할 수 없습니다."

"불안, 걱정, 근심 같은 것은 원래 실체 없는 허상입니다. 그런 것은 알고 보면 꿈, 환영, 물거품, 그림자, 이슬, 번개와 같아서 있는 것 같으면서도 사실은 없는 것이기 때문입니다.

그래서 관을 일상생활화하는 사람은 항상 사물의 허상 속의 진실을 꿰뚫어보게 됩니다. 바로 그 허상이 빨랫줄에 걸려있는 물먹은 종잇장이고 관하는 힘이 햇볕입니다."

"그럼, 가면을 쓴 사기꾼의 정체도 금방 알아보겠네요."

"물론입니다. 그래서 관을 일상생활화하는 구도자의 눈을 보면 늘 빛과 광택을 내고 특이한 에너지를 발산하므로 구도자끼리는 금방 알아봅니다."

이산가족 상봉

2014년 2월 22일 토요일

삼공재에서 수련하던 한 수련생이 불쑥 물었다.

"생님도 이산가족이시죠?"

"그렇습니다만."

"그럼 선생님도 지금 금강산에서 진행되고 있는 이산가족 상봉을 위한 신청을 하셨겠네요."

"아뇨, 난 신청하지 않았습니다."

"선생님께서는 육이오 때 넘어오셨으니까, 가족과 헤어지신 지 64년이나 되셨을 텐데 왜 신청을 안 하셨습니까?"

"그동안 이따금씩 생각나면 무슨 큰 시혜나 베풀어주듯이 북한에 의해 금강산에서 시행되는 이벤트성 이산가족 상봉을 지켜보면서 내 나름으로 생각한 것이 있기 때문입니다.

지금까지 남북 사이에 여러 번 이산가족 상봉이 있어왔지만 그때뿐이고, 한번 만난 후에 다시 만날 길은 완전히 막혀 있습니다. 60여년 만에 어렵게 만났으면 분단 상황 때문에 다시 만나기 어려우면 서로 편지 연락이라도 할 수 있는 제도라도 마련되었어야 할 텐데 그런 것도 없습니다.

60여 년 만에 딱 한번 만나 보고나서 헤어질 때 죽지 말고 통일

될 때까지 오래오래 살라는 말과 눈물만 남기고는 영영 다시 이별하고 맙니다. 이것은 이산의 상처를 꿰매주는 것이 아니라 그 상처에 고춧가루를 뿌리는 것과 같이 잔인한 짓입니다. 지금의 제도는 이산의 아픔만 재생산 확대하는 것밖에는 안 됩니다. 이럴 바에는 아예 처음부터 만나지 않는 것이 낫다고 생각한 것입니다."

"독일의 경우를 보면 그들은 통일 전에도 비록 제한은 있었지만 이산가족들이 상호 방문할 수 있었다고 하던데요."

"바로 그 일 때문에 북한 당국자들은 서독인들이 동독인들보다 4배나 더 잘 산다는 것을 알게 되고 이것이 빌미가 되어 동독인들이 서독으로 대량 탈출하는 바람에 결국은 동독이 붕괴되고 서독에 흡수 통일된 것을 지켜보고 그런 일이 북한에서는 재발되지 않게 하려고 필사적입니다.

더구나 최신 정보에 의하면 북한측에서 나온 이산가족은 금강산 상봉장에 한번 나오면 적지 않은 빚을 지게 된다고 합니다."

"빚을 지다뇨?"

"북측에서 나온 이산가족이 남측 가족에게서 받은 선물은 그들을 감시하는 북한의 각계각층 요원들에게 주는 선물로 차례로 전부 다 털리고도 모자라 나중에는 빚을 얻어서라도 선물을 해야 무사하다고 합니다.

게다가 지금 상봉 신청을 한다고 해도 이미 신청된 수효가 12만 9천 건인데 공정한 추첨으로 가령 지금처럼 1년에 200건씩 만난다고 해도 그들이 다 만나려면 무려 645년이 걸립니다. 이것저것 생각하면 아무래도 통일이 된 후에 만나는 것이 서로가 속이 편할 것 같습니다."

"그 통일이 언제 될지 모르는 걸 감안하면 참으로 현실이 야속합니다."

"게다가 대부분의 신청자들이 70대에서 90세 이상의 고령자들인데 그분들 중 앞으로 10년이 지나면 살아남아 있을 분들이 얼마나 되겠습니까?"

"그럼 어떻게 하죠?"

"우리에게 주어진 환경이 그러하니 어떻게 하겠습니까? 거기에 순응해서 살아가는 수밖에."

"이러한 현실을 타개할 묘책은 없을까요?"

"지금까지 우리는 북에 의한 남침, 국군과 유엔군에 의한 북진, 중공군 개입과 교착된 전선에서의 고지 탈환전, 휴전회담, 휴전, 평화공존, 햇볕 정책, 퍼주기 등 온갖 것들을 모두 다 시도해보았지만 모조리 다 실패했습니다."

"그렇게 모조리 다 실패한 원인이 어디에 있습니까?"

"우리의 상대인 북한이 저들의 공산당 규약과 헌법으로 남한을 적화통일하기로 작정하고 악착같이 덤벼드는 한 우리는 북한에 적화흡수 통일되지 않기 위해서라도 이스라엘처럼 무력으로 저들을 압도하면서, 한국이 통일을 주도하여 나가는 길밖에는 다른 길이 없습니다.

북한은 적화통일을 악착같이 추구하고, 한국은 그것을 끝까지 방어하고 평화통일을 달성하려 하는 두 세력이 상극을 이루고 있기 때문입니다."

"그러자면 우리도 북한처럼 핵무장을 해야 되는데 수출로 먹고사는 우리로서는 미국이 반대하는 한 사실상 불가능한 일이 아닙니까?"

"일본이 핵무장을 할 때까지 우리도 핵은 잠시 유보하고 혈맹인 미국의 핵우산을 쓰는 한이 있더라도, 각종 첨단 무기로 북한이 자랑하는 핵과 미사일을 제압할 수 있는 국방력 강화의 길을 택하는 수밖에 없습니다."

통일의 주역은 한국이 되어야

"그렇게 되면 남북 사이에 군비경쟁이 붙는 거 아닌가요?"

"군비경쟁이 붙게 되면 붙어야죠. 우리는 경제 규모가 북한보다 40배 이상이니까 승산은 우리쪽에 있습니다.

미국과 소련의 양극 체제가 극에 달하여 '별들의 전쟁'이라는 군비경쟁이 벌여졌을 때 어떻게 되었습니까? 소련의 비능률적인 사회주의 중앙통제 경제가 미국의 자유 시장경제를 극복하지 못하고, 1만개의 핵탄두를 가지고도 미국에 백기를 들고 1991년 마침내 소련은 창설 74년 만에 공중 분해되고 말았습니다.

한국과 북한과의 군비경쟁 역시 핵과 미사일이 아니라 상대보다 우월한 군비를 지탱하는 경제력이 좌우하게 될 것입니다."

"남북한의 현 체제가 그대로 살아남은 상태에서 상부상조할 수 있는 방법은 없을까요?"

"그건 남북이 1972년 7.4 공동성명 이후 42년 동안이나 추구해 보았지만 북쪽이 적화통일 야욕을 지금도 추구하는 이상 하나의 환상에 지나지 않습니다."

"미국과 유엔의 경제 제재로 북한이 스스로 손을 들고 핵을 포기하고 개혁개방을 선택할 때까지 기다려보는 것은 어떨까요?"

"미국과 국제사회가 제아무리 규제를 강화해보았자 북한의 존재가 자국에 이익이 된다고 생각하는 중국이 버티고 있는 한, 북한이 스스로 핵을 포기하고 개혁개방을 하는 일은 없을 것입니다.

왜냐하면 중국은 자기네를 치아로 북한을 그 치아를 보호해주는 입술로 보고 있기 때문입니다. 중국이 한달 동안만 유류 공급을 중단해도 북한은 폭삭 그 자리에서 자멸해 버리고 만다는 것을 잘 알면서도 그렇게 하지 않는 이유가 입술이 떨어져나가면 이가 시리다는 순망치한脣亡齒寒의 이치를 믿고 있기 때문입니다.

결국 통일은 우리가 나서서, 서독이 미국, 소련, 영국, 프랑스에게 그랬듯이, 이해 당사국인 미국, 중국, 일본, 러시아를 설득하여 주도적으로 이끌어 나가는 수밖에 없습니다. 그러자면 북한의 핵과 미사일을 제압할 수 있는 첨단 국방력을 우리가 먼저 확보해야 합니다. 경제력이 충분한데도 부국강병富國强兵의 길을 마다하고 떳떳하지 못한 부국약병富國弱兵의 길을 택한다면 우리는 미국 · 중국 · 일본 · 러시아를 설득할 수 없을 것입니다."

"중국을 어떻게 설득해야 우리의 통일 의지를 관철할 수 있겠습니까?"

"북한이 핵을 포기하고 중국이나 베트남처럼 개혁개방을 하고 적화통일의 야욕을 버린다면 중국도 반대하지 않을 것입니다. 그렇게 된다면 남북 양체제는 공동번영할 수 있게 될 것입니다.

우리는 이것을 가지고 중국과 협상을 해야 합니다. 그러나 지금처럼 우리가 국민소득은 북한보다 20배, 경제 규모는 40배나 되면서도 북한의 핵과 미사일에 끌려다니는, 굶주린 승냥이에게 뜯어 먹히는 살찐 돼지와 같은 부국약병富國弱兵의 상태로는, 중국이 우리를 얕잡아보는 빌미만 제공해 주게 될 것입니다."

"그러나 우리가 북한보다 우월한 국방력을 유지한다는 것은 대한민국의 헌법을 부정하고 태극기 대신 한반도기를 흔들고 애국가 대신 적기가를 부르고, 북한이 무력으로 도발해 오더라도 대항하지 말고 백기를 들라고 끊임없이 요구하는 종북좌파 세력이 국회 안에까지 진출하여 단단한 둥지를 틀고 있는 한 북한을 능가하는 국방력 보유는 사실상 불가능한 것 아닌가요?"

"그렇습니다."

국가 반역 단체들 모조리 해산시켜야

"그럼 어떻게 해야 합니까?"

"통일 전에 서독이 자국 안에서 동독의 지시대로 움직이는 서독을 반대하는 국가 반역 세력과 단체들을 깡그리 일망타진一網打盡했듯이 우리도 종북 세력을 모조리 청산해버려야 합니다.

지금 이석기 의원이 국가 전복 음모 혐의로 재판중에 있는데, 그 귀추가 주목되는 것은 바로 이 때문입니다. 적화통일을 위하여 1948년 북한 정권 수립 이후 지금까지 시종일관 전력투구해 온 북한 수령체제가 가장 두려워하는 것이 무엇인지 아십니까?"

"미국의 군사력이 아닙니까?"

"그렇습니다. 북한은 바로 그 미군이 무서워 남침을 못하고 있습니다. 그래서 저들은 자나 깨나 밤이나 낮이나 시종일관 일단 입만 열었다 하면 미군철수를 염불처럼 외우는 겁니다. 미군만 남한에서 철수하면 북한은 적화통일에 자신감이 있다고 장담하고 있습니다. 왜 이런 일이 벌어진다고 보십니까?"

"북한이 한국군을 졸이나 핫바지로 보기 때문이 아닐까요?"

"그렇습니다. 그러니까 북한은 지금까지 한국군을 깔보고 있다는 것을 말해줍니다. 이제 우리가 할 일이 더욱 더 명백해졌습니다. 그것은 한국군을 주한미군 못지않게 강군으로 육성하는 것입니다.

그렇게 함으로써 인구 7백만의 이스라엘군을 인구 3억의 아랍이 무서워하듯, 북한군으로 하여금 미군보다 한국군을 더 두려워하게 만들어야 합니다. 우리는 충분히 그렇게 할 수 있는 능력이 있는 나라입니다. 왜냐하면 한국은 북한보다 20배의 국민소득과 40배의 경제 규모를 가지고 있기 때문입니다. 북한의 경제 규모는 겨우 인천광역시 정도밖에는 되지 않습니다.

우리에게 부족한 것은 서기 674년 삼국통일을 주도했고, 동맹국이었던 당나라의 고구려, 백제 땅 병합 야욕까지도 당군과의 두 차례의 격전 끝에 꺾어버린 신라에 못지 않는 통일 의지와 정신력입니다.

한국 자신의 힘으로 통일을 성취하고 말겠다는 열의와 기백만 있으면 우리는 능히 북한을 압도하는 군사력을 구축하여 진정한 의미의 부국강병을 성취할 수 있습니다. 한국이 경제면에서뿐만 아니라, 군사면에서도 북한을 압도할 수 있어야 우리의 동맹국인 미국과 일본은 말할 것도 없고 북한의 동맹국인 중국이나, 북한의 옛 동맹국이었던 러시아까지도 우리의 통일 주도 노력을 지지해 줄 수밖에 없을 것입니다."

"그러나 우리가 아무리 첨단 무기로 군사력을 강화한다고 해도 핵무장을 하지 않는 한 핵을 가진 북한을 제압할 수 있겠습니까?"

"북한이 비록 경량화, 소량화, 다양화에 성공했다고 해도 핵무기를 제멋대로 사용할 수는 없습니다. 핵무장 능력을 충분히 가지고 있으면서도 핵무장을 하지 않는 대표적인 나라가 독일과 일본입니다.

이들 두 나라는 핵공격을 받을 경우 미국이 자동적으로 보복해 주기로 되어 있기 때문입니다. 한국도 독일이나 일본처럼 미국의 핵우산을 받고 있습니다.

그러나 우리는 독일이나 일본처럼 강한 국방력을 가지고 있는가 하면 그렇지 않습니다. 이들 두 나라는 국가 예산의 8~9%를 국방비로 쓰지만 한국은 겨우 2.8% 내외입니다. 한국이 만약 독일과 일본처럼 국가 예산의 8~9%를 국방 예산으로 쓸 수 있다면 북한이 한국을 지금처럼 깔보는 일은 결코 없을 것입니다."

"그럼 한국이 겨우 예산의 2.8%만을 국방비로 써야만 하는 이유는 무엇입니까?"

"우리 국회가 국방비로 2.8% 이상은 통과시켜주지 않기 때문입니다."

"왜 그래야만 합니까?"

"국회에 진출하여 교두보를 확보한 통진당을 비롯한 종북 세력과 이들을 비호해주는 제1 야당이 2.8% 이상의 국방비 통과를 결사반대하여왔기 때문입니다. 더구나 우리 국회는 여야 합의로 국회선진화법이라는 이상한 법을 만들어 다수결 통과라는 민주제도를 원천적으로 봉쇄해버렸습니다."

"그럼 한국도 통독 전의 서독이 그랬던 것처럼 대한민국을 반대하고 북한의 김씨 왕조를 숭배하는 종북 세력을 철저하게 뿌리채 뽑아버리는 수밖에 다른 길이 없겠군요."

"그렇습니다. 비록 일부 유권자들이 종북 세력의 감언이설에 속아 그들을 국회의원으로 뽑아주었다고 해도 이제는 정신 번쩍 차리고 생각을 달리 해야 합니다.

엄연히 대한민국 국민이면서도 한국을 적화통일하려고 북한의 지령을 받고 움직이는, 태극기를 거부하고 애국가 대신 적기가를 부르는, 대한민국을 뒤집어엎으려는 세력에게 표를 주는 것은 그들과 똑같은 국가 반역 행위에 해당하기 때문입니다.

그래도 종북 세력에게 계속 표를 주겠다는 유권자가 있다면 그 사람이야말로 대한민국이라는 공동체 안에서 살 만한 자격이 없으니 한국 땅을 떠나 북한으로 가든가, 그것도 안 되면, 다른 나라로 이민을 해야 할 것입니다."

"그런데도 일부 친북 논객은 사상의 자유, 표현의 자유가 있는 대한민국에서 다양성을 존중하는 의미에서라도 그렇게 종북 인사들을 박대하는 것은 지나친 처사라고 말하던데요."

"그것은 밤중에 남의 집에 쳐들어온 살인강도가 흉기를 흔들면서 가족을 몰살하겠다고 협박하는데도, 그들을 물리칠 능력이 있으면서도, 사상의 자유와 표현의 자유를 존중하고 다양성을 살리자는 취지를 살려 그 살인강도들과 함께 더불어 살아가는 것이 좋다고 말하는 것과 같습니다.

그래서 우리보다 민주주의가 더 발달한 서독도 통일 전에 공산동독의 지시를 받고 서독을 전복하려는 공산주의자들의 조직을 모조리 해산시켜 버리고나서 끝내 동독을 흡수 통일할 수 있었습니다. 우리가 만약 이 훌륭한 독일의 교훈을 살리지 못한다면 대한민국은 이 지구상에서 살아남을 자격이 없는, 월남전 때 멸망한 월남공화국과 같은, 무능한 국가로 역사에 남게 될 것입니다."

안철수 신당과 민주당의 합당 작업

2014년 3월 5일 수요일

우창석 씨가 말했다.

"요즘 안철수 신당과 민주당이 갑자기 합당을 한다고 하여 떠들썩한데, 선생님께서는 어떻게 생각하십니까?"

"그야 당사자들의 능력 여하에 달린 일입니다. 잘하면 미국과 같은 건전한 양당 체제가 확립되고 적절한 시기에 정권 교체가 실현되어 우리나라 정치 발전과 안정에 도움이 될 수도 있을 것입니다. 그러나 잘못되어, 가령 안철수 의원이 회담장을 박차고 나와 버리는 사태가 벌어지면 하나의 해프닝으로 끝나버릴 공산이 큽니다."

"왜 그렇게 생각하십니까?"

"민주당이 민심을 잃어 서서히 침몰하고 있는 것은 사실입니다. 그러나 비록 인기는 끌고 있다고 하지만 달랑 2석밖에 갖지 못한 안철수 신당이 그래도 126석을 가진 제1 야당인 50년 역사의 민주당과 합당하려는 것은 노루가 내분중의 호랑이 굴에 들어가는 것처럼 위태로운 일이고, 5 대 5의 비율로 합당이 제대로 될 수 있을까 하는 의문이 일기 때문입니다."

"만약에 양자 사이에 기적이 일어나 그야말로 화학적인 융합이 이루어진다면 어떻게 될까요?"

"그런 기적이 일어나 합당에 성공한다면 어떠한 일이 있어도 이념에 매달리지 말고 현실을 바로 보고 실사구시 정신으로 나아간다면 한국 정치문화에 크게 도움을 줄 수도 있을 것입니다.

지금 선진국들에서는 사회당이니, 공산당이니 하는 진보 정당들이 이념의 색채를 완전히 벗어던지고 현실 정치에 뛰어들어 실리 정신으로 보수 정당들과 똑같이 오직 민생과 경제를 살리고 실업자들에게 일자리를 마련해 주기 위하여 보수당과 치열한 경쟁을 벌이고 있습니다.

지금은 이념의 시대가 아닙니다. 그런데도 불구하고 한국의 민주당은 노무현 정부 때 부의 평등과 분배를 주장하는 사회주의 이념에 몰입하는가 하면, 북한에 대한 퍼주기에 전념하다가 큰 실패를 맛보고도 그 잘못을 깨닫지 못하고, 대선에서 참패하고도 계속 사회주의 이념만을 추구하여 광우병 괴담, 국정원 댓글 등으로 갈수록 민심을 잃기 시작했습니다.

그 정도가 심하여 지금은 구제불능의 중환자처럼, 계속 인기를 잃어가다가 이제 궁여지책으로 안철수 신당과의 합당으로 2017년 대선에서 돌파구를 찾으려는 것 같은데, 글쎄 그게 과연 성공할지 의문입니다."

"그럼 민주당에게 안철수 신당과의 합당 이외의 더 좋은 방법이 있을까요?"

"있고말고요."

"그게 뭔데요?"

"무슨 이유로 민심이 민주당으로부터 계속 멀어져나가는지 냉정하게 객관적으로 관찰해보면 바로 그 안에서 틀림없이 해답이 보일 것입니다."

"그 해결책이 무엇입니까?"

"그것이 우창석 씨와 민주당 사람들의 눈에는 보이지 않는다는 말입니까?"

"죄송합니다."

"민심이 요구하는 것은 민주당이 그 시대착오적인 이념의 굴레서 벗어나는 것이건만 악착같이 대선 대패 후 이명박 정부 5년과 박근혜 정부 1년 도합 6년 동안 줄기차게 광우병 괴담이나 국정원 댓글 같은 이념 전략에만 매달려 스스로 자기정화하여 환골탈태할 수 있는 귀중한 시간을 허비해 온 것입니다. 민주당이 못하는 것을 안철수의 새정치가 하겠다고 하니까 민심이 그 쪽으로 쏠릴 수 밖에 더 있겠습니까?"

"새정치라는 것이 도대체 무엇입니까?"

"민생과 경제 살리기를 외면한 구 정치의 권모술수, 종북 세력 돕기, 당리당략에서 벗어남으로써 온갖 부정을 혁신하여 국민들이 요구하는 바른 정치를 하자는 것이 나는 새정치라고 봅니다. 요컨대 안보를 튼튼히 하고 민생과 경제를 살리고 일자리를 만들라는 것이 민심인데 엉뚱한 짓들만을 하고 있으니 민심과는 점점 멀어져갈 수 밖에 더 있겠습니까?

이런 관점에서 냉정하게 살펴볼 때 민주당과 안철수 신당의 합당은 이념이 다른 정치 집단끼리 어울려 성급하게 대선에서 승리부터 해놓고 보자는, 언제 깨어질지 알 수 없는 얇은 얼음장 같은 일시적 야합에 지나지 않는다는 느낌을 줍니다.

민주당은 남이 애써 농사지은 과수원의 과일만 탐하는 것 같은 짓은 하지 말고, 집권을 다소 늦추더라도 스스로 땀 흘려 농사지은 열매로 정정당당하게 국민의 심판을 받아야할 것입니다. 그리고 안철수 신당 역시 손쉽고 얇삭한 편법으로 설익은 열매부터 따려고 너무 서두르지 말고, 좀 더 노력하여 땀 흘려 농사지은 자기 자신의 작품으로 당당하게 승부를 걸어야 할 것입니다.

그러나 양측은 장고長考 끝에 이미 합당 작업에 착수했으니 과거 우리 정치사에서 이와 비슷한 시도들이 모조리 다 실패한 것을 좋은 교훈으로 삼아 이번에는 꼭 성공하기 바랄뿐입니다."

"이번 합당 작업이 성공하려면 어떻게 해야 할까요?"

"민심을 바르게 읽고, 현실을 바르게 보고, 이미 전 세계에서 용도 폐기처분된 낡아빠진 공산주의나 사회주의 이념 따위에 연연하지 말고 거기서 완전히 탈피하여, 무엇보다도 국방비를 깎으려고만 하지 말고 안보를 튼튼히 함으로써 국민과 국가를 위해서 겸허하게 봉사함으로써 바른 정치를 하려고 한다면 반드시 민심과 천심의 도움을 얻어 기필코 성공할 수 있을 것입니다."

"솔직히 말해서 민주당이 침몰당하지 않을 수 없게 된 근본 원인도 알고 보면 80년대식 군부 독재와의 투쟁 방식을 고집하는 주사파와 친노파의 정치 노선에 대한 집착 때문이었습니다. 이 시대착오적인 단꿈과 집착을 벗어던지지 못하는 한 합당 작업이 비록 성공하더라도 국민의 지지를 받기는 어려울 것입니다.

17대 대선에서 민주당의 정동영 후보가 한나라당의 이명박 후보에게 5백 6십만 표로 대참패를 당한 것도 바로 이 이념에 대한 집착 때문이었는데 민주당은 그로부터 6년의 세월이 흘렀건만 아직도 그것을 깨닫지 못하고 있습니다. 참으로 안타깝고도 한심한 일이 아닐 수 없습니다."

"그건 바로 내가 하고 싶은 말입니다."

"저도 늘 관을 일상생활화하다 보니 저도 모르게 그렇게 된 것이지, 선생님 생각이나 말씀을 흉내낸 것은 결코 아닙니다."

"그건 아주 바람직한 현상입니다. 계속 그 길로 매진하다가 보면 틀림없이 탁월한 지혜를 얻게 될 것이고 수련에서도 반드시 한 소식하게 될 것입니다."

"격려해주셔서 고맙습니다."

북한의 4차 핵실험 막을 수 있을까?

우창석 씨가 말했다.

"북한은 미국과 국제사회의 각종 제재로 앞길이 꽉 막혔다고 생각될 때는 으레 미사일을 몇 차례 쏘아올리고, 그래도 아무 반응이 없을 때는 핵실험을 해왔는데, 벌써 3차나 그래 왔습니다.

요즘은 이산가족이 금강산에서 상봉 중인데도 그러한 패턴을 답습하려는 듯 벌써 몇 차례나 단거리 마사일 발사를 감행했습니다. 사전 예고도 없이 발사 실험을 하는 바람에 일본에서 출발하여 북한을 거쳐 중국으로 가던 중국 민항기가 7분 차이로 미사일을 비켜가는 아찔하고 위험한 일까지 벌어졌는데 중국은 항의 한마디 없습니다.

종편에 나온 논객들 중에는 이제 곧 일어날 수도 있는 4차 핵실험을 예고하는 사람도 있습니다. 선생님께서는 어떻게 생각하십니까?"

"지금 미국과 유엔은 핵 포기를 위해 북한에 할 수 있는 최대한의 제재를 가하고 있습니다. 만약에 중국까지도 미국과 국제사회의 대북 제재에 전적으로 동참했더라면 북한은 생존하기 위해서라도 이미 핵무기를 포기하고 중국처럼 개혁개방의 길을 선택함으로써 김씨 왕조는 무너지고 중국과 비슷한 경제 체제를 가진 나라가 되었을 것입니다.

그렇게 되었더라면 남한과 북한은 중국과 대만처럼 경제 통합은 벌써 달성되었을 것이고 통일까지도 이미 성취되어 있었을 것입니다. 그러나 중국이 아직도 국제사회의 북한 제재에 완전히 동참하지 않기 때문에 북한은 중국을 믿고 지금도 자기 나름대로 깡패 같은 행패를 부리고 있습니다. 중국은 지금의 북한을 만들어낸 원인 제공자입니다."

"그럼 중국이 김정은의 중국 방문을 허락지 않으면서도, 아직 북한이 미사일을 쏘고 핵실험을 할 수 있을 만큼 도움을 주고 있다는 말씀입니까?"

"그렇습니다."

"중국이 북한을 자국의 외곽을 지켜주는 울타리로 생각하여 국제사회의 온갖 제재를 무릅쓰고 북한의 생존에 필요한 최소한의 식량과 유류를 공급해 주고 있다는 것은 세상이 다 알고 있지만, 그 외에도 다른 도움을 또 주고 있다는 말씀입니까?"

"그렇습니다."

"그게 무엇이죠?"

"북한이 개발한 미사일을 이란이나 시리아 같은 중동 국가에 수출할 수 있도록 도와주고 있습니다."

"어떻게요?"

"실례를 들면 북한 선박이 그들이 만든 각종 미사일을 중동에 수출하는 것을 막기 위해서는 미국이나 한국 해군 함정이 서해를 통과하는 북한 선박을 막고 조사를 하면 미사일을 얼마든지 적발하여 압수할 수 있습니다.

그런데도 그렇게 하지 못하는 것은 중국이 북한제 미사일을 한국과 미국이 압수할 수 없게 함으로써 북한이 빠져나갈 수 있는 구멍을 만들어 놓았기 때문입니다."

"그럼, 북한이 4차 핵실험을 할 것인가 말 것인가 하는 것은 전적으로 중국에 달려있다고 할 수 있겠네요."

"물론입니다."

"어떻게 하면 중국이 북한으로 하여금 핵을 포기하게 할 수 있을까요?"

"그건 전적으로 한국의 대중국 외교력에 달려 있다고 봅니다."

"좀 더 구체적으로 말씀해 주시겠습니까?"

"북한 대신에 한국이 중국의 울타리 역할을 해주겠다고 중국을 설득할 수 있으면 될 것으로 생각됩니다."

"중국이 한국의 그런 설득을 받아들일까요?"

"그건 전적으로 한국의 외교 역량에 달려있습니다. 독일이 통일되기 전에 영국과 프랑스는 독일의 침략 전쟁 피해 당사국으로서, 독일의 통일을 격렬하게 반대했습니다. 그러나 서독은 영국과 프랑스를 열심히 설득하여 앞으로 다시는 침략 전쟁을 일으키지 않겠다는 믿음을 갖게 하는 데 성공하여, 결국은 통일을 성취할 수 있었습니다. 한국이라고 해서 중국을 설득하지 못할 이유는 없습니다.

한국이 구한국처럼 힘이 없거나 나라가 없을 때는 미국과 일본이 태프트-가즈라 비밀협정을 맺어 1905년에 을사륵약을 맺어 통감부를 세우고, 1910년에 경술국치 때엔 아예 한반도 전체를 강점했고, 1945년에는 일제에서 해방되자마자 남북으로 분단이 되었을 때도, 1950년의 북한 육이오 남침 때도 별로 힘을 쓸 수 없었습니다.

그러나 지금의 한국은 그때와는 전연 다른 세계의 10대 경제강국으로 성장했습니다. 그렇게 성장한 힘을 통일을 위해 구사할 때가 된 것입니다. 그런 의미에서 박근혜 대통령이 통일 대박론을 국제사회에 확장시키는 것은 시의적절한 처사가 아닐 수 없다고 봅니다.

그리고 중국이 자기네 문턱에서 북한이 핵실험을 하는 것을 극력 싫어하면서도 지금껏 용인하여 온 것은 북한을 유독 좋아해서가 아니라 북한이 핵을 소유한다 해도 중국의 국익을 위해서는 여전히 존재 가치가 있다고 보았기 때문입니다. 이때 핵을 소유하지 않은 한국이 중국의 울타리가 되어 준다고 한다면 마다할 이유가 없을 것입니다.

여기서 한걸음 더 나아가 한국은 중국이 북한에 대한 지원을 중단하여 북한이 자멸하여 한국에 흡수 통일이 되더라도 중국의 이익에 도움은 될지언정 추호도 해를 끼치지는 않는다는 확신을 심어주어야 합니다. 다시 말해서 중국이 북한의 소멸로 인하여 받을 수 있는 불이익을 한국이 북한 대신에 중국에 제공해 줄 수 있다고 중국을 설득할 수 있어야 할 것입니다."

"북한이 소멸됨으로써 중국이 받을 불이익이 도대체 무엇입니까?"

"북한이 사라지면 주한미군과 중국군이 한중 국경선에서 직접 마주 대하게 되는 데서 야기되는 중국의 부담입니다."

"그럼 한국이 통일되더라도 압록강과 두만강 접경선에서 중국군과 미군이 마주대하지 않도록 한국이 보장하면 되지 않겠습니까?"

"아주 좋은 생각입니다. 미군이 지금의 휴전선 이북에는 아예 진주하지 않으면 될 것입니다. 그렇지 않아도 한국전쟁 때인 1950년 10월 3일 주은래周恩來는 중국 주재 인도대사 파니카를 만나 미국측에 다음과 같은 메시지를 전해달라고 부탁했다고 합니다. 즉 '한국군만 38선을 넘으면 중국은 개입하지 않겠지만 미군이 침입하면 중국의 저항에 직면할 것이다.'(조갑제의 실록 공산주의를 허문 8인의 결단 33쪽)

만약 한국군만 압록강과 두만강까지 북진했더라면 그때 이미 한국은 통일되었을지도 모릅니다. 지금도 미국은 혈맹인 한국의 통일을 위해서 그 정도의 협조는 해 줄 의무가 있습니다. 이것은 한국이 중국과 미국 사이에서 당연히 주도력을 발휘할 수 있어야 하는 분야입니다.

전범국 독일이 미소에 의해 분단되었듯이 전범국 일본이 마땅히 미소에 의해 분단되었어야 하는데도 불구하고, 엉뚱하게도 일본 대신에 한국이 지금까지 70년 동안이나 지속된 분단의 고통을 당하고 있습니다. 이러한 고통을 해소하는 데 있어서 우리는 미국에 대하여 정당성과 자신감을 갖고 떳떳하게 주장해야 한다는 얘기입니다."

"동감입니다. 그리고 중국이 북한의 존재를 자국의 이익에 유리하다고 보는 것 외에도 혹시 한국이 통일 후에 미결중인 북간도의 영토권 분쟁이라든가 중국이 야심적으로 추진중인 동북공정에 한국이 이의를 제기할 것을 우려하여, 이에 대하여 아무 불평도 하지 않는 북한을 계속 연명시키려 하는 것은 아닐까요?"

"분명히 그럴 가능성도 있습니다. 그것 외에도 중국은 1340년 전에 당나라가 엉큼하게도 신라와의 동맹국의 신의를 저버리고 당연히 신라가 차지하여야 할, 고구려와 백제의 옛 땅을 가로채려 했을 때처럼, 북한땅을 동북 4성으로 만들려 할 수도 있습니다.

당나라의 야심을 눈치 채고 미리 빈틈없이 대비하여 온 신라가 당군과 이 때문에 두번 크게 싸워 두번 다 이겼듯이 우리도 실력을 길러야 할 것입니다. 그래야 미국이나 러시아, 일본과 같은 이해 당사국들의 협조를 얻어 신라처럼 중국과 한판 붙어볼 수도 있을 것입니다. 그렇지 않으면 한국은 다음과 같은 독자적인 자구책을 미국과 국제사회에 내 놓을 수도 있습니다."

"그게 무엇입니까?"

"첫째로 북한이 끝까지 핵을 포기하지 않을 경우, 우리도 어쩔 수 없이 핵무기를 개발하지 않을 수 없으니 양해해 달라고 미국에 요청합니다.

둘째로 미국이 이에 응하지 않으면 한국은 핵확산금지조약(NTP)에서 탈퇴하고 핵무기 개발에 착수한다고 선언합니다.

셋째로 한국은 핵공격을 당하지 않는 한 적국보다 먼저 핵무기를 쓰지 않을 것임을 내외에 천명합니다.

이 발표를 듣고 일본과 대만도 핵개발에 착수할 경우 중국은 미구에 핵무장한 북한, 한국, 일본, 대만에 꼼짝없이 둘러싸이게 될 것입니다. 중국은 그렇게 되기보다는 북한이 어떻게 하든지 핵을 포기하도록 강요하지 않을 수 없는 코너에 몰리게 될 것입니다. 이 때 우리는 이 문제를 놓고 중국과 협상을 주도할 수 있습니다.

"그럼 북한의 4차 핵실험 여부 역시 전적으로 중국의 태도에 달려 있다고 보아도 되겠군요."

"그렇습니다. 그리고 중국이 자국의 울타리로서 북한 대신에 한국을 선택하지 않을 수 없는 코너에 갇히도록 우리의 외교력과 영향력을 점차 넓혀나가야 합니다."

16년 후 지구의 대격변

"그것 외에 통일을 위한 대안이나 다른 돌파구 또는 변수는 없을까요?"

"왜 없겠습니까? 가장 확실한 변수가 있습니다."

"그게 뭐죠?"

"우리는 이미 외세에 의한 분단을 70년 동안이나 감수해 왔습니다. 그런데 바로 16년 후인 2030년에 닥쳐올 지구의 대격변 즉 지금까지 우리 은하계의 황도대黃道帶에 대하여 23.5도 기울어진 채 타원형의 구체로 기웃둥거리면서 둥그러가던 지구가 똑바로 서는 대격변에 대해서 사람들이 별로 관심을 두지 않고 있습니다.

지금까지 전해져 오는 각종 예언서들은 100% 믿을 수는 없지만 현대과학은 일식과 월식 그리고 개기일식, 천체의 병렬 같은 천체의 운행은 분초도 어김없이 예측할 수 있습니다. 16년 후에 닥쳐올 지구의 대격변은 6480년 만에 정기적으로 되풀이 되어 온, 지구인들에게는 가장 확실한 예측 가능한 대사건입니다.

2천년 전부터 전해져오는 요한계시록과 같은 예언이나 5백여 년 전부터 유포되어온 격암유록과 노스트라다무스의 '제세기' 같은 예언들은 장담할 수 없지만, 2030년에 일어날 지구의 대격변만은 그 누구도 부정할 수 없습니다.

그때 일어날 수도 있는, 바다가 육지가 되고 육지가 바다가 되는, 자각 변동에도 미리 대비를 해 놓아야 할 것입니다. 이것 외에도 그러한 대격변으로 지금의 타원형楕圓形의 지구가 정구형正球形으로 바뀌면서 봄과 가을이 사라지고 겨울과 여름만 남고, 지금의 1년 365일이 360일로 바뀌면서 일어나는 지구 환경 변동에 대해서도 미리 대비해야 할 것입니다.

또 남극과 북극의 얼음이 녹아버려 해면이 높아지면서 한국은 한반도의 3배 이상되는 거대한 섬나라가 되고 일본은 고도 700미터 이상의 산의 정상만 남고 전부 침몰되어 한국의 도움 없이는 살아갈 수 없는 허약한 나라가 된다고 국내외의 예언가들은 말하여 왔습니다."

"그럼 중국은 어떻게 됩니까?"

"중국은 해일과 침수로 대륙이 여러 개의 뭍과 섬으로 변해버립니다. 바로 지금으로부터 불과 16년 뒤에 일어날 지각 변동이니 그때까지 북한의 현 김씨 왕조 체제가 살아남을지도 의문입니다.

어떤 지질학자는 3차에 걸친 핵실험으로 바로 함경북도 풍계리 핵실험장 인근에 있는 휴화산인 백두산 주변의 지반이 약화되어 폭발할 가능성이 높아지고 있으며, 화산이 폭발할 경우 지금의 북한 체제는 자연재난으로 소멸될 위험이 더 크다고 합니다."

"미국과 유럽은 어떻게 됩니까?"

"그쪽도 동북아시아 못지않게 바다가 육지가 되고 육지가 바다로 변하는 변동이 우심하다고 합니다."

"격암유록에 따르면 2025년 즉 지금부터 불과 11년 뒤에 남북이 통일된다고 나와 있는데 과연 그럴 가능성이 있을까요?"

"어디까지나 예언이니까 100% 장담을 할 수는 없지만, 1592년 임진왜란부터 2014년 이전까지의 예언들은 거의 다 적중한 것으로 보아 그 예언도 실현될 가능성이 높다고 볼 수 있습니다."

"이번의 대개벽으로 지금까지의 세계의 기존 세력 판도가 완전히 무너져 내리고 새로운 판도가 만들어지는 것은 아닐까요?"

"그럴 가능성 역시 큽니다. 요한계시록을 비롯한 각종 예언서들은 동방의 등불이었던 한국인들의 지도로 지금까지와는 전연 차원이 다른, 국익 추구와는 판이한, 사람들이 상부상조하고 공존공영하는 평화의 세계, 천당이나 무릉도원 같은 새로운 세계가 열린다고 말하고 있습니다.

16세기 이후 세계는 네델란드, 스페인, 영국, 미국이 근 400년 동안 차례로 초강대국이 되어 자국의 국가이기주의를 바탕으로 지구촌을 제멋대로 휘저어 온 서세동점기西勢東漸期는 이제 지구의 대격변을 계기로 역사의 뒤안길로 영영 사라지게 될 것입니다.

그대신 남의 영토를 침략하던 제국주의와 국가 이기주의 시대는 영원히 사라지고 온 인류가 서로 돕는 대조화의 새로운 차원의 평화로운 낙원의 시대가 열릴 것입니다. 과연 그럴지 이 글을 읽은 대부분의 현대인들은 그때까지 살아있을 것이니 두 눈 똑바로 뜨고 지켜보아야 할 것입니다."

올바른 판사를 만날 때까지

2014년 3월 20일 목요일

오전 11시에 공판이 예정되어 있지만 오늘은 담당 변호인과 상의할 일이 있어서 10시에 로펌 사무실에 도착했다. 변호인은 마침 출근해 있었다. 인사를 하고 자리를 마주하고 앉자 변호인과 나 사이에는 다음과 같은 대화가 오갔다.

"제가 출판물에 의한 명예훼손으로 고소당한 것이 2008년이니까 벌써 6년이 흘렀습니다. 상대가 워낙 필사적으로 로비를 해대니까, 승소할 가망은 전연 보이지 않는데, 때마침 상대측에서 화해를 하자고 어제 저에게 사람을 보내왔습니다."

"그래요? 화해 조건은 무엇입니까?"

"제가 잘못을 시인하는 문서만 한장 써 주고 형사상의 상소를 취하하면, 자기네는 민형사를 포함해서 나에 대한 모든 송사를 없었던 걸로 하겠다고 합니다."

"그래 뭐라고 대답하셨습니까?"

"나는 법을 잘 몰라서 사건을 변호인한테 일임했으니 그쪽 변호인하고 내 변호인하고 만나서 상의해서 해결하는 것이 좋겠다고 말했습니다."

"잘하셨습니다."

"상대가 왜 그렇게 나올까요?"

"어쩐지 그 사람들 나름으로는 사태가 여의치 않다는 신호가 아닐까요?"

"그렇다고 해서 그 사람들이 로비를 중단할 것 같지는 않고, 로비를 중단하지 않는 한 지금 같아선 우리가 승소할 가망은 보이지 않습니다. 지금과 같은 상태로는 로비에 흔들리지 않는 정의감 있는 법관을 만나는 것은 사막에서 좁쌀 찾기보다 더 어려울 것 같습니다. 차라리 이때 저 사람들의 화해 조건을 들어주고 아예 훌훌 다 털어버리는 것이 차라리 낫지 않을까 하는 생각도 해보았습니다."

"그게 그렇게 간단한 일이 아닙니다. 만약에 선생님께서 문서로 잘못을 시인하시면 저 사람들은 선도체험기 저자가 우리에게 손을 들었다고 인터넷에 대대적으로 선전하게 될 것입니다. 그렇게 되면 지금까지 24년 동안 땀흘려 써 오신 107권의 선도체험기 내용이 잘못되었다는 것을 스스로 인정하시는 것이 됩니다.

그렇게 되면 대법원까지 가서 패소하는 것보다, 더 큰 손상을 입게 될 것이고, 선생님께서는 작가로서 명예상으로 타격을 받게 될 것입니다. 비록 3심까지 가서 패소하는 일이 있더라도 자기 주장을 굽히지 않는 한 작가로서의 명예만은 지킬 수 있을 것입니다. 그러나 작가 스스로 손을 드는 것은 지금까지의 주장을 스스로 포기하는 것이 됩니다."

"그럼 변호사님이 제 입장이라면 어떻게 하시겠습니까?"

"2심에서 패소하더라도 대법원까지 끝까지 밀고 나갈 것입니다.

그러다가 보면 다행히도 제대로 된 올바른 판사를 만날 수도 있을지 누가 압니까? 동부지청 검찰에서 1992년도에 작성한 공연음란행위에 관한 진정인 조서를 피고에게 유리하게 공개하도록 판결한 판사도 그러한 실례입니다.

그 문서야말로 여제자들에 대한 원고의 엽색獵色 음란 행위를 입증하는 결정적인 증거인데도, 증거로 채택할 것을 거부한 후안무치한 판사와는 180도 판이한, 목에 칼이 들어와도 옳은 것은 옳은 것이고 그른 것은 그른 것이라고 말하는, 올곧은 법관도 있다는 것을 기억하시기 바랍니다. 그러니까 대한민국의 모든 판사들이 다 로비에 휘둘리기만 한다고 미리 단정할 필요는 없습니다."

"하긴 부장판사를 역임하신 변호사님이시니까 법조계 실상은 보통 사람들보다 더 훤히 꿰고 계실 것이라 믿습니다. 파사현정破邪顯正이요, 사필귀정事必歸正의 이치를 믿는다면 멸사봉공滅私奉公하는 판사가 노상 없으란 법이 없겠죠."

"하늘이 쳐놓은 그물은 숭숭 뚫려있는 것 같아도 결코 빠져나갈 수 없다[天網恢恢疎而不漏泄]는 노자의 말도 있지 않습니까?"

"부디 그러한 믿음을 갖고 살 수 있는 사회가 되었으면 좋겠습니다."

"우리 법조계가 지금 유전무죄 무전유죄의 비난으로 만신창이가 되어 있다 해도 과언이 아닙니다. 그러나 목에 당장 칼이 들어와도 눈 하나 깜짝하지 않고 바른 소리를 할 수 있는 소수의 법관들이 도사리고 있는 것 또한 사실입니다. 이들이 언젠가는 우리 법조계를 주도할 날이 반드시 찾아오고야 말 것입니다."

"좋은 말씀 들려주셔서 갑자기 힘이 생기는 것 같습니다. 고맙습니다."

정신발달장애인

삼공재에 나온 지 얼마 안 된 이경재라는 삼십대의 남자 수련생이 물었다.

"선생님, 질문이 하나 있습니다. 요즘 티브이 연속극을 보면 나이는 서른살 가까이 된 남녀가 다섯살 내외의 어린이 말투를 구사하는 바보 배역들이 다수 등장하는 것을 볼 수 있습니다. 드라마에서뿐만 아니라 실제로 그런 장애인들을 이웃에서도 흔히 볼 수 있습니다. 왜 그런 일이 일어나는 것일까요?"

"인과응보요, 자업자득입니다."

"인과응보라니요?"

"전생에 바보들을 보고 심하게 놀려주거나 괴롭혀 준 보복을 당한 것이 틀림없습니다. 요즘도 학교나 보육원 같은 데서 아이들이 장애아들을 흉보고 괴롭히고 못살게 굴고 심지어 때려주는 일까지 다반사로 벌어지고 있지 않습니까?

장애아로 태어난 것도 서러운 일인데 동정은 못해줄망정 놀리고 괴롭히고 때려주기까지 한다면 당사자는 속으로 얼마나 상대에 대한 미움과 원한이 뼈 속까지 사무치겠습니까? 이러한 원한을 그대로 안은 채 이생을 하직한 영혼은 갈 길을 잃고, 중음신中陰身이 되어 구천九天을 정처 없이 떠돌다가 자신을 괴롭히고 때려주었던 상대가 금생에 다시 태어나는 때를 기다렸다가 전생의 보복으로 접신接神이 됩니다. 그렇게 되면 멀쩡하던 아이가 갑자기 바보 멍텅구리로 돌변하게 되는 겁니다."

"그럼, 바보들이 그 보복에서 벗어날 방법은 무엇입니까?"

"현대의학으로는 정신발달장애자를 완치할 방법은 없습니다."

"그럼 어떻게 해야 합니까?"

"접신령을 천도薦度하는 방법밖에는 없습니다."

"어떻게 하면 접신령을 천도할 수 있을까요?"

"접신당한 장애인이 자신의 전생의 잘못을 뼈아프게 절절히 뉘우치고 구도자가 되어 영험한 스승을 마나면 혹 접신령을 천도할 수도 있지만 그런 일은 무척 드문 일이고, 대체로 접신당한 장애자는 평생 이럭저럭 살다가 한생을 마치게 됩니다.

그렇게 살면서 업보가 해소되면 다음 생은 정상인으로 태어날 수도 있고, 그렇지 않고 내생에도 업보가 해소되지 않으면 다음 생에도 장애인으로 태어나게 됩니다."

"장애인을 괴롭히는 일이 그렇게 무서운 보복을 몰고 오다니 정말 정신 번쩍 차려야 하겠다는 생각이 듭니다."

"자기 자신뿐만 아니라 자녀들이나 가까운 이웃과 친지들에게도 널리 알려주시는 것이 좋을 것입니다."

생사일여生死一如

"네 꼭 그렇게 하겠습니다. 그리고 내친 김에 한가지만 더 질문드려도 될까요?"

"그렇게 하세요."

"구도자가 되어 열심히 수련을 한다고 해도 나이 들면 누구나 늙어서 죽게 됩니다. 그렇게 죽게 되면 구도자가 되어 애써 수련해 보았자 무슨 소용이 있겠습니까? 죽어버리면 그만일 터이니까 말입니다."

"그래서 구도자는 죽기 전에 적어도 생사일여生死一如만은 깨달아야 합니다. 사람이 죽는다는 것이 무엇을 말하는지 아십니까?"

"숨이 끊어지고 맥박이 뛰지 않게 되는 거라고 알고 있습니다."

"왜 그렇게 된다고 생각하십니까?"

"글쎄요. 잘 모르겠는데요."

"숨이 멎고 맥박이 뛰지 않게 되는 것은 육체를 관리 운영하던 혼이 나가버리기 때문입니다. 이처럼 혼이 몸에서 떠나버리는 순간 숨이 멎고 심장의 맥박도 멎어버리게 됩니다.

이것은 무엇을 말하는가 하면 사람은 죽어도 영혼은 살아서 다른 차원의 세계에서 환생하는 것을 말합니다. 그래서 사람은 죽어도 죽는 것이 아닙니다. 그것이 생사일여입니다.

구도자는 이것을 잘 알기 때문에 죽음 같은 것을 두려워하지 않습니다. 죽음을 두려워하지 않고 뛰어넘어 금생보다 향상된 다음 생을 갖게 됩니다. 이것을 윤회라고 합니다."

"윤회는 불교의 교리가 아닙니까?"

"윤회는 불교의 교리이기 이전에 우리가 사는 현상계現象界의 삶의 법칙이요 실상입니다. 그래서 불경보다 7천년 이전에 나온 참전계경參佺戒經의 내용은 거의 전부가 인과응보를 구체적으로 설명해 놓은 것임을 알 수 있습니다.

그러니까 우리가 사는 우주의 삼라만상은 인과응보의 이치에서 한 치도 벗어날 날 수 없다는 것을 알아야 합니다. 그러나 구도자가 궁극적으로 원하는 것은 윤회가 아닙니다."

"그럼 무엇입니까?"

"바로 그 생로병사의 윤회에서 벗어나 다시는 윤회에 떨어지지 않고 구경각究竟覺을 성취하는 것입니다."

진짜와 가짜의 구분법

"구경각 이야기는 다음 기회에 듣기로 하고요, 제가 지금 당장 알고 싶은 것은 그것이 아닙니다."

"그럼 그 알고 싶은 것을 말씀해 보세요."

"구도자들은 구도의 스승을 가장하여 사욕을 채우는 자를 사이비 또는 가짜라고 말합니다. 그러면 진정한 구도자는 진짜라고 말할 수 있을 것입니다. 여기서 진짜와 가짜는 무엇을 기준으로 구별할 수 있습니까?"

"구도자가 지극정성으로 열심히 선도 수련을 하다가 보면 기문氣門이 열리고 기를 느끼고 축기를 하고 소주천, 대주천, 삼합진공三合眞空, 연정화기煉精化氣, 양신養神, 출신出神의 과정을 거치게 되는데, 대주천 경지를 넘으면서 어느 경지에 이르면 구도자는 자연히 제자를 가르칠 수 있는 능력을 갖게 됩니다."

"구체적으로 어떤 능력을 갖게 되는지요?"

"제자의 운기運氣를 도와주어 백회를 열어줌으로써 제자의 자질에 따라 계속 수련의 단계를 높여줄 수 있습니다. 이것을 선도의 스승으로서 행사할 수 있는 일종의 초능력 또는 가피력加被力이라고 말합니다. 이때 마음이 바르지 못하거나 사리사욕에 눈이 어두운 스승은 이 초능력으로 여제자를 홀려 엽색獵色, 축재蓄財에 이용하는가 하면 자기 조직과 세력을 확장하기 위해서 폭력을 행사하곤 합니다. 그러면서도 그는 맹종자들을 시켜 자신을 우상화 신격화하여 추종자들로 하여금 자기를 경배하게 하므로 가짜 스승이라고 하기도 하고 아예 사이비 교주라고도 합니다.

또 하나 빼놓을 수 없는 것은 사이비 교주는 자기를 추종하던 제자가 그의 잘못을 깨닫고 그 사실을 인터넷이나 출판물에 공표할 경우에 대비하여 범무팀을 운영하여 상대를 고소하고 승소하기 위해서 막대한 자금을 투입하여 로비활동을 합니다. 이러한 사람을 사이비 교주라고 합니다.

그 이유는 그들이 하는 짓이 사이비 종교 교주와 흡사하기 때문입니다. 이러한 자를 영어로 cult라고 합니다. 북한의 독재 체재를 컬트 세습왕조라고 부르는 것도 이때문입니다."

"그럼 가짜란 요컨대 수련중에 터득한 초능력을 엽색, 치부, 축재에 이용하고, 세력 확장을 위해서 폭력를 행사하고 법무팀을 운영하여 로비활동을 하는 자라고 정리할 수 있겠군요."

"그렇습니다."

"그런데 보통 수련생들은 그것보다는 스승이 구사하는 초능력을 보고 진짜와 가짜를 구분하는 것 같던데요."

"초능력은 진짜와 가짜를 구분하는 기준이 될 수 없습니다."

"왜요?"

"초능력은 요즘 스타킹이라는 텔레비전 프로에 나오는 마술사도 부릴 수 있습니다. 또 초능력은 수련의 집중도에 따라 습득할 수 있는 하나의 기술입니다. 숙련된 마술사는 공중부양, 밀폐된 병 속에 들어 있는 물건을 염원만으로 감쪽같이 밖으로 빼내기도 하고, 관중들이 보는 앞에서 수원 성벽을 통과하기도 합니다.

그러나 그 마술사는 자기 제자들로 하여금 자기 자신의 존재의 실상을 깨닫게 하여 신인일치神人一致, 우아일체宇我一體의 깨달음의 경지에 들어가게 할 수는 없습니다. 다시 말해서 구경각究竟覺의 경지에 들게 할 수는 없다는 얘기입니다. 도인道人과 술사術士를 혼동하지는 말아야 한다는 뜻입니다."

고려사관高麗使館과 송상관宋商館

2014년 3월 24일 월요일

우창석 씨가 말했다.

"선생님, 오늘 아침, 조선일보 논설란에 실린 '고려사관高麗使館은 있는데 송상관宋商館은 왜 없나'라는 논설 읽어보셨습니까?"

"아뇨, 급한 일이 있어서 아직 읽어보지 못했는데 무슨 내용입니까?"

"그럼 제가 읽은 내용을 요약해서 말씀드리겠습니다. 중국은 저장성浙江省 닝보寧波에 고려사관유적지高麗使館遺跡地를 복원하여 한국인 전용 관광명소로 이용하고 있다고 합니다. 고려사관은 12~13세기에 남송南宋과 교류하던 고려의 사신과 상인들이 머물던 지금의 영빈관 같은 곳이라고 합니다.

남송은 여진족이 세운 금金나라가 북송北宋을 쳐서 없애버리자 그 잔당들이 먼 남쪽 땅 지금의 명주明州인 닝보에 피난가서 세운 왕조로서 9대를 이어오다가 망한 나라입니다. 긴 세월이 흐르는 동안 흔적도 없이 사라졌던 고려사관은 2006년 닝보시에 되살아났습니다. 양저우楊州의 최치원기념관, 하얼빈의 안중근기념관이 세워진 것도 한국인 관광객들을 중국 구석구석으로 끌어들이는 역할을 하고 있습니다.

그런데 한국은 중국인 관광객들을 끌어들이기 위해서 어떤 노력을 했는지 돌아보지 않을 수 없다는 겁니다. 그 당시 송나라 상선들이 봄과 여름 사이의 계절풍 타고 전남 흑산도, 가거도, 진도 등지로 몰려들었을 터이므로 역사책을 뒤져보면 무슨 실마리를 찾을 수 있을 텐데도 목포의 해양유물전시관과 인천의 차이나타운을 빼면 중국인이 한국에 머물던 흔적을 찾을 수 없다는 겁니다.

상대의 마음을 얻는 전략에서 우리는 중국에 뒤진 것은 아닌가 하고 개탄하고 있습니다. '대장금'에 이어 10년 만에 '별에서 온 그대'가 중국에서 폭발적인 인기를 끌고 있는 이때에 한국 곳곳에 한중교류의 발자취를 발굴 복원하는 노력을 기울여야 된다는 취지입니다. 이 논설을 쓴 필자를 만난다면 선생님께서는 반드시 하실 말씀이 있을 것이라고 생각됩니다."

"우선 한반도에는 고려사관高麗使館이 세워진 12~13세기와 고려와 조선은 말할 것도 없고 그 훨씬 윗대인 배달국 · 청구국 · 단군조선 · 부여 · 고구려 · 백제 · 신라 · 발해 · 통일신라에도 도읍都邑이 있어 본 일이 없다는 것을 그 논설을 쓴 필자를 만나면 꼭 일깨워줄 겁니다."

"그렇게 말하면 그 논설의 필자는 틀림없이 선생님의 머리가 돌아버렸다고 상대도 하지 않으려고 하지 않겠습니까?"

"그분도 학자니까 지금 우리가 알고 있는 역사가 우리 조상들이 써서 남긴 기록을 바탕으로 하여 쓰여져야 한다는 것은 당연히 알고 있지 않겠습니까?"

"그야 그렇겠죠만."

"그럼 반도식민사학자는 물론이고 세계가 공인하는 한국사의 기본 사료인 삼국사기, 고려사, 조선왕조실록 중의 세종실록지리지世宗實錄地理志와 성종때 편찬된 신증동국여지승람新增東國輿地勝覽, 동문선東文選, 중국고금지명대사전中國古今地名大辭典 등을 일일이 보여주면서 위에서 말한 우리나라들 중 어느 한 나라도 한반도에는 있어 본 일이 없다고 말해줄 것입니다. 요컨대 위에 나오는 일체의 기록물들은 전부 다 대륙을 경영하면서 그곳에서 우리 조상들에 의해 쓰여진 것들입니다.

사극 '정도전'에 나오는 '요동'은 어딘가?

그리고 지금 인기리에 방영되고 있는 '정도전'이란 티브이 연속 방송극에 나오는 요동遼東은 해설자의 말대로 한반도의 압록강 너머의 지역이 아니라 지금의 내몽골자치주 수도 호화호특을 에워싼 지방으로서 이성계의 고향입니다.

바로 함흥차사咸興差使로 유명한 그 함흥입니다. 신증동국여지승람에도 함경도 함흥으로 되어 있습니다. 물론 한반도에 있는 함경남도 함흥이 아니고 내몽골자치구 수도이고 이성계의 고향인 호화특호를 말합니다."

"그럼 북한에 있는 함흥은 어떻게 되는 겁니까?"

"함경남도 함흥은 조선이 일제에게 멸망당한 뒤에 일제가 그들이 날조한 반도식민사관에 꿰맞추어 대륙의 지명을 지형이 비슷한 한반도에 옮겨온 것에 지나지 않습니다. 우리 조상들이 기록한 삼국사기, 고려사, 세종실록지리지, 신증동국여지승람 등 그 어떠한 사록史錄도 한반도에서 기록된 것은 하나도 없습니다.

그리고 '정도전'에 나오는 철령鐵嶺은 해설자의 애매모호한 설명과는 달리 지금의 영하자치구에 있는 육반산六盤山이고, 압록강鴨綠江은 지금 신의주 옆을 흐르는 강이 아니라 육반산에서 황하까지 흐르는 마자수라고도 부르는 강으로서, 오리 머리처럼 물빛이 푸르다고 해서 붙여진 이름입니다. 그러니까 지금의 북한의 압록강은 이성계 시절의 압록강과는 아무런 관련도 없습니다.

동북면 역시 한반도의 함경도와는 아무 상관도 없는 내몽골자치주 수도 호화호특 동쪽 지방을 말하고, 서북면은 호화호특 서쪽 지방을 말합니다. 그리고 화령和寧은 영흥의 별칭으로서 호화특호 남쪽 지방이며 단군왕검이 박달나무 아래서 등극하고 해모수가 강림한 곳이기도 합니다.

그 시대의 개경은 지금의 하남성 낙양이고 송도 또는 동경이라고도 하며 고려와 함께 신라의 도읍이기도 했습니다. 위화도威化島는 굴포掘浦라고도 했는데 지금의 내몽골 자치주와 영하자치구 사이의 중령中寧으로서 둘레가 40리였습니다. 두만강은 지금의 내몽골자치주 북쪽 오해烏海, 포두包頭, 하곡河曲 구간을 흐르는 황하黃河 구간입니다.

또 서경西京은 지금의 섬서성 서안西安 즉 시안이고 중국이 지금 야심차게 개발하려는 내륙 지역으로서, 2013년 6월에 박근혜 대통령이 들렀던 곳이기도 한데, 정도전이 살던 때에는 평양平壤이라고 불렀지만 작가의 말처럼 지금의 북한의 평양은 절대로 아닙니다.

이렇게 볼 때 연속 방송극 '정도전'의 작가는 조선조를 멸망시키고, 한국을 강점하여 식민지 통치를 해 온 일본 제국주의자들이 한국인을 자기들의 식민지 노예로 길들이기 위해서 날조해낸 반도식민사관을 일제가 물러간 지 69년이 지난 지금까지도 계속 복창하고 있는 꼴이 아닐 수 없습니다."

"그렇게 말씀하시면 그 필자는 틀림없이 우리가 학교에서 지금까지 배워온 역사 지식은 어떻게 된 거냐고 따지고 들 텐데요."

"그건 우리가 1910년 한일합병이라는 국가적 수치를 당하여 국가의 맥이 끊어지고, 우리가 환국桓國 이래 9100년 동안 대륙에서 살아온 역사를 통째로 뒤바꾸어, 이른바 반도식민사관으로 날조했기 때문이라고 차근차근 알아듣게 설명해 줄 것입니다.

일제는 이처럼 우리 역사를 날조하여 반도식민사관에 입각하여 교과서를 만들었고 그것으로 역사 교육을 했고 해방이 되어서도 한국사 분야만은 전연 광복이 되지 않고, 일제 때 반도식민사관으로 일본인 스승들에게서 역사 교육을 받은 사학자들과 그 제자들이 지금까지 그대로 교과서 집필과 강단을 독차지하고 있기 때문이라고 말해 줄 것입니다."

"그럼 그 필자는 또 지금 한국 서울과 그 인근에 널려있는 4대궁과 숭례문, 동대문 같은 건축물과 경주의 신라 유적과 개성의 만월대, 선죽교 같은 고려 유적, 평양의 고구려 유적 등은 어떻게 된거냐고 물어온다면 뭐라고 답변하시겠습니까?"

"그건 서세동점기西勢東漸期 이래 대영제국이 주동이 된 서방제국주의 국가들이 중국 대륙을 독차지하려고 9100년 동안 터주대감으로 대륙에서 살아온 우리 민족을 한반도로 추방하고 그 역사까지도 그 당시 원주민들만 살고 있던 한반도에 고스란히 이식했기 때문이라고 말해 줄 것입니다.

대륙에는 한양을 중심으로 하여 오른 쪽에서 시계 방향으로 강원도, 경상도, 전라도, 충청도, 황해도, 평안도, 함경도로 널찍하게 배치되 있던 것이 좁고 긴 한반도에 억지로 꿰어 맞추어 배치하다 보니 비록 옹색하긴 했지만 대륙에서와 비슷하게 만들려고 애를 썼습니다.

대륙에서는 서울인 한양을 둘러싸고 있는 중국(中國, 서울을 둘러싼 황제가 주재하는 지역을 의미하며 지금 쓰이는 의미의 중국이라는 국가의 이름은 1911년 신해혁명 이후에 생겨났습니다. 훈민정음 해례에 나오는 중국이 바로 원래의 뜻입니다.)이 각 도와 직접 붙어 있었는데 좁고 긴 반도 지형에 억지로 꿰어 맞추다보니 함경도, 경상도, 전라도, 평안도 등은 경기도와 직접 맞닿을 수 없게 되었습니다.

그리고 전라도를 지금도 우리는 호남湖南이라고 부르는데, 이러한 언어상의 습관도, 대륙에서 동정호洞庭湖 남쪽에 있던 전라도를 호남이라고 부르던 습관이 그대로 껴묻어 들어왔기 때문에 지금도 그대로 쓰이고 있습니다. 그렇지 않으면, 한반도에는 아무리 찾아보아도 동정호 같은 큰 호수가 없는데 전라도를 호남이라고 부르는 이유를 설명할 수 없습니다.

그뿐 아니라 우리가 지금도 쓰고 있는 언어 습관에서도 우리는 우리가 대륙에서 살아온 민족이라는 흔적을 얼마든지 찾아볼 수 있습니다. '춘삼월에 강남갔던 제비가 돌아오면'이나 '친구 따라 강남 간다'라는 말을 지금도 우리는 누구나 무심코 흔히 씁니다. 한반도에서는 아무리 찾아보아도 양자강과 같은 큰 강이 없으므로 강남江南이라고 부를 만한 큰 강이 없습니다.

'태산이 높다 하되 하늘 아래 뫼이로다'는 이조 중종 때 양사언의 시조의 일절입니다. 중종 때 조선이 한반도에 있었다면 대륙의 산동성에 있는 태산을 읊을 리가 있겠습니까? 산동성은 원래 백제 땅이었고 백제가 망한 후에는 신라, 고려, 조선조 말까지 주욱 우리 민족의 영역이었기 때문에 이러한 시조가 자연스럽게 읊어지게 된 것입니다.

우리 민족은 북망산北邙山과도 깊은 연관이 있습니다. 이 산은 대대로 우리 민족의 귀인들이 죽으면 장사지내는 거대한 공동묘지였습니다. 그 위치는 하남성 낙양에 있고 원래 백제의 영역이었는데 백제에 이어 고구려가 망하자 신라의 삼국통일의 격변기에 일시 당나라가 점령한 일은 있었지만 그 후 신라, 고려, 조선조 말엽까지 내내 우리 영토였습니다.

그래서 춘향전에도 '어르신네는 북망산천에 돌아가시고' 하는 구절이 나옵니다. 50년 전까지만 해도 우리 조상들은 초혼招魂 의식을 지냈습니다. 사람이 일단 숨을 거두면 그 혼은 육체에서 빠져나가 멀리 북망산천으로 떠나는 것으로 알고 있었으므로 그렇게 되기 전에 붙잡아두어야 했습니다.

그래서 지붕 위에 올라가 고인이 입었던 겉옷을 북망산천이 있는 북쪽을 향해 흔들면서 돌아오라는 뜻으로 '복復'을 세번 외쳤습니다. 이 때문에 이것을 고복皐復이라고 합니다. 고皐는 길게 빼는 소리를 말합니다. 하남성 낙양의 북망산 남쪽에는 배달국, 청구국, 단군조선, 부여, 백제, 신라, 고려, 조선이 있었습니다. 이때 형성된 초혼招魂 의식이 최근까지도 우리 민족의 일상생활에서도 이어져 온 것입니다.

또 우리 속담에는 '하룻밤을 자도 만리장성을 쌓으랬다'는 말이 있습니다. 이 속담은 우리민족이 만리장성과는 뗄레야 뗄 수 없는 깊은 관계가 있음을 말해줍니다.

백년하청百年河清이란 사자성어는 예정되었던 일이나 약속이 제때에 이루어지지 않을 때 자기도 모르게 식자들의 입에서 저절로 흘러나오는 불평입니다. 이 말의 본뜻은 언제나 누런 황하黃河의 빛깔이 맑아질 수 있겠느냐는 체념과 야유가 깃들어 있는 말입니다.

'강남 갔던 제비'에 나오는 양자강과 함께 황하 유역은 환국桓國부터 조선까지 9100년 동안 우리민족이 살아온 생활터전이었습니다. 만약에 우리가 반도식민사관이 주장하는 것처럼 처음부터 한반도에서 살아왔다면 한반도에는 있지도 않는 황하, 양자강, 태산, 북망산이 바로 우리 곁에 있는 산천인 양 그렇게도 친근하게 우리 민족의 정서 속에 깊숙이 자리잡을 수는 없었을 것입니다.

따라서 배달족 국가들이 대륙에서 차지했던 감숙성, 섬서성, 산서성, 하북성, 산동성, 하남성, 호북성, 안휘성, 강소성, 절강성, 복건성, 강서성, 호남성, 귀주성 등 한반도의 10 내지 15배에 달하는 황하와 양자강 유역에서는 1910년 조선이 한반도로 도읍을 옮기기 이전에 만들어진 한족漢族 국가들의 유물과 유적은 거의 발견되지 않습니다.

오직 있는 것이란 명대明代 이후의 유적들과 배달족이 그곳에 있지 않았다는 것을 입증하기 위하여 최근에 중국 당국에 의해 조작된 유적들뿐입니다. 지금 중국인들은 이 지역에 수없이 많이 남아있는 배달국, 청구국, 단군조선, 고구려, 백제, 신라, 고려, 조선의 유적들을 보고 남송南宋의 유적이라고 둘러대고 있습니다.

그러나 남송은 12~13세기에 9대에 걸쳐 125년 만에 금金에 의해 멸망된 북송北宋의 망명 국가로서 대륙 남부 지역에 있던 고려의 제후국이었으므로 광범한 지역에 걸쳐 무려 9100년 동안이나 지속된 배달민족 국가들에 비해서는 지극히 보잘것없는 나라로서 이렇다할 유적을 남길 만한 처지가 아니었습니다."

"그럼 선생님, '동해물과 백두산이 마르고 닳도록/무궁화 삼천리 화려한 강산' 하는 구절이 들어있는 것을 보면 우리나라 애국가는 조선왕조가 일제에 의해 망해버릴 무렵에 지어진 것이 아닐까 하는 생각이 듭니다."

"왜요?"

"첫 구절에 '동해물과 백두산'이나 '무궁화 삼천리'가 나오는 걸 보면 한반도를 중심으로 한 영토 개념을 피력하고 있어서 반도식민사관이 배어 있기 때문입니다."

"그렇지 않아도 애국가의 작곡가는 안익태로 알려져 있지만 작사자는 누군지 전연 알려져 있지 않아서 어쩌면 친일파나 일본인이 아닐까 하는 의심을 불러일으킬 만합니다."

"선생님, 역사란 도대체 무엇입니까?"

"역사란 어떤 존재의 지나온 발자취입니다."

"그것이 왜 그렇게 소중합니까?

"지나온 발자취는 앞으로 갈 길을 가르쳐주기 때문입니다. 왜냐하면 과거와 미래는 항상 연속 선상에 있기 때문입니다. 그래서 역사는 한 국가에게는 미래의 자산이요 정신 전력입니다. 역사를 제대로 활용하는 국가는 일류 국가로 계속 번영할 것이고 그렇지 않고 타국에 예속되어 그 나라에 의해 왜곡되고 날조된 역사를 가진 국가나 민족은 2류나 3류 국가로 추락할 수밖에 없게 되어 있습니다.

그런데 다 아시다시피 우리는 1910년부터 1945년까지 35년 동안 일본 제국주의자들에 의해 국가의 맥이 완전히 끊긴 채 살아오다가 해방이 된 지 69년이 되었건만 일제가 우리를 자기네 식민지 노예로 길들이려고 만들어낸 반도식민사관에 의해서 날조된 식민지 역사 교육에서 아직도 벗어나지 못하고 있습니다.

그렇게 소중한 우리 역사를 되찾지 못한 채, 통일이 된다 한들 어떻게 우리의 잠재력을 유감없이 발휘하여 힘차게 세계에 뻗어나갈 수 있겠습니까?"

"그럼 어떻게 해야 합니까?"

"당연히 동아시아 대륙에서 9100년 동안 살아온 우리의 진정한 역사를 되찾아와야죠."

"어떻게요?"

"사극이나 역사소설을 쓰는 작가들은 당연히 일제 강점기에 활략했던 독립투사들의 기개로 삼국사기三國史記 지리지地理誌, 고려사高麗史 지리지地理誌, 조선왕조실록 중 세종실록지리지世宗實錄地理志, 조선조 성종 때 편찬된 신증동국여지승람新增東國輿地勝覽, 중국고금지명대사전中國古今地名大辭典을 반드시 참고하여 지명地名에 관한 한 역사의 진실을 꼭 되살려 놓아야 할 것입니다."

핵 없는 한반도 가능할까?

2014년 3월 26일 금요일

우창석 씨가 말했다.

"선생님, 박근혜 대통령은 어제 네덜란드 헤이그에서 열린 핵 안보 정상회의에서, 40년 전 박정희 전 대통령이 미군 철수에 대비하여 핵무기를 개발하려 했던 것과는 달리, 핵 없는 한반도를 다짐하고 있는데 그것이 과연 실현될 수 있을까요?"

"나는 북한이 3차나 핵 실험을 한 마당에 우리도 당연히 핵무기를 가져야 한다고 생각하는 사람입니다. 미국이 1945년에 핵무기를 개발하여 히로시마와 나가사끼에 각각 한발씩 투하하여 일본이 무조건 항복을 하는 미증유의 대성공을 거두자 이에 불안을 느낀 소련이 곧 핵무기를 갖게 되었고, 뒤이어 영국, 프랑스, 중국이 뒤따르게 되었습니다.

그러자 중국과 국경 전쟁 중이던 인도도 핵무장을 하게 되었고, 인도와 국경 전쟁을 벌이고 있던 파키스탄도 핵무기를 갖게 되었으며, 뒤이어 이스라엘, 시리아, 남아공 등이 뒤따랐으나 시리아와 남아공은 뒤에 핵을 포기했습니다.

우리나라도 미국의 닉슨과 카터 전 대통령이 미 7사단을 한국에서 철수시키자 불안을 느끼고 북한보다 20년이나 앞서 1970년대에 프랑스와 캐나다의 협조하에 핵무기 개발에 착수한 일이 있습니다.

그러나 우리나라는 핵무기 제조 완성을 앞두고 미국의 강력한 반대로 그만 둔 일이 있지만 그 대신 원자력발전소만은 계속 지을 수 있게 되었으므로 지금 평화적 핵 이용 분야에서는, 원전을 수출하는 핵강대국이 되었습니다. 그 덕분에 핵기술이 계속 축적되어 대통령이 마음만 먹는다면 2년 안에 핵폭발 실험을 거치지 않고도 정밀한 핵무기 100개를 만들 수 있는 실력을 갖게 되었다고 합니다.(조갑제 저 『우리는 왜 핵폭탄을 가져야 하는가?』 참조)

그러나 핵무기를 만들어 실전 배치한 것과 핵무기 만들 실력을 갖고 있으면서도 가만히 앉아있는 것과는 하늘과 땅의 차이가 있습니다. 게다가 적화통일을 시종일관 노리고 있는 북한과 같은 난폭한 상대를 주적으로 마주 대하고 있는 우리나라는, 비록 미국이 핵우산을 제공하고 있다고 해도 마냥 안심할 수만은 없는 처지입니다."

"우리가 핵을 가져야할 이유를 누구나 좀 더 알아듣기 쉽게 설명해 주실 수 있겠습니까?"

"그러죠. 북한은 처음부터 중국의 지원을 받아 핵무기를 개발하고 있습니다. 중국은 북한을 자국의 울타리로서 실용가치를 여전히 인정하고 있습니다. 지금은 비록 북한과 중국 사이가 전같지 않다고 하지만 언제 그 관계가 호전될지 아무도 모릅니다. 더구나 중국과 북한은 압록강과 두만강으로 국경을 이루고 있습니다. 그러나 우리의 혈맹인 미국은 태평양을 사이에 두고 멀리 동떨어져 있습니다.

게다가 북한은 핵무기 외에도 미국의 주요 도시들을 타격할 수 있는 대륙간탄도미사일 개발에 필사적입니다. 미국은 북핵 문제가 발생한 지 20년이 되었건만 북한으로 하여금 핵을 포기하게 하는 데 분명히 실패했습니다. 북핵 포기를 위한 육자회담은 북한의 핵무장을 막기는커녕 오리려 핵무장을 도와주는 가림막 구실을 해 왔을 뿐 북한이 핵을 포기하는 데 아무런 기여도 하지 못했으며 앞으로도 그러할 것입니다.

미국이 만약에 한국이라면 핵무장한 적을 앞에 두고 그렇게 느긋할 수는 없었을 것입니다. 진작 중국과 담판을 해서라도 북핵 포기를 성취하고 말았을지언정, 방관만 할 수는 없었을 것입니다.

중국은 작심만 하면 북핵을 중단시킬 수 있는 능력이 있는 세계 유일의 나라입니다. 그런 걸 생각하면 미국이 한국에 제공하고 있는 핵우산은 이미 구멍이 나버린 것과 마찬가지입니다. 게다가 대륙간 탄도미사일 개발에까지 성공하여 북한이 미국 도시들을 직접 타격할 수 있는 사태가 벌어진다면 미국이 우리에게 제공하고 있는 핵우산이 과연 계속 효력을 발휘할 수 있을지 의문입니다.

발등에 떨어진 불을 끄기에 바쁜 미국은 자국의 안보보다 우방국의 안보를 먼저 돌볼 여유가 과연 있을까요? 국제 관계에서는 영원한 우방도 영원한 적도 있을 수 없고 오직 자국의 이익이 있을 뿐이라는 것이 공인된 현실이기 때문입니다.

미국은 1876년 조선과 일본 사이에 강화도조약이 체결된 후 곧바로 우리와 조미수호조약을 체결했습니다. 핵심 내용은 조선과 미국 두 나라는 상대국에 불리한 조약을 제삼국과 체결하지 않는다는 것이었습니다.

그러나 미국은 1905년 일본과 태프트-가즈라 비밀 조약을 체결하여 조선은 일본이, 필리핀은 미국이, 사이좋게 식민지로 차지했습니다. 이것은 조미수호조약을 위반한 분명한 배신이었습니다. 이것뿐인가하면 그렇지 않습니다.

1945년 얄타회담에서 미국의 루즈벨트 대통령은 소련군을 극동의 일본군과의 싸움에 끌어들이기 위한 미끼로 한반도 북반부에 소련군이 진주케함으로써, 엉뚱하게도 일제 침략의 희생국인 한국을 분단하는 원인 제공자가 되었습니다. 그대신 전범국으로서 독일처럼 단연히 분단되었어야 할 일본은 말짱하게 국토를 보존하게 해 주었습니다.

그것뿐인가 하면 그렇지 않습니다. 6.25전쟁 직전에 미국의 애치슨 국무장관은 한반도는 미국의 극동방위선에서 제외된다고 선포함으로써 북한의 남침전쟁을 부추겼습니다. 물론 6.25가 발발되자 미국이 참전하여 3만 7,000명의 미군이 희생되면서도 한국을 위기에서 구해주기는 했지만 한국에 대하여 지금껏 자국의 이해에 따라 이랬다 저랬다 함으로써 초지일관하지 못했던 것은 사실입니다."

"그러나 핵무기 개발 능력이 있으면서도 핵무기를 개발을 참고 있는 나라는 한국 외에도 스페인, 브라질, 캐나다, 독일, 일본, 이탈리아, 터키, 네덜란드, 대만 등 얼마든지 있지 않습니까?"

"그건 사실입니다. 그러나 이들 나라들 중 어느 한 나라도 한국처럼 휴전선을 사이에 두고 핵과 미사일을 개발하여 호시탐탐 적화통일 전쟁을 일으킴으로써, 64년 전의 남침 실패를 만회하겠다고 호언 장담하는 깡패집단 같은 포악한 북한을 주적으로 가진 나라는 단 하나도 없습니다.

북핵 문제 해결의 지름길

우리는 지금까지는 미국의 핵우산을 믿고 핵무기 개발을 자제하고 있지만, 우리나라의 안보를 외국이 제공하는 핵우산에 대한 믿음에만 언제까지 의존할 수는 없는 일입니다.

국가의 존망이 달려있는 전쟁에서는 우군이 도와줄 것이라는 믿음, 막연히 이길 수 있을 것이라는 개연성이나 요행, 가능성, 희망 따위에 의존해서는 안 되고, 오직 적을 압도할 수 있는 자국의 군사력을 믿어야 합니다. 이것이야 말로 손자병법의 기본 정신이기도 합니다.

더구나 핵과 미사일을 자랑하고 도발을 일삼는 호전적인 적과 대치하고 있을 때는 아군 역시 핵과 미사일로 강력한 억지력을 과시할 필요가 있습니다. 적은 핵을 가지고 있는데 우리만 없다면 어떻게 되겠습니까?

갑오 동학 전쟁 때였습니다. 소총, 도검, 활 따위 구식 무기로 무장한 동학군 1만 명이 공주 우금치에서 미국에서 수입한 최첨단 캐틀링 기관포로 무장한 겨우 일개 중대의 일본군에게 참패를 당한 것이 아니라 아예 모조리 집단 학살을 당하고 만 일이 있었습니다."

"그러나 현대는 그런 과거와는 달리 나토나 한미상호방위조약 같은 집단방위체제가 가동되고 있으므로 비록 북한이 핵을 먼저 사용한다고 해도 결코 살아남지는 못할 것입니다."

"그건 나도 인정합니다. 그러나 북한이 중국과 조중우호조약으로 우리의 한미상호방위조약과 흡사한 조약으로 묶여 있으면서도, 핵을 가지고 있는 한, 북한이 핵을 포기하게 하기 위해서는 우리도 핵을 가져야 북한과의 핵 협상에서 균형을 잡고 당당하게 주도권을 행사할 수 있습니다.

'핵없는 한반도'를 실현할 수 있는 지름길은 핵을 가진 한국이 핵을 가진 북한과 마주 앉아 일 대 일로 담판을 벌일 수 있어야 비로소 아귀가 맞아 돌아가게 되어 있다는 것은 초보적인 상식입니다.

게다가 북한이 유독 핵을 고집하는 이유들 중의 하나는, 월맹이 월남공화국을 따돌리고 미국과의 일대일의 협상으로 미군을 남부 월남에서 철수시키고 적화 통일을 달성한 것처럼, 한국을 따돌리고 핵을 미끼로 미국과의 단독 협상으로 미군을 남한에서 철수시키고 적화통일을 달성하겠다는 가증스러운 음모가 도사리고 있음을 알아야 합니다.

이러한 북한의 교활하고도 간사한 음모를 깨부수기 위해서라도 우리는 기필코 핵을 가져야 합니다. 8천만 한민족의 생사존망이 달려 있는 남북한 간의 핵문제 해결까지도 언제까지나 미국에 외주를 맡기는 한 그 해결은 지난 20년 동안 그래왔듯이 백년하청百年河清이 되고 말 것입니다."

"우리가 핵무장을 하면 일본과 대만이 결코 가만히 있지 않을 텐데요."

"그것이 차라리 중국으로 하여금 러시아 외에도 핵무장한 남한, 북한, 일본, 대만의 4개국에 의해 중국 대륙이 일시에 꼼짝없이 포위 당하는 악몽과 같은 위기를 맞게 함으로써 도리어 북핵 해결의 돌파구를 찾는 촉매제가 될 수도 있을 것입니다.

지난 20년 동안 경제난으로 다 쓰러져가던 깡패 국가인 북한을 순전히 자국의 울타리로 이용하기 위해서 지금껏 먹여 살려온 나라는 바로 중국 자신입니다. 그뿐만 아니라 북한으로 하여금 중국과 베트남처럼 굶어죽지 않고 살아남기 위해서라도 시장경제를 도입하지 않을 수 없는 절호의 기회까지 빼앗아간 것도 중국입니다. 따라서 북한의 존망은 지금도 오직 중국의 결심 여하에 달려 있습니다.

한국이 핵을 소유함으로써 중국은 졸지에 핵무장한 4개국에 포위 당하는 위험을 감수하느냐 아니면 북한이 핵을 포기하게 함으로써 그러한 위험에서 벗어나느냐의 양자택일을 하지 않을 수 없게 될 것입니다. 따라서 한국의 핵무장은 북핵 해결의 지름길이 될 수 있습니다.

한국 정부의 모 장관이 외유 중에 이스라엘에 들러 그 나라 장관들과 회동한 일이 있었다고 합니다. 그들은 그 한국 장관에게 이구동성으로 말했습니다.

"북한이 핵개발에 착수한 지 20년이나 되고 3차 핵실험까지 하도록 한국은 핵을 가질 생각도 하지 않고 있다니 그러고도 나라가 지금껏 유지되고 있는 것 자체가 신기하기 짝이 없습니다."

2차 대전 후 건국 이래 이스라엘을 둘러싼 7개 아랍국들과 4번

싸워서 4번 다 이긴 이스라엘이 보기에 한국은 지나칠 정도로 자국의 안보에 무관심하고 무사태평하다고 생각되었을 법합니다. 그러나 우리 국민 전체가 다 그렇게 무사태평하기만 한 것은 결코 아닙니다.

여론조사에 따르면 60% 이상의 한국 국민은 핵무장에 찬성하고 있습니다. 북한이 핵으로 위협하는데 빈손으로 핵 없는 한반도만을 끝까지 고집하는 것은 1894년 공주 우금치 전투에서 미국제 캐틀링 기관포로 무장한 일개 중대의 일본군에게 단 이틀 동안에 1만 동학군이 깡그리 도륙당한 것처럼 초라할 수밖에 없다는 것이 보편타당한 상식이고, 더구나 국제사회의 냉혹하고도 엄연한 현실입니다.

더구나 우리나라는 전통적으로 사대주의적 동맹 외교에서 쓰디쓴 실패를 맛본 나라입니다. 신라는 삼국통일 시기에 동맹국 당나라로부터 배신을 당했었고, 임진왜란 때는 조선의 요청으로 구원차 온 동맹국 명나라로부터 갖은 모욕과 멸시를 감수해야했습니다.

더구나 그러한 명나라조차 조선에 원군을 보내는 통에 국력이 극도로 고갈되어 새로 일어난 청나라에 의해 속절없이 망해버리고 말았습니다. 미국 역시 130여 년 전 조미수호조약체결 이래 한국에 대하여 초지일관해 온 것은 아닙니다. 어떠한 동맹 관계도 자국의 국익을 우선할 수는 없기 때문입니다

결론적으로 말해서 국가 안보의 대원칙은 동맹 외교에만 의존하려 하지 말고 스스로 일어나 부국강병富國强兵의 길을 택하는 수밖에 없다는 것을 온 국민과 당국자들은 뼈아프게 깨달아야 합니다."

"선생님 얘기를 듣고 있자니까 우리나라는 그동안 부국富國이 되는 데 어느 정도 성공했지만 강병强兵을 갖는 데 형편없이 실패한 2류 또는 3류 국가임에 틀림이 없습니다. 더구나 이스라엘 사람들의 눈으로 볼 때 더욱더 그렇다는 것이 객관적으로 입증되었습니다. 그럼 앞으로 비록 뒤늦기는 하지만 우리도 북한 못지않게 아니, 북한을 압도할 정도로 핵과 미사일로 우리 스스로 무장하는 길밖에는 다른 선택의 여지가 없는 것 같습니다.

게다가 우리가 군사 강국을 만들 수 있는 두뇌와 능력과 재력이 없는 것도 아니고 순전히 무지와 무관심과 게으름으로 약병弱兵의 나라를 고집하다가 살찐 돼지가 되어 굶주린 승냥이 같은 북한에게 뜯어 먹힌다면 대한민국의 오늘의 우리 세대는 자손들에게 두고두고 큰 죄를 짓게 될 것입니다.

더구나 적자에 허덕이는 미국 정부가 자꾸만 부도가 나고, 셧다운 사태가 계속되어 지금처럼 국방비가 계속 축소일변도로 나간다면 미국의 핵우산만 철석같이 믿었던 한국은 졸지에 낙동강 오리알 신세로 전락하지 말라는 법도 없을 것 같은 느낌이 듭니다."

"당연히 그런 위기감을 느껴야죠. 온 국민이 그런 위기감에 휩싸여야 나라를 위기에서 구할 수 있습니다."

"미국이 아직은 세계 제일의 초강대국이고 군사대국으로서 한국을 지원한다고 철석같이 공약하고 있지만 앞으로 대대손손 영원히 그렇게 한다고는 당사자인 우리와 미국은 물론이고 그 누구도 장담할 수 없는 일입니다. 우리가 만약에 미국의 반대를 무릅쓰고, 오직 주권 국가의 자위를 위해서, 핵을 개발한다면 미국은 어떻게 나올까요?"

"우방국인 영국, 프랑스, 이스라엘 등의 핵개발을 미국은 어쩔 수 없이 방관할 수밖에 없었습니다. 그리고 한국의 방위를 앞으로 영원히 책임질 수 없는 한 미국은 종국적으로 한국이 핵을 소유하는 것을 묵인하지 않을 수 없게 될 것입니다."

"만약에 한국이 핵보유국이 되어 북한과 정면으로 맞서게 된다면 앞으로 한국과 북한은 어떻게 될까요?"

"미소 양극 체제의 냉전이 최고조에 달했던 때처럼 남북 사이에 군비 경쟁이 치열하게 전개될 것입니다. 미소 냉전이 최고조에 달했을 때는 '별들의 전쟁'이라는 미사일 방어 체제 경쟁에서 소련은 미국의 경제력을 당해낼 수 없어서 결국은 백기를 들 수밖에 없었습니다.

바로 그 순간에 소비에트사회주의 공화국연방이라는 1917년 창설된 이래 74년 동안 유지되어 온 그 거대한 공산주의 연방 국가는 공중 분해되고 말았습니다. 경제 규모가 한국의 40분의 1밖에 안되는 북한이 한국의 경제력을 극복하기는 어려울 것입니다."

"그때 만약에 중국이 북한의 군비 경쟁을 대대적으로 도와주는 사태가 벌어지지 않을까요?"

북핵의 원인 제공자는 중국

"중국 수뇌부가 정상적인 사람들이라면 그렇게까지 사태가 악화되기 전에 북한에 대하여 모종의 특단의 조치를 취하지 않을 수 없을 것입니다."

"그게 무엇입니까?"

"만약에 한국이 핵무장을 위하여 NTP(핵확산금지조약) 탈퇴를 선언하면 어떻게 될 것 같습니까?"

"과연 한국이 그럴 수 있을까요?"

"있구 말구요. NPT 조약 10조에는 적의 핵개발로 국가의 생존에 중대한 문제가 발생했을 때 당사국은 사전에 통보하고 탈퇴할 수 있게 규정해 놓았습니다. 북한을 계속 살려주려고 하다가 중국이 극동에서만 러시아 외에도 북한, 한국, 일본, 대만의 4개 핵보유국에게 둘러싸이는 사태는 극력 피하려고 할 것입니다. 그것을 막기 위해서라도 중국은 북핵 포기에 적극 나설 수밖에 없을 것입니다."

"북핵 포기를 위해서 중국은 어떤 특단의 조치를 취할 수 있을까요?"

"압록강 다리 밑을 통과하는 송유관을 눈 딱 감고 한달 동안만 막아도 북한은 교통과 생산이 올 스톱 상태가 되어 국가로서의 기능이 마비되어, 생존이 불가능해지게 될 것입니다.

북한 당국자들은 생존을 위해서라도 핵을 일단 포기하든가 아니면 핵을 안은 채 자멸하든가 양자택일을 하지 않을 수 없게 될 것입니다. 그러나 북한의 김씨 왕조가 바보가 아닌 이상 핵을 안고 자멸하는 어리석은 짓은 결코 저지르지 않을 것입니다."

"그걸 어떻게 장담할 수 있겠습니까?"

"김씨 왕조는 그런 긴급사태에 대처하려고 스위스 은행 비밀 구좌에 이미 수십억 달러를 예금해 놓고 있다고 외신은 전해주고 있습니다. 탈북자들에 따르면 김씨 왕조에게 그러한 긴급사태가 과거에 꼭 한번 있었다고 합니다."

"그때가 언제죠?"

"소련이 갑자기 공중분해되고 동유럽 공산 위성국들이 줄초상을 당하고 전세계 공산국들의 경제공동체가 갑자기 무너지자 북한은 졸지에 경제적 고아로 전락할 수밖에 없었습니다. 해외 식량 원조가 끊어지자 주민들은 말할 것도 없고 당 간부들조차도 굶어죽을 위기에 처했습니다.

탈북자들에 따르면 그때 김일성 직계 가족과 김씨 왕조 핵심 세력인 '백두혈통'의 반수 이상이 이미 유럽 등 해외에 빠져나가 대기상태에 있었다고 합니다. 이때 소련과 동구 공산국들보다 한발 앞서 등소평에 의해 시장경제를 도입하고 있던 중국이 북한을 자기네 울타리로 이용하려고 굶어 죽지 않을 만큼 식량 원조를 해주었기 때문에 북한은 굶어죽는 것을 겨우 면하게 되었습니다.

바로 이 때문에 북한은 다른 공산국들처럼 개혁개방과 시장경제

제도를 도입할 수 있는 절호의 기회를 놓치게 된 것입니다."

"만약에 그때 중국이 식량 원조를 해주지 않았더라면 어떻게 되었을까요?"

"북한은 굶어죽지 않으려고 중국이나 베트남처럼 개혁개방을 반드시 실시했을 것입니다. 그랬더라면 북한도 지금쯤 중국이나 베트남처럼 잘사는 나라가 되었을 것입니다."

"그럼 남북한은 어떻게 되었을까요?"

"대만과 중국 본토처럼 이미 경제 통합이 이루어져 그동안 민족의 동질성도 상당 수준 회복되었을 것이고 생활 수준도 거의 비슷해져서 통일의 조건이 눈앞에 다가와 있었을 것입니다."

"그렇다면 중국이야말로 자국의 이익만을 추구하다가 우리의 통일을 지연시킨 원인 제공자라고 할 수 있군요."

"누가 아니랍니까? 그러나 구도자는 자신을 책하기에 앞서 그렇게 남에게 책임을 전가하는 짓은 결코 해서는 안 됩니다. 남을 원망하는 것이야말로 피아가 다 공멸하는 행위이기 때문입니다. 더구나 중국이야말로 우리의 통일에 막중한 역할을 할 수도 있는 나라이므로 원망의 대상이 아니라 공조共助와 상생의 대상으로 삼아야 할 것입니다."

"한국이 NPT 탈퇴를 선언하면 북한과 중국은 어떻게 나올 것 같습니까?"

"북한은 졸지에 뒤통수를 얻어맞은 것처럼 어리둥절할 것이고 중국은 일본과 대만이 한국을 뒤따라 핵보유국이 되지 못하게 하려고 필사적이 될 것입니다. 바로 이 때문에 온 세계의 이목은 일시에 중국 수뇌부에 쏠리게 될 것입니다."

"과연 그럴까요?"

"그럼요. 이미 예상했던 것처럼 한국의 NPT 탈퇴를 막는 길은 북한이 핵을 포기하게 하는 길밖에 없는데 그 일을 할 수 있는 세계에서 유일한 나라는 지구상에서 중국밖에 없기 때문입니다.

"미국을 비롯한 세계 여론은 어떻게 될 것 같습니까?"

"그 어느 나라도 주권 국가로서 정당한 자위권을 행사한 한국의 처사를 비난하기는커녕 북한이 핵을 개발한 이래 평화적인 해결을 위하여 한국이 20년 이상 참아온 것을 도리어 대견하게 생각할 것입니다. 동시에 한국은 단지 NPT 탈퇴 선언만으로도 핵보유국에 준하는 대우를 받을 정도로 국위가 격상될 것입니다.

왜냐하면 한국은 이미 원전原電을 수출하는 원자력 강국이니까요. 이 말은 북한이 20년 걸려서도 아직 완성하지 못한 핵탄두의 정밀화 과정을 우리는 불과 2년 안에 수행하고도 남는다는 것은 누구나 다 아는 일이기 때문입니다. 한국만 그런 것이 아니라 일본과 대만도 결심만 하면 그럴 수 있을 것입니다."

"결국은 중국은 어쩔 수 없이 해결의 칼을 빼어들어야 할 차례군요."

"당연히 그래야죠. 중국은 자기 사명을 수행하지 않을 수 없는 진퇴양난에 빠지게 될 것입니다. 자업자수自業自受요 인과응보因果應報입니다. 중국은 결국 자국의 이익만을 위해서 깡패 국가를 길러온 보복을 톡톡히 당하게 될 것입니다."

김정은 정권 교체 고려하는 중국

2014년 4월 8일 화요일

우창석 씨가 말했다.

"중국인들도 한반도 통일에 대한 자기네 책무를 점차 깨달아가고 있다는 징후가 보입니다. 오늘(2014년 4월 8일) 아침 조선일보 3면에 다음과 같은 기사가 나왔습니다.

중국 중앙당 학교 학습시보學習時報의 덩위원 전 편집부장은 7일 '중국은 모든 수단을 동원하여 북한의 4차 핵실험을 저지해야 한다'고 말했습니다. 그는 이날 서울 프레스센터에서 미래정책연구소가 개최하는 '통일 대박 어떻게 이룰 것인가' 토론회에서 '중국이 북핵 문제를 해결하면 한국이 미국에 지금보다 더 의존하는 사태는 막을 수 있을 것'이라고 말했습니다. 그는 또 '북핵 문제가 해결되지 않으면 한국에 대한 중국의 영향력이 줄어들고 박근혜 정부는 한 미 일 협조에 집중하게 될 것'이라고 말했습니다.

그는 또 '최악의 사정을 가정해 김정은이 핵실험을 계속하면 김정남 같은 친중국 인사로 김정은 정권을 대체하면 어떨까 하는 말도 나온다'고 말했습니다. 그러나 그는 또 '언뜻 보면 한반도의 영구적 분단이 중국에 이익이 될 것 같지만 북한이 개혁개방을 통하여 발전하지 않는 한 중국은 언젠가 북한의 붕괴 상황을 마주할 것'이라면서 '이렇게 되기보다는 중국이 한반도 통일을 도와주는 쪽이 더 낫다'고 말했습니다.

덩위원 학습시보 전편집장이라는 사람의 이러한 언급에 대하여 선생님께서는 어떻게 생각하십니까?"

"덩씨는 '북핵 문제가 해결되지 않으면 한국에 대한 중국의 영향력이 줄어들고 박근혜 정부는 한 미 일 협조에 집중하게 될 것'이라고 말했는데, 지난 20년 동안 한 미 일 공조가 북핵 문제에 대하여 아무런 기여도 못했는데 이제 새삼스레 박근혜 정부가 또 한 미 일 공조에 집중한다 한들 무슨 신통한 해결책이 나오겠습니까?

그러니 차라리 북한이 예고한 대로 4차 핵실험을 할 경우 이번 기회에 박근혜 정부는 NPT 탈퇴 선언을 하는 것이 가장 효과적인 해결책이 될 것입니다. 그렇게 하는 것이야말로 박정희 전 대통령이 기초를 닦아놓은 원자력 강국인 한국이 할 수 있는 최선의 선택이 될 것입니다.

지난 20년 동안 3차 핵실험까지 하고도 북한이 아직 성취하지 못한 것을 우리는 단 2년이면 충분히 완성할 수 있다고 합니다."

"선생님께서는 그런 정보를 어디서 입수하셨습니까?"

"조갑제 지음 『우리는 왜 핵폭탄을 가져야 하는가?』라는 저서를 읽어보면 한국이 핵무장을 해야 할 당위성을 아주 다각도로 상세하게 밝혀 놓고 있습니다."

"그건 그렇고 덩씨는 또 '최악의 경우 김정은이 핵실험을 계속하면 김정남 같은 친중국 인사로 김정은 정권을 대체하면 어떨까 하는 말도 나온다'면서 '언뜻 보면 한반도의 영구적 분단이 중국에 이익이 될 것 같지만 북한이 개혁개방을 통하여 발전하지 않는 한 중국은 언젠가 북한의 붕괴 상황을 마주 할 텐데 이것보다는 한반도 통일을 도와주는 쪽이 더 낫다'고 말한 것에 대해서는 어떻게 생각하십니까?"

"덩씨는 북핵의 원인 제공자는 중국 자신이라는 사실을 아직 뼈아프게 깨닫지 못하고 있습니다. 중국은 순전히 자국의 이익을 위해 순망치한脣亡齒寒 즉 입술이 떨어져나가면 이가 시려온다는 이치를 적용하여 순전히 자국의 이익만을 위하여 북한의 핵 개발을 도와왔습니다.

그와 동시에 중국은 북한이 개혁개방을 할 수 있는 절호의 기회까지도 앗아간 결과 마침내 북한을 지금과 같은 불량 국가로 전락시킨 원인 제공자로서 한반도의 통일을 실질적으로 저해하여 왔다는 것을 뼈저리게 반성해야 합니다.

그러한 반성을 전제로 하여 김정은 정권 교체를 실현함으로써 통일에 적극적으로 협조해야만이 남북통일을 저해한 과거의 잘못을 씻어낼 수 있을 것입니다. 비록 뒤늦은 느낌은 들지만 중국 지도층 사이에서 그러한 여론이 형성되고 있다는 것은 매우 고무적인 현상이라고 봅니다.

북한 무인기

2014년 4월 15일 화요일

오후 4시경 삼공재에서는 최근에 청와대, 백령도, 파주, 삼척 등지에서 발견된 북한 것으로 보이는 무인기를 둘러싸고 대화와 격론이 오갔다.

"선생님, 북한 무인기 기사를 읽어보고 저는 제 머리로는 도저히 이해할 수 없는 일이 벌어졌습니다."

하고 한 수련생이 말했다.

"그게 뭔데요?"

"저는 1970년대 말에 수도권 상공을 방어하는 고사포 부대에서 포사수로 직접 근무한 일이 있거든요. 그러한 제가 보기에는 도저히 이해할 수 없는 일이 지금도 벌어지고 있습니다."

"이해할 수 없는 일이라뇨. 좀 더 알아듣기 쉽게 구체적으로 설명을 좀 해주시겠습니까?"

"왜냐하면 서울 전역은 말할 것도 없고, 더구나 대통령이 상주하는 청와대 주변에는 주요 고층 건물 옥상과 요지마다 물샐 틈 없는 화망(火網)이 2중 3중으로 구성되어 있고 하루 24시간 언제나 대공포를 발사할 수 있는 영점 조준이 되어 있으므로 어떠한 비행체라도 일단 나타났다하면 백발백중 격추되지 않을 수 없게 되어 있습니다.

그런데 어떻게 돼서 길이가 1미터 이상 되는 북한제 무인기가 청와대 부근에까지 침투할 수 있었는지 제 상식으로는 도저히 이해를 할 수 없습니다."

"1970년대 말이면 혹시 무인가가 없던 때가 아닙니까?"

하고 다른 수련생이 물었다.

"절대로 그렇지 않습니다."

"그럼 그때도 무인기가 있었습니까?"

"있었구말구요. 그때 우리 부대는 강원도 화진포 근처까지 가서 무인기를 직접 띄워놓고 고사포 사격 훈련을 해 본 일이 있습니다."

"그렇다면 우리의 대공 방어망에 구멍이 뻥 뚫려 있었다는 얘기가 아닙니까?"

"그렇습니다. 그렇게 대공 방어망이 뻥 뚫려 있는데도 언론 보도를 보면 아무도 책임지는 사람은 나타나지 않고 있습니다. 그래서 저의 상식으로는 도저히 이해를 할 수 없는 일이 일어나고 있습니다."

"1970년 말엽이면 지금부터 35년 전 일인데 그동안 대공 화망은 더욱 더 첨단화되고 치밀해져 있어야 할 터인데 그때보다도 한참 후퇴를 한 것 같은 느낌이 드네요."

"1970년대 말이면 박정희 대통령 집권 말기로서 우리나라의 국세가 한창 뻗어나가기 시작할 때였습니다. 1970년대 초기까지만 해도 남한은 북한보다 국민소득이 낮을 때였는데, 이것을 만회하기 위해서 북한과의 치열한 경쟁이 벌어졌을 때였습니다.

경부고속도로가 뚫리고 중화학공업단지가 건설되는 등 큰 성과를 올려 70년대 중반부터는 드디어 우리나라 국민소득이 북한을 앞지르기 시작했습니다.

'싸우면서 일하고, 일하면서 건설하자'라는 구호를 내걸고 온 국민이 일치단결하여 조국 근대화를 향해 매진할 때였습니다. 그때는 국민 전체가 똘똘 뭉쳐서 지금의 이스라엘처럼 국방력에서는 물론이고 경제력에서도 북한을 압도해야 된다는 결의와 자부심에 불타고 있을 때였습니다.

그때는 우리가 야윈 늑대처럼 날랬고, 적을 압도하는 결의에 차 있었다면 지금은 그때와는 정반대로 꼭 살찐 돼지처럼 둔감해져 꼭 야윈 늑대에 뜯어먹히기 좋게 되어 있는 느낌이 듭니다. 따라서 그때의 대북 경계심은 지금과는 비교도 안되게 강화되어 있을 때였으니 지금처럼 대공망에 구멍이 뚫린다는 것은 상상도 할 수 없는 일이었을 것입니다.

더구나 그때는 카터 미국 대통령이 닉슨에 뒤이어 미군을 철수를 한다고 위협하는 통에 박정희 대통령이 자주 국방을 위해 핵무기 국산화를 미국 몰래 추진하다가 미 CIA의 사주을 받은 박정희 대통령의 최측근인 김재규 정보부장에 의해 마침내 암살당했다는 소문이 나돌기도 할 때였습니다. 이러한 격동기이기는 했지만 대북한 경계는 철통같았습니다."

하고 한 수련생이 말하자 다른 수련생이 받았다.

"그런데 전두환, 노태우의 신군부 시대를 지나 김영삼, 김대중, 노무현, 이명박 시대를 거치는 20년 동안 대공 경계심은 차츰 해이해지기 시작했습니다.

북한에게 일방적으로 미전향 간첩들을 넘겨주는가 하면, 쌀 주고 뺨 맞은 김영삼 시대에 뒤이어 햇볕 정책과 퍼주기 10년 동안의 좌편향적인 김대중, 노무현 시대 그리고 종북 세력이 전략적으로 벌인 터무니없는 광우병 촛불 시위에 얼이 빠져 종북 세력 발호를 좌익 정부 10년 시대처럼 방치했던 이명박 시대 5년, 도합 20년을 거치는 동안 내내 대북 경계는 해이해지기만 했습니다.

제1, 제2 연평해전, 천안함 폭침, 영평도 포격을 당하면서도 법조계, 정부기관, 교육계, 법조계, 국회, 군부대, 심지어 국정원 내부, 각계각층에까지 엄청나게 많은 종북주의자들이 침투하여 둥지를 틀게 되었습니다. 이들에 의해 국가 비밀이 북한으로 넘어갔고, 대공 태세 역시 약화될 대로 약화되었을 것이고 지금도 곳곳에 보이지 않는 구멍이 뻥뻥 뚫려 있다고 봅니다."

"그럼 그처럼 곳곳에 수없이 뻥뻥 뚫려 있는 구멍들을 적어도 1970년 말 수준으로까지 회복하려면 어떻게 해야 됩니까?"

"당연히 통일 전의 서독이 했던 것처럼 지금은 합법적으로 운영되는 종북 단체들부터 모조리 해산시켜 버려야합니다."

"그렇게 과격하게 나오면 반드시 부작용이 일어나 해방 정국처럼 사회가 혼란해집니다."

"그럼 어떻게 해야 됩니까?"

"순리적으로 서서히 해도 됩니다."

"당장 방공망이 숭숭 뚫려있는데 어떻게 순리적으로 서서히 한다는 말이요? 우리도 서독처럼 당장 해산시켜버려야지."

하고 뒤에 말한 수련생이 얼굴이 뻘겋게 상기되면서 갑자기 빽하고 소리를 질렀다. 그러자 종북 단체 해산을 서서히 해야 한다고 말한 수련생이 말했다.

"그렇게 갑자기 서두를 께 뭐 있습니까? 어차피 국민여론은 종북세력 편이 아닌데 뭐가 걱정입니까? 국민의 지지를 잃어버린 정치세력은 반드시 멸망하지 않을 수 없게 되어 있습니다."

하고 그는 여유있는 목소리로 말했다. 그러자 뒤에 발언한 수련생이 벌떡 일어서려 하자 주위에서 주저앉히면서 격론은 겨우 가라앉았다. 이윽고 간신히 격분을 가라앉히고 난 뒤에 그가 말했다.

"문제는 정부에서 헌법재판소에 종북 단체 해산 제정 신청을 낸지 9개월이나 지나도록 아무런 결정도 내리지 못하고 뭉기적대고 있는 사이에 천금 같은 국민의 세금이, 북한의 사주를 받아 대한민국을 전복하려는 종북 단체와 이석기 같은 국회의원에게도 자꾸만 흘러들어가고 있다는 겁니다."

그는 아직도 거친 숨을 쉬면서 말했다.

"그건 우리가 민주주의 제도를 채택한 이상 복잡한 법적 절차를 밟아야 하니까 어쩔 수 없는 일이 아닙니까? 그러나 국민들은 종북세력을 지지하지 않으니까 조만간 결론이 나올 것입니다."

"종북 단체들이 계속 합법적으로 활동하는 한 그리고 중고등학교에서 전교조 같은 종북 교사들에 의해 좌편향으로 씌어진 현대사 교과서로 학생들이 국사 교육을 받는 이상, 그리고 기성 세대가 지금은 비록 여론 형성의 주역이라 해도 종북 교육을 받은 젊은 세대가 계속 증가되면, 그 여론은 언제 뒤집어져 언제 또 김대중, 노무현 정권 같은 친북 정부가 들어설지 아무도 모른다는 사실을 똑똑히 알아야 합니다."

그때였다. 지금까지 양쪽의 발언을 경청하기만 하던 수련생이 입을 열었다.

"두 분의 반론을 듣고 있자니까 이 자리에서 결론이 나오기는 어려울 것 같습니다. 두 분은 잠시 숨고르기를 하시고 제가 한마디 하겠습니다. 북한 무인기가 노리는 것은 어쩌면 지금 벌어지고 있는 것과 같은 남남 갈등을 조장하려는 데 그 목적이 있는게 아닌가 하는 생각이 듭니다.

지금도 국회에서는 새정치 민주연합의 정창래 의원이 문제의 무인기에 씌어져 있는 한글은 우리가 쓰는 아래하 한글이라면서 그 무인기는 북한이 보낸 것이 아닐 수도 있다고 주장하자, 마치 기다렸다는 듯이 북한은 '제2의 천안함 날조'일 수도 있으니 공동 조사를 하자고 주장했습니다.

천안암 폭침 사태가 일어났을 때도 북한은 처음에는 침묵을 지키고 있다가 종북 정치인들이 북한의 소행이 아닌 한국의 자작극일 수도 있다는 반론을 제기하자 북한은 기다렸다는 듯이 '천안함 사건은 날조일 수도 있으니 공동 조사를 하자'고 주장했었습니다.

지금 바로 그때와 똑 같은 사태가 벌어지고 있습니다. 북한이 공동조사를 하자는 것은 강도범이 경찰과 강도사건을 공동조사하자는 것과 같이 적반하장입니다.

알고보니 2007년에 이미 아래하 한글은 남북합의로 공동 사전 편찬용으로 북으로 넘어갔는데도 그것도 모르고 성급하게 새정치 민주연대의 정창래 위원은 북한을 감싸안는 듯한 발언부터 하기에 급급했던 것 같은 느낌을 줍니다. 아니나 다를까 그는 학생시절부터 주사파로서 운동권에서 활약한 사람이라고 합니다.

지금쯤 북한의 김정은은 남남갈등을 보면서 회심의 미소를 짓고 있을지도 모르니 남남갈등은 될수록 자제하는 것이 좋겠습니다. 문제는 우리나라가 동서독처럼 아직 통일을 못해서 이런 일이 일어난다고 생각됩니다. 선생님! 도대체 우리나라는 언제쯤 통일이 될까요?"

하고 그는 화제를 바꾸려는 듯이 말했다.

"그건 하느님 외에는 아무도 모르는 일입니다. 그러나 여러 징후로 보아 가까운 시일 안에 기필코 무슨 돌파구가 열릴 것 같습니다."

"선생님, 격암유록에는 언제 통일이 된다고 나와 있습니까?"

"글쎄요. 책을 좀 뒤져봐야겠는데요."

이때 한 수련생이 말했다.

"그러실 것 없습니다. 제가 그 방면에 대해서는 좀 알고 있습니다. 격암유록格菴遺錄 말운론末運論에 보면 이런 구절이 나옵니다.

'조선이 다시 통합하는 때는 어느 해인가? 진년辰年과 사년巳年 중 붉은 개(적구(赤狗 즉 丙戌)의 달이 있는 을사(乙巳 즉 2025년) 년 병술(丙戌 음력 9월)이며 백의민족이 다시 태어나는 해이다.'

라고 나와 있습니다. 다시 말해서 2025년 9월에 한국은 통일이 된다는 겁니다."

"그럼 아직도 11년을 더 기다려야 된다는 얘긴가요. 선생님께서는 이 예언을 어떻게 생각하십니까?"

"어디까지나 예언은 예언일 뿐입니다. 믿고 안 믿고는 듣는 사람의 마음에 달려 있습니다. 그러니까 적중률은 항상 50 대 50%로 보아야 합니다. 그러나 격암유록은 같은 예언이면서도 좀 특이한 점이 있습니다.

그 책을 쓴 격암格菴 남사고南師古 선생은 우리처럼 선도수행을 하는 구도자였고 그가 예언한 기간은 임진왜란이 일어난 1592년부터 2030년까지 정확히 438년 동안이고, 그 사이에 한국에서 벌어지는 주요 사건 일자가 예언되어 있습니다. 임진왜란, 병자호란부터 을사늑약, 경술국치, 해방, 분단, 6.25전쟁, 휴전 등등 주요 사건의 일자는 모조리 다 맞았습니다.

이제 남은 것은 남북통일과 2030년의 지축이 바로 서는 지구의 대격변입니다. 11년 후인 2025년에 과연 남북통일이 될지의 여부를 믿는 것은 오직 듣는 사람의 자유입니다. 그러나 인류의 역사는 인류뿐만 아니라 이 지구와 관련이 있는 천지신명들의 뜻에 따라 움직이고 있다고 봅니다. 좀 더 쉽게 말해서 하늘과 사람의 뜻과 노력 여하에 달려있다는 겁니다."

한국의 장래

"2025년에 통일이 된다면 불과 11년밖에 남지 않았다는 말인데, 그렇다면 그 11년 동안에 지금은 G2 국가로서 세계를 움직이고 있는 미국과 중국은 어떻게 될까요?"

"그렇지 않아도 나 역시 그 두 나라의 장래가 무척 궁금했었는데, 2014년 4월 12일자 조선일보 위클리 비즈 특집에 보면 프랑스 최고의 지성인 자크 아탈라 회견기가 실려있는데, 그 내용을 요약하면 중국은 절대로 미국을 이기지 못하지만, 20년 후에 미국은 스스로 몰락한다는 겁니다.

그리고 중국은 세계를 지배할 욕망도 능력도 없는 나라이며 중국 공산당은 2025년쯤 몰락한다고 합니다. 그 후 2034년경 미국은 부채 증가와 양극화로 결국은 제국帝國의 종말을 맞게 될 것이라고 말했습니다."

"그럼, 한국은 어떻게 된답니까?"

"한국은 인구는 적지만 IT 강국으로서 아시아의 경제대국이 될 수 있다고 말했습니다. 자크 아탈리는 다음과 같이 말했습니다.

'한국은 통일에 의해 미래가 좌우될 것입니다. 통일을 두려워하면 안 됩니다. 또 이미 적은 인구에도 가시적인 산업 발전을 이루었고, IT와 바이오, 나노 산업에서 강국으로 부상했습니다.

정말 매력적이고 열정적인 나라입니다. 앞으로 세계의 중심은 아시아가 될 것인데, 한국은 아시아 최대의 경제국이 될 수 있습니다. 한국은 중국이나 말레이시아, 인도네시아 등의 성공 모델이 될 것입니다.'

여기서 가장 인상적인 대목은 '앞으로 세계의 중심은 아시아가 될 것이고, 한국은 아시아 최대의 경제국이 될 수 있다'는 것입니다. 이것은 앞으로 한국이 세계의 중심이 된다는 말인데 나는 대체로 그와 견해를 같이합니다.

그러나 세계에서 가장 역동적이고 재기발랄한 한국인이라고 해도 아무일도 하지 않고 그저 멍청하게 앉아만 있다면 어떻게 되겠습니까? 무위무능無爲無能한 나라 즉 아무것도 할 수 없는 바보 나라가 되고 말 것입니다.

일단 세계의 중심국이 되어 다음 세계를 이끌어나갈 사명을 깨달았으면 진인사대천명盡人事待天命의 자세로, 다시 말해서 사람으로서 할 수 있는 노력은 최대한 다해보고 나서 하늘의 명령을 기다려야 할 것입니다."

"그럼 한국인이 언제부터 세계를 이끌어나갈 사명을 자각하고 이를 수행하게 될까요?"

"통일이 되는 2025년 전후부터일 것입니다."

"그럼 그때부터 지구에서는 무엇이 두드러지게 달라질까요?"

"선천시대先天時代는 개인과 국가의 이상이 사익私益과 국익國益의 실현을 위한 갈등과 상극의 시대였다면, 2030년부터 시작되는 후천

시대後天時代의 개인과 국가의 이상은 오로지 진리眞理의 실현, 도道의 실현을 위한 평화의 시대가 될 것입니다. 사익과 국익이 진리와 도로 바뀌는 것이야 말로 지상천국 실현의 첫 걸음이 될 것입니다."

세월호 참사의 교훈

2014년 4월 22일 화요일.

아내와 같이 오전 11시에 서초동 법원 동관 355호실에서 열린, 7년 동안이나 지루하게 계속되는 재판에 피고인으로 출석했다가 12시경에 집에 돌아왔다. 점심을 마치고 텔레비전을 한참 시청하던 아내가 뜬금없이 말했다.

"여보, 오늘 수련생들이 와서 세월호 침몰로 어떤 사람들은 구조되고 어떤 사람은 실종되거나 사망된 것은 무엇 때문이냐고 물으면 제발 각자의 인과응보요 자업자득이라고 말하지 마세요."

"왜요?"

"너무 매정하지 않아요. 불의에 끔찍한 사고를 당한 사람들에게 동정은 못해줄망정 그렇게 냉정하게 인과응보요 자업자득이라고 잘라 말하면 얼마나 마음이 상하겠어요."

"걱정하지 말아요. 나한테 수련하러 오는 사람들 중엔 그런 초보적인 질문을 할 사람들이 이젠 없을 테니까. 그러나 인과응보라는 것은 누가 말을 하고 안 하고와는 관계없이 우리가 사는 현상계를 움직이는 기본 법칙입니다. 인과응보를 당연한 일로 받아들이고 일상생활화할 수 있는 사람은 이미 대각을 한 도인이라고 할 수 있습니다.

그래서 옛부터 우리 조상님들도 인재人災건 천재天災건 뜻하지 않은 불상사를 당하면 사람을 원망하지도 말고, 조상을 원망하지도 말고, 하늘을 원망하지도 말고, 오직 내탓으로 돌리라고 했습니다."

"그게 말이 돼요?"

"말이 안 될 것 같겠죠. 그래도 그렇게 해야 슬퍼하고 애통해하는 시간을 줄이고 다같이 상생하는 길이 열리게 되어 있습니다. 그리고 그것이 바로 변화된 환경에 재빨리 순응하는 현실적인 생활 방식입니다."

"그럼 세월호 침몰 같은 끔찍한 사고를 일으킨 책임자들은 어떻게 할건데요?"

"그건 법과 원칙을 엄격하게 적용하여 죄가 있으면 관계자들을 처벌을 하고 개선책을 강구하여 다시는 그런 일이 되풀이되지 않게 기강을 세우면 됩니다. 그러나 누구든지 사고의 원인 제공자들에게 증오와 원한을 품으면 바로 그 시점부터 그 사람은 바로 그때문에 자기 자신은 물론이고 그 대상자도 다같이 지옥과 같은 불행 속을 헤매게 되어 있습니다.

그래서 현명한 사람들은 환란을 당했을 때 오직 그것을 솔직하고 겸허하게 현실로 받아들일지언정 그 누구도 원망하지 않습니다. 재난의 실상을 있는 그대로 이성적으로 객관적으로 받아들여 개선책을 강구할 뿐입니다.

하늘이 사람들에게 재난을 내릴 때는 하늘을 원망하라는 것이 아니고 왜 그런 환란이 일어나지 않을 수 없었는지를 철두철미하게 규명하여 재발을 방지하라는 경고로 받아들일 때 하늘의 축복을 받게 되어 있습니다."

"이젠 좀 알아들었으니 그만하세요."

그날 오후 수련 시간에 우창석 씨가 말했다.

"침몰된 세월호 선장과 승무원들이 승객들을 구출하지 않고 저희들만 살려고 먼저 배를 빠져나온 결과 얼마든지 구출할 수도 있었을 3백여 명에 달하는 사망자와 실종자가 발생했습니다. 이것이야 말로 경술국치庚戌國恥와도 맞먹는 국가적인 대수치가 아닐 수 없습니다. 이것을 보고 대만의 한 평론가는 '한국은 무늬만 선진국'이라고 평했다고 합니다."

"그런 말 백번 들어도 싸지요. 그러나 그렇다고 해서 너무 의기소침할 필요는 없습니다. 아무리 선진국이라고 해도 사람들이 모인 집단인 이상, 잘못은 저지르게 되어 있으니까요.

잘못을 저지르는 것이 나쁜 것이 아니라 잘못을 저지르고도 제때에 고칠줄 모르는 것이 잘못된 나라이고 후진국입니다. 오히려 이런 불행한 재난을 전화위복의 교훈과 계기로 삼는 것이야 말로 참된 일류 국가가 되는 지름길입니다."

"우리나라가 과연 지금과 같은 상태로 후천시대後天時代에 선생님 말씀대로 세계를 이끌어나갈 수 있 선도국先導國이 될 수 있을지 의문입니다."

"하늘은 오히려 우리나라를 그러한 선도국으로 만들기 위해서 지금부터 잘못된 관행들과 적폐積弊들을 모조리 뜯어고치라고 이런 일을 미리 터뜨리는 것이 아닌가 하는 생각을 해 봅니다. 국가적 재난을 도리어 호재로 활용할 줄 모르는 국민이야말로 존재할 가치가 없는 국가요 국민이라고 말할 수 있을 것입니다."

"도대체 어떻게 해야 이 같은 참사가 되풀이되지 않을 수 있을까요?"

"세월호 선장과 승무원들이 자기 임무를 망각하고 자기들만 살려고 승객들은 물론이고 부상당한 동료직원들까지 내팽개치고 저저끔 먼저 배를 빠져나온 것은 평소에 매뉴얼대로 정기적인 훈련을 하지 않았으므로 자기 소임이 무엇인지도 몰랐기 때문입니다.

그렇기 때문에 배가 기울어져 가는 위기의 순간 이준석 선장에게 승객들을 어떻게 할 것인가 하고 부하 직원들이 물었을 때 그는 아무 대답도 못하고 얼굴은 사색이 되어 부들부들 사시나무처럼 떨기만 했다고 합니다.

이렇게 된 원인은 해운조합이나 관계 공무원들이 자기 임무를 평소에 수행하지 않았기 때문입니다. 보도에 따르면 각종 사고를 방지해야 할 해운조합장들은 모조리 해수부 퇴직 관료들이 차지하고 있었으므로 서로 봐주기만 하다가 보니 이런 참혹한 일이 벌어졌다고 합니다.

또 세월호가 일본에서 사들일 때 이미 제조된 지 18년이 되어 선령船齡이 다 끝나 고철이 된 것을 구입했는데, 수입한 뒤에도 화물을 더 싣기 위해서 무리하게 구조를 바꾸고도 모자라 세번이나 선령이 연장되었는데 이것이 배의 복원력을 약화시켰다고 합니다. 이 모두가 해운조합과 정부 관료들이 유착 관계로 이루어졌다고 합니다.

해결책은 해운조합장을 차지하고 있는 해수부 퇴직관료들을 모조리 해직시켜버림으로써 전 현직 공무원들의 악순환의 유착 고리를 완전히 끊어버려야 합니다."

"그렇게 되면 해운업무 자체가 아예 마비되어 버릴 텐데요."

"당분간 마비가 되는 한이 있어도 이번 기회에 그런 유착 관계를 단절하지 못하면 같은 일이 계속 반복될 것입니다. 레이건 대통령은 인금 인상을 내걸고 파업에 들어간 1만명의 항공 관제사들에게 직장 복귀를 명령했지만 듣지 않자 그들을 한꺼번에 해고해 버렸습니다.

그 때문에 항공업무가 한때 마비가 되었지만 그 불편을 참고 해고한 관제사들을 끝내 업무에 복귀시키지 않았습니다. 우리도 이 절호의 기회를 놓쳐버리면 해운조합과 해수부 전·현직 관료들의 해피아 관계를 과감히 발본색원拔本塞源할 수 있는 기회를 영영 놓쳐버리게 된다는 각오로 임해야 합니다."

"그러한 전 현직 공무원들의 유착관계가 해수부뿐만이 아닐 텐데요."

"그럼 이번 기회에 다른 부처도 모조리 대수술을 하는 일이 있어도 국가 전체의 대혁신 작업을 벌여야 할 것입니다. 내가 왜 이런 말을 하는가 하면 법과 원칙, 비정상의 정상화를 다짐한 박근혜 정부가 지난 20년 동안 역대 대통령들이 방치해 왔던 전두환 전 대통령의 비자금 추징금과 철도 파업의 고질을 해결한 김에 그와 비슷한 다른 병폐들도 과감하게 개혁할 수 있을 것이라는 믿음이 있기 때문입니다."

청해진 소유주 유병언

우창석 씨가 또 말했다.

"그런데, 보도에 따르면 이번에 침몰 사고를 일으킨 청해진 해운 회사의 실소유주는 오대양 사건과도 관련이 있었던 기독교 침례교 구원파의 유병언 씨라고 합니다. 저는 사고를 일으킨 배의 이름을 세월이라고 하기에 한자로는 '歲月'인줄 알았는데 그것이 아니라 세상을 초월한다는 뜻의 '世越'입니다.

어쩐지 세상을 초월한다는 '세월' 속에는 교주에 의해 한번 구원받은 신도는 이 세상의 인명 중시 사상까지도 초월해 버렸으므로 선장을 비롯한 15명의 선원들은 한결같이 그 순진한 어린 승객들과 부상당한 동료들의 생명까지도 헌신짝 모양 내던져버리고 자기들만 살겠다고 도망쳐 나온 게 아닌가 하는 생각이 문득 들었습니다. 그리고 회사 소유주인 73세인 유병언 교주의 아호인 '아해'는 구약성경에 나오는 신을 의미하는 야훼를 약간 변형시킨 것이고, 모 회사 세모는 이스라엘 민족의 지도자 모세의 앞 뒤 음절을 바꾼 것이라고 합니다.

그는 전형적인 사이비 교주들의 습성 그대로 한국에서 벌어들인 돈 수천억 원을 해외로 빼돌려 부동산에 투자했다고 합니다. 그리고 유병언 씨 자신은 자기 이름으로 된 유가증권은 하나도 없는 무일푼으로 위장하고도 미국, 캐나다, 프랑스에서는 막대한 부동산을 차명으로 구입하고 특히 프랑스에서는 상당히 넓은 마을 전체를 아예 통째로 구입했다고 합니다.

그리고 자신이 그린 그림을 한장에 5천만 원씩 받고 팔았는가 하면 그 자신이 사진을 찍어서 제작한 달력은 한권에 5백만 원씩 받고 추종자들에게 팔았습니다. 그러나 미술품 시장에서 그의 사진과 그림은 장당 수백만 원에 거래된다는 말은 있지만 실제로 그 돈에 구입한 사람은 찾아볼 수 없다고 보도되고 있습니다.

더구나 침몰된 세월호 선장과 선원들은 그의 신도들이고 임시계약직으로서 대리선장의 월급이 겨우 2백 7십만 원이었습니다. 다시 말해서 세월호 선원들은 거의 다 유병언 교주의 맹종자로서 정식 선원자격도 갖추지 못한 사람들이었습니다. 그리고 15명의 선원들 중에서 정규직은 겨우 4명뿐이었습니다.

게다가 선장 다음의 중요 직책인 일등항해사는 바로 출항 전날에 입사한 수습생이었습니다. 그리고 선원 훈련비로 1년에 겨우 54만원을 지불했으니 그들이 비상시에 지켜야할 메뉴얼이 무엇인지 알았을 리가 만무합니다.

더욱 놀라운 것은 같은 회사의 쌍둥이 배로 알려진 오하마나호의 구명정을 취재 기자들이 점검해보니 40개 중에 단 하나도 제대로 작동되지 않았습니다."

"그럼 소위 구원파 교주와 그의 추종자들의 특이한 신앙은 무엇입니까?"

"교주가 구원된 것으로 한번 인정해 준 신도는 비록 죄를 저질러도, 회개를 하지 않아도 아무 일 없고 죽으면 무조건 천당에 들어간다고 합니다. 그러니까 유병언 교주야말로 맹종자나 광신도들에게는 절대자요 구세주인 셈입니다. 따라서 그가 시키는 일이라면 제아무리 싼 임금을 주어도 감지덕지할 수밖에 없게 되어 있습니다.

더구나 유병언 씨는 세월호와 오하마나호가 하도 낡고 증개축이 되어 복원력이 약화되어 사고 위험이 있다는 보고를 받고 이들 두 배를 팔려고 내놓았는데 마침 필리핀 회사가 나서서 매매계약이 이루지기 직전에 이번 참사가 일어났다고 합니다.

선생님께서는 지금은 고인이 된 사이비 종교 문제 전문가였던 탁명환 씨와도 서로 잘 알고 지내신 것으로 알고 있는데 도대체 사이비 종교 맹종자들은 무엇 때문에 교주에게 그렇게 절대복종을 합니까?"

"내가 보기에는 사이비 교주들은 거의 다 무당처럼 저급신에게 빙의나 접신이 되어 있으므로 빙의령이 가르쳐주는 대로 특정한 신도들에게 일어날 길흉화복을 미리 알고 있다가 알려주면 교주의 예지력에 감복한 신도들은 그를 신처럼 떠받들게 되어있습니다.

그런데 뜻하지 않은 이유로 빙의령이 떠나버리면 교주는 다시는 그러한 초능력을 구사할 수 없게 되는데 그럴 때를 대비해서 교주들은 한번 걸려든 신도들은 배신을 하거나 이탈할 수 없도록 2중 3중으로 가공할 비밀 조직망을 만들어 놓습니다."

"만약에 조직 이탈자가 교주의 비리를 사회에 폭로하면 어떻게 됩니까?"

"사이비 교주들은 그러한 때를 대비해서 막대한 로비 자금을 비축해 두었다가 법무팀을 가동하여 폭로자들을 명예훼손으로 고소합니다. 이 때문에 법조계에는 항상 유전무죄有錢無罪, 무전유죄無錢有罪 여론이 끊이지 않고 있습니다. 그러나 법조계에서는 사이비 종교의 로비 자금을 받은 법조인들은 비밀이 잘 보장되므로 말썽이 일어날 우려가 없다고 알려져 있습니다.

그러나 법조인들 중에는 사이비 교주의 로비에 흔들리지 않는 정의파도 가뭄에 콩나듯 섞여 있으므로 로비를 아무리 해도 사이비 교주의 뜻대로 되지 않는 수도 있습니다. 그런 경우에는 한번 기소당한 사건들은 5~6년은 보통이고 9년 10년 이상씩 질질 끄는 일이 다반사입니다.

사이비 종교단체에서 이탈하여 그들의 비리를 폭로한 사람들은 바로 이러한 정의파 법조인들을 믿고 대법원은 말할 것도 없고 헌법재판소에까지라도 상소하겠다는 각오로 변호사와 함께 외롭고 힘겨운 투쟁을 끝까지 벌이고 있습니다.

그런데 이들 사이비 교주들에게 명예훼손으로 고소당한 이탈자들 중에서 심약한 젊은이들 중에는 장기간의 법정 싸움으로 아내와는 이혼을 당하고 직장도 잃고 생활고에 견디지 못하고 방황하다가, 자기를 기소한 사이비 교주들의 꼬임에 넘어가 그들에게서 돈을 받고 상소를 취하하는 경우도 있습니다."

"사이비 교주는 법조인들에게만 로비 활동을 하는 게 아니고 그렇게 이탈한 피고소인에게까지도 그처럼 로비를 하는 이유는 무엇입니까?"

"사이비 교주의 입장에서는 법조인들에게 무한정 지불되는 로비 자금을 절약하기 위해서입니다. 한번 고소된 사건은 오래 끌면 끌수록 로비 자금은 기하급수적으로 늘어나게 되어 있습니다. 만약에 중간에 잠시라도 로비 자금 지급이 중단될 경우 로비 대상자들은 일시에 안면을 싹 바꿔버리니까 처음부터 로비를 다시 해야하므로 로비 자금이 더 많이 들게 되기 때문입니다."

"그 외에 다른 이유는 없습니까?"

"임기가 끝나서 자리를 바꾸는 법관들이 늘 있어서 사이비 교주들은 보통 50 내지 100건 정도의 사건들이 걸려 있으므로 로비 자금을 절약하지 않을 수 없기 때문입니다."

"사이비 교주들을 우리 사회에서 아예 뿌리채 뽑아버릴 수 있는 획기적인 대책은 없을까요?"

"종교의 자유가 무한정 보장되고 있는 한국과 같은 나라에서는 사이비 교주를 공권력으로 발본색원하는 방법은 미국처럼 법정에서 배심원제도를 채택하지 않는 한 전무하다고 보아야 합니다."

"그럼 보통 신도들은 어떻게 해야 사이비 교주들의 마수에 걸리지 않을 수 있을까요?"

"경찰이나 검찰에 사이비 종교 단속 전담반이 운용되지 않는 한 신도들 개개인이 정신 바짝 차리고 사이비 종교 교주들이 쳐놓은 그물과 미끼와 함정에 빠지지 않도록 항상 경계심을 놓지 말아야 합니다.

그리고 신앙인이든 구도자든 마음을 바르고 착하게 먹고 지혜롭게 처신하면 사이비 교주들이 쳐 놓은 그물이나 미끼를 구분할 수 있는 지혜와 안목이 저절로 열리므로 쉽사리 걸려들지 않습니다."

"요컨대 남보다 쉽게 구원을 받거나 깨달음을 얻어보겠다는 조급증과 탐욕과 이기심이 문제군요."

"그렇습니다."

"그밖에 일반 신도들이 주의해야 할 점들이 있으면 좀 말씀해주시겠습니까?"

사이비 교주의 특징

"동서고금을 막론하고 사이비 교주들에게는 반드시 공통적인 특징들이 있는데 그것들만 기억하고 있으면 그들의 유혹에서 벗어날 수 있습니다."

"그것을 좀 말씀해 주시겠습니까?"

"그러죠. 방금 전에도 말했지만 사이비 종교 교주들은 거의 예외 없이 접신接神이나 빙의憑依가 되어 있으므로 무당처럼 자기가 거느린 신도들 중 누가 가까운 장래에 무슨 불행을 당할 것인지 미리 알 수 있습니다. 일종의 예지력豫知力이라고 할 수 있습니다. 예지력은 초능력이기도 합니다. 그러나 그가 수행을 통해서 취득한 진정한 초능력이 아니고 저급령低級靈에게 접신이나 빙의로 얻어진 능력입니다.

그러나 순진한 신도들은 진짜와 가짜를 구분할 수 없습니다. 교주의 예지력을 무조건 믿지 않으면 그만이지만 천진난만한 신도들은 교주가 정말 초능력을 갖고 있는 것으로 착각하고 그의 예지력을 믿게 됩니다. 여기서 더 깊이 빠지게 되면 교주가 진정한 초능력을 가진 것으로 알고 그를 재림 예수나 현신한 단군으로 알고 진정으로 숭배하고 떠받들게 됩니다.

이것이 바로 일반 신도들이 맹종자와 광신도가 되어버리는 시초가 되는 무서운 함정인데 이것을 피하는 지름길은 교주가 구사하는 어떠한 초능력이나 예지력이든지 일절 믿지 않으면 되는데 그것이 말처럼 그렇게 쉬운 일이 아닙니다.

대학교수, 고위관리와 같은 엘리트 층이 한번 사이비 교주에게 현혹되면 그를 옹호하는 데 앞장을 서는 일이 있는 것도 바로 사이비교주에 대한 맹종과 광신 때문입니다."

"그 예지력 다음으로 들 수 있는 것은 어떤 특징이 있습니까?"

"두번째로는 자본주의 사회에는 돈만 있으면 무슨 일이든지 할 수 있으므로 사이비 교주들은 축재蓄財에 비상한 재주와 열의를 발휘합니다. 청해진 회사의 실소유주인 유병언 교주 역시 돈벌이에 혈안이 된 결과가 이번 침몰 사건의 근본적인 원인이 되었습니다.

세번째 특징은 금방 들통이 날 거짓말을 아주 천연덕스럽게 밥먹듯이 잘합니다. 유병언 교주 역시 거짓말 선수로 보도되고 있습니다.

네번째는 사이비 교주의 십중팔구는 엽색獵色에 천재적인 능력을 발휘합니다. 우리나라에서도 일제강점기의 백백교白白敎, 해방 후의 용화교龍華敎, 그리고 현존하는 수많은 사이비 교주들이 여성 신도들에 대한 난잡한 성행위로 유명합니다.

유병언 교주 역시 여자관계가 문란하다고 그의 측근으로 있다가 1977년에 이탈한 정동섭 교수는 종편에 나와서 말했습니다. 그러나 유병언 교주는 사이비 교주의 일반적인 특징 외에도 그림 그리기와 사진 찍기에 소질이 있는 것으로 보도되고 있습니다."

"그 다음에는 또 어떤 특징이 있습니까?"

"과거에는 자기네 조직을 이탈했거나 비리를 폭로하는 사이비 종교를 비판하는 전문가에게 하수인을 시켜 테러를 하거나 살해하는 경우가 많았는데 그렇게 하면 교주는 살인자가 되고 여론이 악화되어 자기네도 생존이 어렵다는 것을 깨달았는지 요즘에는 테러 외에 흔히 출판물에 의한 명예훼손으로 법에 호소하여 로비에 주력하는 경향이 있습니다."

"이번에 세월호 침몰 사고로 국민들의 애도와 관심을 끌고 있는 선박 회사의 실소유주인 유병언 사이비 교주가 다시는 그런 짓을 못하게 하는 묘안 같은 것은 없을까요?"

"이런 사고가 있을 것을 미리 알고 벌써부터 빠져나갈 구멍을 하도 많이 만들어 놓았으므로 국회에서 특별법을 만들어, 이탈리아처럼 범인에게 2965년의 감옥형을 선고하지 않는 이상, 현행법으로는 중형으로 다스리기 어려울 것이라는 말도 있습니다. 그러나 묘안이 전연 없는 것은 아닙니다."

"그게 뭡니까?"

"우선 해수부 관하 민관民官 기관 공직자들이 마음을 바르게 먹고 양심적으로 직무를 수행하는 것입니다."

"공직자들이 멸사봉공滅私奉公 자세를 말씀하시는군요."

"그렇습니다. 만약에 공직자들이 진정으로, 남을 내 몸처럼 아끼는 자세로 임했다면, 일본에서 만든 지 18년이나 되어 고철이 다된 배를 수입하지도 않았을 것입니다.

게다가 이러한 배를 수입 허가하는 데 그치지 않고 배의 상층부를 증개축하도록 허가하고, 과적을 눈감아 주고 그대신 평형수平衡水를 빼내게 하는가 하면, 자동차를 비롯한 무거운 화물을 제대로 결박하지 않은 결과 항해 중에 한쪽으로 쏠려 복원력이 약화되어, 국내에서 운행되는 모든 여객선들이 지금까지 뒤집어지지 않은 것이 오히려 기적이라고 할 정도입니다.

이 모두가 공직자들이 탐욕과 이기심에 눈이 어두어 승객들의 생명과 안전을 무시한 결과입니다. 남의 생명을 나 자신의 목숨처럼 아끼는 진정한 이타정신의 발로만이 이번 참사의 근본 해결책입니다.

그러자면 공직자들은 사욕과 이기심으로 곪어터진 환부들을 과감하게 도려내고 마음을 비워야 합니다. 빈 그릇이라야 새 음식을 담을 수 있고 사욕을 비운 마음이라야 도道와 진리眞理를 수용할 수 있습니다.

지금 진도 실내체육관에는 생때같은 아들딸들을 졸지에 잃어버린 유가족들이 시신이라도 찾으려고 생업을 전폐하고 체육관 마루 바닥에서 뜬눈으로 새면서 애통해하고 있습니다.

이들을 어떻게 하든지 돕겠다고 전국에서 1만 명에 달하는 자원봉사자들이 모여들어 빨래, 청소, 세탁을 대행해 주고 음식을 만들어 주고 온갖 심부름과 허드렛일을 맡아해 주고 있습니다. 그리고 하루하루 벌어서 먹고사는 택시 운전사들이 무료로 유가족들의 발 노릇을 자원하고 있습니다.

이기심만 비울 수 있다면 남을 위해 무슨 일인들 못 하시겠습니까. 해수부 관하 조직의 공직자들이 남의 불행을 내 불행으로 아는 이들 자원봉사자들의 이타利他, 상생相生 정신의 만분의 일만이라도 본받을 수 있다면 이번과 같은 참사는 다시 되풀이되는 일이 없을 것입니다.

박근혜 대통령은 대국민 사과에서 집권 초기에 이러한 적폐積弊를 못 잡아낸 것이 너무나도 한스럽다고 말했지만 공직자들에게만 책임이 있는 것은 아닙니다.

우리나라 여객선을 늘 이용하는 승객들도 배를 탈 때마다 배가 비정상적으로 흔들리는 것을 체험하면서 수십년 누적된 여객선의 비리를 다 알고 있었으면서도 당국자들에게 불평들만 했지, 막상 그 비리를 시정하지 않는 책임자들에게 항의하여 여객선 안 타기 운동과 같은 보다 적극적이고 물리적인 항의 운동을 전개하지 않는 것도 잘못입니다.

이 세상에 사람의 목숨보다 더 중요한 것이 어디 있겠습니까? 여객선 승객들이 운임이 비싸긴 하지만 여객선보다 안전한 여객기를 선호했더라면 어떻게 되었을까요?

승객들의 발길이 뚝 끊어진 여객선 회사들이 적자 운영으로 회사가 쓰러질 지경이라면 회사가 살아나기 위해서라도 생존 대책을 강구하지 않을 수 없었을 것입니다. 이렇게 사태가 전개되었더라면 세월호 참사는 능히 피할 수 있었을 것입니다."

"혹시 세월호 참사로 국내가 어수선한 틈을 노리고 북한이 또 무슨 도발을 감행하지 않을지 걱정입니다."

"그렇지 않아도 요즘 민노당, 통진당, 전교조 등 반국가 종북 세력들이 유가족 속에 끼어들어 반정부 선동을 하고 있는 것이 적발되고 있습니다. 박근혜 대통령 하야를 주장하는가 하면 정부에 분노하라고 부추기고 있습니다.

전교조는 세월호 희생자들은 김주열, 박종철이라고 선동하고 있는가 하면 희생자들은 무능한 정부가 저지른 타살이라고 주장하고 있습니다. 그런데 새정치민주연합의 일부에서 이들 종북 세력과 손을 잡는 일이 보도되고 있는데, 조심해야 합니다. 까딱하면 국민적 역풍을 맞을 우려가 있다는 것을 명심해야 할 것입니다."

"유병언 씨 측근에 이어 그의 가족들에 대한 검찰의 송환 및 구속 시도를 놓고 구원파 신도측이 종교 탄압이라고 주장하는 것은 어떻게 생각하십니까?"

"검찰이 유병언 씨와 그의 자녀들을 구속하려는 것은 그들이 세월호의 실제 소유주로서의 범법 사실 즉 조세 포탈, 황령, 배임, 외환관리법 위반, 국외 재산도피 등의 혐의 때문이지 종교 탄압과는 아무런 관련도 없는 일입니다. 종교 탄압 운운하는 것은 유병언씨 측이 이 사건의 초점을 의도적으로 흐려놓으려는 시도로밖에는 보이지 않습니다."

임제할臨濟喝 덕산방德山棒

"그리고 유병언 씨의 둘째 아들이고 사실상의 상속자로 알려진 혁기 씨가 신도들에게 설교하는 장면이 텔레비전에서 방영된 것을 보았는데 잘 이해가 되지 않는 부분이 있습니다. 선생님께 질문드려도 될지 모르겠습니다."

"괜찮습니다. 질문하세요."

"그럼, 말씀드리겠습니다. 차남인 혁기씨는 신도들에게 다음과 같은 설교를 했습니다. '나도 그림을 좀 그려본 사람인데, 요즘 첨단 화가들의 그림은 이해를 할 수 없습니다. 물감을 머금은 화필을 홱 홱 던져서 하얀 캔버스에 묻혀진 것을 그림이라고 하는가 하면 화가가 맨몸에 물감을 잔뜩 바른 채 넓은 캔버스 위에 이리저리 마구 딩굴어서 묻혀진 것을 무슨 희대의 걸작이라고 평론가들이 극찬하곤 합니다.

그런가 하면 나 역시 음악도 좀 해 본 사람인데요. 첨단 연주자라는 음악가가 피아노 연주를 하는데 박자도 맞지 않는 곡을 두드리다가 갑자기 한참 동안 뚝 그쳤다가 느닷없이 쾅하고 건반을 두드리곤 그만입니다. 이것을 희대의 명곡이요 명연주라고들 극찬합니다. 도대체 이게 무슨 그림이고 음악입니까?' 하고 그는 현대의 첨단 화가와 음악가들을 맹렬하게 공격했습니다. 선생님께서는 이러한 혁기 씨의 혹평을 어떻게 생각하십니까?"

"한마디로 산수 좀 한다는 초등학생이 미적분이 무슨 수학이냐고 비웃은 격이고 뱁새가 황새를 멋대가리 없이 크기만 하다고 비웃는 격입니다. 그렇게 말하는 혁기 씨의 그림과 음악 보는 안목은 유럽의 르네상스 시기의 리얼리즘 수준에 머물러 있지 않나 하는 느낌이 듭니다.

구도계에서는 임제할, 덕산방이라는 유명한 일화가 당나라 때부터 전해 내려오고 있습니다. 임제할은 임제臨濟 선사의 고함 소리, 덕산방은 덕산德山 선사의 몽둥질이라는 뜻입니다. 이들 두 선사는 선종禪宗에서는 널리 알려진 고승입니다.

임제선사는 그를 따르는 수많은 제자들 중에서 싹수가 있다고 생각되는 제자를 골라 그의 앞에 앉혀 놓고 단지 고막이 터져나갈 것 같은 고함 즉 할 소리를 단 한번 지름으로써 한 순간에 깨달음의 경지에 들게 합니다. 덕산선사 역시 유망한 제자를 그의 앞에 앉혀 놓고 무조건 몽둥이질 한 방으로 제자로 하여금 한 순간에 도를 깨닫게 해 줍니다."

"도대체 그 비밀이 어디에 있을까요?"

"임제의 고함소리와 덕산의 몽둥이질 한 방 속에 모든 비밀이 숨겨져 있습니다. 그러나 중요한 것은 그 비밀은 수행이 깨달음의 경지에 도달한 수행자가 아닌 이상 아무도 알아볼 수 없다는 것입니다. 그와 마찬가지로 화가는 수준이 비슷한 화가끼리 알아보고, 음악가는 음악가끼리 알아보게 되어 있습니다."

"그럼 임제와 덕산 선사의 경우는 바로 그 고함 소리와 몽둥이질 한 방 속에 통하는 사람들끼리만 알아보는 그 무엇이 들어 있다는 얘기인가요?"

"그렇습니다. 바로 그 고함 소리와 몽둥이 질 한 방 속에 임제와 덕산이 그 동안 갈고 닦은 도력과 기운이 농축되어 있었던 것입니다. 바로 그 농축된 기운이 고함소리와 몽둥이질 하는 찰라에 스승에게서 제자에게로 옮겨가면서 제자들 자신도 모르는 사이에 깨달음의 촉매 작용을 일으킨 것입니다.

도계만 그런 것이 아니고 그림과 음악 같은 예술계에도 그 기량이 신기神技에 도달한 예술인들에게는 얼마든지 있을 수 있는 일입니다. 표현 방법은 얼마든지 자유이니까요."

불임 부르는 하체 노출

아내를 동반하고 찾아온 30대 초반의 이용훈이라는 남자 수련생이 물었다.

"선생님, 여기가 선도 수련장이라는 것은 저도 잘 알고 있습니다. 그러나 저에게는 저 혼자서는 도저히 해결할 수 없는 인생 고민이 하나 있어서 그러니 부디 선생님께서는 물리치지 마시고 고견을 좀 들려주셨으면 합니다."

"내가 아는 한 대답할 테니 기탄없이 말씀해 보세요."

"그럼 단도직입적으로 말씀드려도 되겠습니까?"

"그럼요. 어서 말씀해 보세요."

"고맙습니다. 그럼, 말씀드리겠습니다. 저는 5대 독자요, 종손으로서 가문 어른들의 기대 속에 10년 전, 25세 때에 같은 직장에 다니는 동갑내기 여성인 지금의 아내와 결혼을 했습니다. 그런데 아직도 태기가 없습니다.

물론 아내와 함께 이름난 산부인과에 가서 진찰을 받아보았지만 임신이 되지 않는 이유를 알 수 없다고 합니다. 여러 군데 산부인과를 다 찾아가 보았지만 뚜렷한 이유를 모르기는 마찬가지입니다.

선도체험기를 읽다가 불임 여성에게 선생님께서 침을 놓아주시곤 곧 임신을 했다는 이야기를 읽었습니다. 선생님께서 보시기에 저희

부부는 어떻습니까?"

"사전에 말씀드립니다만 나는 의사가 아닙니다. 과거에 한때 수련생들에게 침을 놓아 준 일이 있긴 하지만, 법을 몰랐을 때의 일이고, 그것이 위법이라는 것을 알고는 지금은 가족 외에는 일절 침을 놓지 않습니다."

"선생님께서는 침을 놓으시고도 진찰료를 받지 않으셨는데도 위법이 됩니까?"

"진찰료를 받지 않아도 고발을 당하면 위법입니다. 나처럼 침법을 배워서 돈 안 받고 침을 놓아주고도 입건되어 재판을 받고 1년 형을 살고 나온 사람이 있습니다. 그래서 침은 놓아드릴 수 없지만 모처럼의 부탁이니 불임에 대한 평소의 내 소견은 말씀드릴 수는 있습니다."

이렇게 말하면서 나는 이용훈 씨와 함께 온 여성을 살펴보았다. 그녀는 전형적인 S라인 체격의 여성미를 갖추고 있었는데 노출된 맨살을 가리려고 하반신에 보자기를 덮고 약간 불편한 자세로 꿇어앉아 있었다. 내가 여자에게 물었다.

"두분은 부부십니까?"

"네, 그렇습니다."

여자가 대답했다.

"혹시 부인께서는 평소에 가끔 머리에 열이 나고 두통을 느끼시지 않습니까?"

"그런 일이 자주 있습니다."

"왜 그런지 아십니까?"

"모르겠는데요. 그건 저만 느끼는 현상이 아니고, 제 또래의 젊은 여성들은 누구나 다 느끼는 현상이라 그냥 심상하게 생각하여 왔습니다."

"그럴겁니다. 그러나 그러한 여성들 중에 불임 여성이 많은 것은 사실입니다. 그러나 그 이유는 의사들도 모릅니다. 그러나 나는 그 원인을 알고 있습니다."

"그럼 그 원인이 무엇입니까?"

"수승화강水昇火降이 안 되고 있기 때문입니다."

"수승화강이 무엇이죠?"

여자가 두 눈이 호동그래져서 물었다.

"수승화강이란 선도에서 쓰는 전문용어인데 글자 그대로 물은 올라가고 불은 내려온다는 뜻입니다. 다시 말해서 신경腎經의 시원한 수기水氣는 위로 올라가고 머리의 뜨거운 화기火氣는 밑으로 내오는 기의 순환작용을 말하는데 그것이 제대로 안 되고 있기 때문에 밑으로 내려가야 할 화기가 머리에 그대로 적체되어 있으므로 두통과 함께 머리에 열이 나고 바로 그 때문에 하체는 차가워지고 늘 냉기가 떠나지 않습니다.

혹시 신체의 어느 부위를 하체라고 하는지 아십니까?"

"배꼽 아래를 하체라고 하지 않나요?"

"맞습니다. 바로 그 하체의 중심이 자궁입니다. 하체가 차다는 것은 임신을 하고 태아를 길러내는 자궁이 차다는 뜻입니다. 수승화강

水昇火降이 제대로 되면 하체는 따듯하고 머리는 늘 시원해야 정상입니다.

하체가 따듯해야 가임 여성은 임신을 잘할 수 있는 조건을 제대로 구비하게 되어 있습니다. 그런데 현대 여성 특히 중년 이하의 대부분의 여성들은 하반신을 거의 다 노출하는 것이 요즘은 세계적인 패션이 되어 있습니다.

요즘 젊은이의 어머니와 할머니 세대만 해도 하체를 노출하는 것을 큰 수치로 알았었고 단속곳을 비롯한 하체의 내의만도 서너벌씩 입었습니다. 그 시절에는 불임이란 소리를 들어 본 일이 없었습니다.

그렇다고 해서 현대의 젊은 여성들이 어머니가 할머니 세대의 복장을 할 수는 없으므로 임신을 원하는 가임 여성들은 적어도 하체의 노출은 될수 있는 대로 피하는 것이 좋습니다."

"어느 정도 노출이라야 임신에 지장이 없을까요?"

"수승화강이 잘되어 항상 하체는 따뜻하고 머리는 시원할 정도라야 합니다."

"그럼 바지는 입어도 괜찮을까요?"

"바지를 입되 스키니는 공기 유통이 안 되어 수승화강을 방해하므로 건강에 좋지 않습니다. 공기 유통에 지장이 없을 정도라면 괜찮습니다."

"그 외에 임신에 도움이 되는 일은 없을까요?"

"하이힐은 될수록 신지 않는 것이 좋습니다."

"그건 왜 그렇죠?"

"하이힐은 전족纏足과 같이 불임을 비롯하여 온갖 질병을 유발하는 퇴폐 풍속입니다."

"전족이 무엇입니까?"

'전족은 중국의 당나라 말부터 송宋, 원元, 명明을 거쳐 청淸나라 말까지 장장 1천 2백 년 동안이나 중국에서 유행했던 여성에게 지극히 굴욕적이고도 고약한 풍속입니다. 남자의 성욕을 자극하기 위해서 여자 아이를 5~6세 때부터 긴 천으로 발을 칭칭 감아서 성장을 억제합니다.

그러한 발은 남성의 성욕을 자극할 수는 있지만 그 여자는 평생 그 작은 발로는 자산의 체중을 감당하기 어려워 뒤뚱거리면서 위태롭게 걸을 수밖에 없게 만들어버립니다. 일제 강점기까지만 해도 서울 시내에서 전족으로 불편하게 걸어가는 중국 여성들을 흔히 볼 수 있었습니다.

하이힐은 순전히 여성 체격을 S라인 체형으로 만들기 위해서 여성 스스로 선택한 전족과 같은 것이라고 말할 수 있습니다. 하이힐을 신으면 몸매는 보기 좋아질 수 있을지 몰라도 하늘이 정해준 몸의 균형을 깨어지게 하므로 척추병, 무지외반증 같은 수많은 질병을 유발할 뿐만 아니라 건강과 임신에 막대한 지장을 초래합니다.

전족이 남성의 강요에 의한 것이라면 하이힐은 여성들이 자진해서 선택한 것이 다르다면 다르다고 말 할 수 있습니다."

"그 외에 또 도움이 되는 방법은 없을까요?"

"우선 여기까지만 말하겠습니다. 우선 배꼽 아래 하체 부위를 따뜻하게 유지하는 것이 필수적입니다. 그렇게 하여 하체는 늘 따듯하고 머리는 언제나 시원한 상태가 유지되도록 하는 것이 무엇보다도 중요합니다.

여성은 임신을 위해서 하체를 항상 따뜻하게 유지할 필요가 있으므로 자연은 여성의 생식기를 남성처럼 몸밖으로 노출하지 않고 하복부 속에 숨겨 놓았습니다. 그런데도 불구하고 순전히 자신의 육체미를 과시하기 위해서 하체를 과다 노출하여 냉랭하게 만드는 것은 하늘과 자연의 이치를 어기는 일이 아닐 수 없습니다. 불임은 그에 대한 하늘의 인과응보입니다.

그대신 남성은 어떻습니까? 고환과 남근으로 구성된 남성의 생식기는 선선해야 할 필요가 있으므로 간수하기 불편하지만 체외에 노출되어 있습니다.

자연의 이치로 볼 때는 남성은 하체를 선선하게 유지하여야 하건만 하체를 여성처럼 노출하는 일은 거의 없습니다. 자연의 이치와는 반대로 패션은 남녀가 거꾸로 가고 있습니다. 그래서 내가 주장하는 것은 남성은 하체를 선선하게, 여성은 따듯하게 유지해야 한다는 것입니다."

"그러한 복장을 했는데도 임신이 안 되면 어떻게 하죠?"

"가임 여성이 그러한 복장을 1년 이상 유지했는데도 임신이 안 되면 다른 원인이 있을 것이라고 판단하면 됩니다."

"다른 원인이라면 무엇을 말씀하시는지요?"

"불임이 원인이 생리적인 이상에서 유래된 것이 아니고 인과응보에 그 원인이 있을 수 있습니다.

내가 잘 아는 사람 중에도 부부가 건강에는 아무 이상이 없는데도 결혼한 지 10년 뒤에야 임신을 한 일이 있습니다. 공교롭게도 신랑은 5대 독자였고 신부는 떡두꺼비 같은 사내아이를 출산하고 한달 후에 산후 후유증으로 사망했습니다. 전생으로부터 이어지는 인과응보라고 할 수 있습니다."

"선생님 전 아무래도 인과응보라는 말이 무슨 뜻인지 이해를 할 수 없습니다."

"알아듣기 쉽게 말하면 각자가 타고난 운명이라고 할까 사주팔자라고 할까 그런 겁니다."

"타고난 운명과 사주팔자를 고치려면 어떻게 해야 합니까?"

"종교를 믿는 사람은 아이를 갖게 해 달라고 기도를 하고, 민속신앙인들은 고사를 지내고 백일치성을 드립니다. 그러나 내가 보기에는 기도, 고사, 백일치성보다는 마음을 바르고 착하게 먹고 남과 척隻을 짓지 않는 것이 더 중요하다고 봅니다. 요컨대 바르고 착하고 지혜롭게 살라는 뜻인데, 이것을 나는 정선혜正善慧라고 요약해서 표현합니다. 이것을 선도에서는 마음공부라고도 하고, 내공內功이라고도 말합니다."

"그러나 마음을 바르고 착하게 먹고 지혜롭게 처신한다고 해서 임신이 된다고 보는 것은 아무래도 논리적으로 맞지 않은 것 같습니다."

"물론 과학적이고 논리적인 사고방식과는 맞지 않는 황당한 소리라고 할 수도 있습니다. 그러나 우리 조상들이 먼 옛날부터 출산을 주관하는 것으로 믿어 온 삼신三神할머니가 과연 계시다면 마음이 바르고 착하고 지혜로운 부부에게 아이를 점지해 주시겠습니까, 아니면 마음이 비뚤어지고 제 욕심만 차리는 어리석은 부부에게 아이를 점지해 주시겠습니까?"

여자는 아무 대답도 안 한 채로 한동안 머리만 숙이고 있다가 입을 열었다.

"마음이 바르고 착한 쪽이겠죠."

"그렇다면 우선 실천할 수 있는 것부터 착수해보는 것이 어떻겠습니까? 당장 오늘부터라도 몸에 한기가 들지 않도록 내복과 바지를 착용하여 하체를 항상 따뜻하게 그리고 머리는 시원하게 유지해 보시기 바랍니다. 그리고 착한 일 많이 하시고. 적어도 1년 동안 그렇게 해 보고나서 그 결과를 토대로 다음 일을 의논해 봅시다."

도전道典과 태을주太乙呪

2014년 5월 26일 월요일

우창석 씨가 말했다.

"선생님, 증산도 도전 벌써 다 읽으셨습니까?"

"네, 다 읽었습니다. 우연히 STB 방송을 보다가 도전이 새로 나왔다는 것을 알고 서점에 가서 구입하여 4월 23일부터 읽기 시작했는데, 무려 1,500쪽이 넘는 책을 한달 3일 만에 다 읽었습니다."

"저도 선생님께서 그 책을 읽으시는 걸 보고 서점에 가서 구입해서 읽기 시작했는데 다행히도 오늘 오전까지 완독했습니다. 1,500쪽이 넘는, 단행본으로는 굉장히 두꺼운 책이었습니다. 선생님께서 책상 위의 서가書架를 바꾸시는 걸 보고 저도 어쩔 수 없이 선생님 흉내를 냈습니다.

"도전을 읽다가 보니 책이 하도 무거워서 전에 쓰던 서가로는 책의 무게를 감당할 수 없어서 집 사람을 시켜서 가구점에 가서 좀 더 큰 것을 하나 구입했습니다."

"1992년도에도 선생님은 증산도 도전을 읽으시고 선도체험기에 독후감 쓰신 것을 읽은 기억이 나는데, 그때도 저는 그 책을 읽었습니다. 이번에 읽어보니 책 제목은 같은데도 내용에는 엄청난 변화가 있었습니다. 이번에 이 책을 읽으신 선생님의 소감을 좀 듣고 싶습니다."

"간행사를 쓴 안경전 종정이 편집에 간여한 이후 도전의 기술 방법이 1992년 판과는 놀라울 정도로 쇄신이 되었습니다."

"1992년도 판과 비교해서 어떤 점이 달려졌다고 보십니까?"

"그때는 증산 상제님이 초능력을 구사하는 부분이 도전의 대부분을 차지할 정도여서 마치 의협 무술 만화를 읽는 느낌이었는데, 이번에는 신앙과 구도를 위한 경전으로서 손색이 전혀 없을 만큼 균형이 잡히고 많이 개선되었습니다. 그래서 나는 이 책을 읽는 33일 동안 책 읽기에 몰입되어 모처럼 행복한 나날을 보낼 수 있었습니다.

22년 전에 읽을 때에는 마음공부에 대한 얘기가 별로 눈에 띄지 않아서 불만이었는데 이번 판에는 일심一心을 강조한 부분이 많아서 과연 경전답구나 하는 느낌이 들었습니다. 특히 부귀영화나 바라고 도판을 이리저리 뒤지고 다니는 교도들을 질책하면서 뭐니뭐니해도 마음이 바로 서야 도통의 길이 열린다는 상제님의 간곡한 가르침들에 깊은 감명을 받았습니다.

개벽시에는 백 조상에 하나의 자손이 살아남기 어렵고 십리를 가야 사람 하나 만나기 어려워도 마음이 바른 도인(구도자)은 어떻게 하든지 살아남게 된다고 했습니다."

"마음공부가 어느 경지까지 가야 그러한 도인이 될수 있을까요?"

"아무래도 참전계경參佺戒經에 나오는 애인여기愛人如己 즉 이웃을 내 몸처럼 사랑할 수 있어야 그렇게 되지 않을까 생각됩니다. 적어도 그 정도의 내공은 되어야 후천세계를 열어갈 해원解冤, 보은報恩, 상생相生을 실천할 수 있는 일꾼이 될 수 있을 것이기 때문입니다."

"그런데 선생님, 도전은 아무리 읽어보아도 운기조식運氣調息이나 단전호흡丹田呼吸에 대한 얘기는 전연 나오지 않습니다. 증산도는 선생님께서 제창하시는 삼공 선도와는 그 점에서 뚜렷한 차이가 있는 것 같습니다."

"내가 선도 수련을 시작할 때는 1980년대 중반으로서, 그 당시 시중에 나돌던 선도에 관한 서적들을 읽고 그것을 토대로 공부를 시작했습니다. 그때는 나도 증산도가 선도와 관련이 있다는 것도 몰랐습니다.

처음에는 일본과 중국의 선도 책의 번역판을 읽다가 환단고기를 알게 되었고 그 책에서 천부경, 삼일신고, 참전계경이라는 경전을 알게 되었습니다. 나의 선도는 순전히 환단고기와 3대경전에 기초를 둔 묵염청심默念淸心 조식보정調息保精과 천부경과 삼일신고 암송, 등산, 걷기, 달리기, 오행생식 등이 주요 내용입니다.

그런데 이번에 도전을 읽어보니 증산도에서는 치성致誠과 주문呪文 암송이 주류를 이루고 있습니다. 태을주太乙呪와 시천주주侍天主呪를 위시한 각종 주문들 염송하는 것도 공부의 주요 내용이었습니다. 그래서 나도 직접 체험을 해보려고 요즘 태을주와 시천주주를 시간 날 때마다 염송하고 있습니다."

"그럼 단전호흡을 하시면서 동시에 태을주와 시천주주를 염송하십니까?"

"단전호흡은 28년 동안이나 해 왔으니까 이미 습관이 되어 자동적으로 되므로 태을주와 시천주주를 교대해서 염송하고 있습니다."

"어떤 변화라도 있었는지요?"

"주문 수련 시작과 동시에 큰 기운을 느꼈고, 한 보름쯤 지나면서부터는 서서히 심해지는 명현반응과 가몸살을 겪고 있습니다. 지금은 기 몸살을 하면서 계속 관찰을 하고 있습니다."

기성 종교와 다른 점

"선생님께서 보시기에 증산도는 다른 종교 예컨데 불교, 기독교 등과 비교해서 어떤 점이 다르다고 보십니까?"

"다른 종교들이 신도들에 대한 심신 수양, 도통, 깨달음, 영적 구원을 목표로 하고 있고 모두가 대체로 2000년 내지 2500년 이상의 장구한 역사를 가지고 있지만 증산도는 한국의 전라북도 고부에서 1871년에 상제님의 탄생으로 시작된 지 겨우 143년밖에 안 된 신흥 종교입니다.

게다가 더욱 더 이색적인 것은 개벽을 대비한 천지 공사입니다. 격암유록에 따르면 2030년에 일어나기로 예정되어 있고 그동안 선천 세계를 거쳐오면서 23.5도 기울어졌던 지축地軸이 바로 서는 미구에 다가올 우주의 여름에서 가을로 바뀌는 후천 개벽기에 접어들어다는 겁니다.

그때에 있을 지진과 해일, 홍수, 기후 변화, 전쟁, 각종 전염병, 바다가 육지가 되고 육지가 바다가 되는 지각 변동을 겪으면서 멸종 위기에 처한 지구인들 중에서 후천 세계에 살아남을 인종의 씨를 추려내는 개벽 공사를 위해서 이 우주를 관장하는 옥황상제님께서 사람의 모습을 하고 강증산이라는 이름으로 손수 이 땅에 태어나셨다는 겁니다.

예수가 평시에 인간의 죄를 대속하기 위해서 2천여년 전에 지구를 찾은 것과는 대조적입니다. 그래서 도전의 주요 내용은 개벽이 오기 전에 인류를 구원하기 위한 증산 상제님의 9년 천지 공사와 상제님이 어천御天하신 후 그 뒤를 이은 고수부님의 10년 천지 공사, 도합 19년 동안의 개벽 공사 내용으로 도전의 주요 부분은 채워져 있습니다. 그래서 증산 상제님을 개벽장이라고도 부릅니다.

그분의 언행과 행적을 보면 술과 개고기와 부추 김치를 유독 좋아하는 한국인의 가장 서민적이고 토속적인 성격이면서도 지구인 전체를 아우르는 보편타당성이 크게 돋보이는 우주 전체의 관리자입니다.

그 실례로 1871년 전라남도 고부군 우덕면 객망리 시루산 자락에서 강씨 문중의 농민의 아들로 태어난 상제님이 청년기에 일어난 1894년의 동학 농민혁명이라는 우리 민족 전체의 열화 같은 반일 분위기 속에서도 그분은 동학군을 학살하는 일본인들을 끝내 미워하지 않았습니다.

그는 한 제자가 일본인을 왜놈이라고 부르자 다음과 같이 말했습니다. '일 보는 사람이니 왜놈이라 부르지 말고 일본 사람이라 부르라. 일인日人은 일꾼이라. 나의 일을 하나니 큰 머슴이 될 것이니라. 그러나 주인집을 빼앗으려 하므로 마침내는 크게 패망할 것이니 일본 사람은 나한테 품삯도 못 받는 일꾼이니라. 일본은 깔담살이 머슴이요, 미국은 중머슴이요, 중국은 상머슴이니라. 깔담살이가 들어가면 중머슴이 나와서 일하고, 중머슴이 들어가면 상머슴이 나오리

라.'

그의 천지 공사 기간인 1901년부터 1909년 사이에 나온 위와 같은 예언은 적중되었고, 중머슴인 미국이 들어가면 상머슴인 중국이 한국을 위해 일할 것이라고 예언했는데 그것이 앞으로 과연 사실이 될지 지켜볼 일이지만, 지금 돌아가는 국제 정세를 감안하면 그럴 가능성이 농후합니다.

상제님은 또 말했습니다. '조선은 원래 일본을 지도하던 선생국이었나니 배은망덕背恩忘德은 신도神道에서 허락지 않으므로 저희들에게 일시 영유領有는 될지언정 영원히 영유하지는 못하리라. 시속에 중국을 대국大國이라 이르나 조선이 오랫동안 중국을 섬긴 것이 은혜가 되어 소중화小中華가 장차 대중화大中華로 바뀌어 대국의 칭호가 조선으로 옮겨오게 되리니 그런 언습言習은 버릴지어다. 서양 사람에게 재주를 배워 다시 그들에게 대항하는 것은 배은망덕 줄에 걸리나니 이제 판 밖에서 남에게 의뢰함이 없이 남모르는 법으로 일을 꾸미리라. 일본 사람들이 미국과 싸우는 것은 배사율背師律을 범하는 것이므로 장광(長廣 즉 나가사끼, 히로시마) 80리가 불바다가 되어 참혹히 망하리라.' 이 예언 역시 세상이 다 알다시피 적중되었습니다."

"이제까지 말씀하신 것은 이미 지나간 과거에 대한 예언이고 우리가 지금 살고 있는 현시점에서 미래를 내다보는 예언은 없습니까?"

"왜 없겠습니까? 있습니다. 한 성도가 우리나라는 인구는 많은데 땅이 좁은 것을 불평하자 상제님은 다음과 같이 말했습니다.

'예로부터 남통만리南通萬里라 하였나니, 장차 우리가 살 땅이 새로 나오리니 안심하라. 부명符命 하나로 산을 옮길 것이니, 이 뒤에는 산을 옮겨서 서해西海를 개척할 것이니라. 앞으로 중국과 우리나라가 하나로 붙어 버린다. 장차 동양삼국이 육지가 되리라."

"미래학자 유우찬 씨의 예언과는 다르군요?"

"누구의 예언이 적중할지 지켜보도록 합시다."

"그 외에 다른 예언은 없었습니까?"

"다음과 같은 예언도 있습니다. '기차는 화통 없이 몇 만리를 삽시간에 통행하며 저 하늘에 배가 떠다니게 되리라.' 어쩐지 현대과학자들의 예언과 비슷합니다.

또 다음과 같은 예언도 했습니다. '내가 이곳 해동조선에 지상천국을 만들리니 지상천국은 천상천하에 따로 없느니라. 장차 조선이 천하의 도주국道主國이 되리라.' 이밖에도 상제님 어천御天후 그분의 권능을 인수하여 10년 개벽 공사를 마친 고수부님 즉 태모님도 주목할 만한 예언을 했습니다.

'지금은 서양이 잘살지만 나중에는 동양이 더 잘살게 되리라. 조선과 미국은 운세가 서로 바뀌리라. 앞으로 천지개벽을 한다. 이 뒤에 상씨름판이 넘어 오리니 그때는 삼팔선이 무너질 것이요, 사람이 별로 없으리라."

"그 예언 역시 2025년에 통일이 되고 2030년에 지축이 바로 선다는 격암유록과 유우찬 미래학자의 예언들과는 현격한 차이가 있습니다. "

"그러니까 예언은 100% 믿을 것이 못 됩니다. 참고삼아 만약에 대비하는 것이 현명합니다. 태모님께서는 후천선경에는 수壽가 상등은 1200세요, 중등은 900세요, 하등은 700세니라'는 인상적인 예언도 했습니다."

"세월호 사건과 북한의 4차 핵실험 가능성으로 국민들의 기분이 우울해진 이 때에 비록 예언이라고 해도 북한에 의한 핵전쟁 도발 얘기가 나오지 않는 것은 다행입니다."

"그렇다고 해서 안심할 일은 아닙니다. 그런 의미에서 박근혜 대통령이 북한이 4차 핵실험을 감행하면 동북아에 핵도미노 현상을 유발할 수 있음을 경고한 것은 우리도 핵무장을 할 수 있다는 뼈있는 발언이라고 봅니다. 우리가 핵을 가져야 북한이 핵도발을 할 수 없을 것이기 때문입니다.

그건 그렇다 치고 지금까지 우리나라에는 천부경, 삼일신고, 참전계경으로 구성된 삼대경전과 환단고기 외에는 세계에 내놓을 만한 이렇다 할 경전이 없었는데, 이번에 누가 보아도 전연 손색이 없는, 오히려 후천 개벽기를 앞둔 이 시기에, 세계인 전체가 절실히 필요로 하는 경전인 '증산도 도전'이 나온 것은 진정으로 지구촌 전체가 경하할 일이라고 생각합니다."

나약한 짐승들은 어떻게 사나

"그 말씀에는 저도 동감입니다. 그런데, 선생님께서는 그 전에도 몇몇 수련단체들에서 낸 저서들을 호평하셨다가 그것을 읽은 독자들이 성급하게도 이것저것 따져볼 사이도 없이 그 수련단체에 달려가 가입부터 한 일이 있었고 뒤에 그 단체들의 비리가 드러나자 항의가 들어오는 통에 곤욕을 치루신 일이 있지 않았습니까?"

"그런 일이 몇번 있었죠. 내가 서평을 쓰는 것은 내 독자들이 될수록 구도에 필요한 다양한 최신 뉴스에 접함으로써 좀 더 완벽한 구도자가 되게 하려는 것이지 그 책을 읽고 당장 그 수련단체에 가입하라는 뜻이 아닙니다.

구도자는 어느 한 가지 지식과 신념에만 집착하면 공부에 균형을 잃을 우려가 있으므로 불편부당하지 않기 위해서 많은 유익한 정보를 알아야 한다는 것이 내 생각입니다. 나는 생리적으로 무슨 조직이나 단체에 가입하여 구속당하는 것을 싫어하는 성격입니다. 자력으로 공부하는 구도자는 생리적으로 무슨 단체나 조직에 함부로 가입하지 않는 것도 그 때문입니다.

그래서 구도자는 교회에 가서 기도하고 찬송하고 설교 듣고 회개하고 참회하고 또 회개하기를 되풀이하기보다는 차라리 그럴 시간이 있으면 성경을 한 줄이라도 더 읽고 예수의 말씀에 감동하여 예수

자신을 닮은 성인이 되어야 한다고 생각합니다. 대부분의 선도체험기 독자들은 그러한 나를 이해할 것입니다."

"그러나 일부 독자들이 선생님이 소개하는 서평을 읽고 수련단체 곧바로 뛰어가 가입하니 문제가 아닙니까?"

"그렇다고 해서 몇몇 소수의 일탈자들을 위해서 서평을 쓰지 않는다면 그것은 구더기 무서워서 장 못 담그는 것이 될 것입니다. 그럴 수는 없는 일이 아니겠습니까?

나는 내 독자들이 이왕이면 고라니나 토끼가 아니라 호랑이나 사자처럼 무리를 짓지 않고도 독자적으로 백수百獸의 왕자가 되어 유유자적하듯 스스로 진리를 탐구하는 구도자가 되기를 원합니다."

"그러나 고라니나 토끼와 같은 나약한 짐승들도 어떻게든지 살아가야 하지 않겠습니까?"

"그런 나약한 짐승들은 맹수가 되어 독립할 수 있는 능력을 가질 때가지 기다리는 인내와 지혜를 기르는 공부부터 먼저 해야 될 것입니다."

마지막 진술

2014년 6월 3일 화요일

비가 조금씩 내리고 있었다. 예정되어 있는 공판에 참석하려고 오후 4시 반에 로펌 사무실에 들러 담당 변호인과 함께 5시 정각에 법정에 들어가 지정된 자리에 앉았다. 이윽고 판사가 입정하고 공판이 시작되었다. 판사와 검사, 변호인 사이에 사무적인 얘기들이 잠시 오간 뒤 판사가 말했다.

"한달 후에 있을 다음 공판은 결심공판이 될 것입니다. 마지막으로 하고 싶은 말씀이 있으면 변호인부터 해주시기 바랍니다."

변호인이 일어서서 말했다.

"본 변호인이 누차 언급한 바와 같이 사회에서 공인받은 중견 작가가 처음으로 책을 출판하는 후배의 청탁을 받고 관례에 따라 추천사를 써 주었다고 해서, 실명을 밝히지도 않은 그 내용을 문제 삼아 출판물에 의한 명예훼손 혐의로 고소를 당하여, 1심에서 판사가 검찰의 조서를 토대로, 피고인은 만나보지도 않은 채 5백만원 벌금형을 내리는 일은 외국은 아직 모르겠고, 우리나라에서는 전례가 없는 일이라고 생각합니다.

실례를 하나 들겠습니다. 조선왕조 숙종 때의 소설가 서포西浦 김만중(金萬重, 1637~1692)이 사씨남정기謝氏南征記라는 작품을 써서 큰 인기를 끌었던 일은 한국인이라면 누구나 다 잘 아는 일입니다.

소설의 무대는 중국이었지만 실은 숙종의 총애를 기화로 장희빈이 인현왕후를 폐출廢黜시킨 궁중 비리를 풍자한 소설입니다. 그때 관에서는 이 소설을 압수하여 불태워버렸지만, 그러면 그럴수록 필사본이 더 많이 유행하여 여론의 지탄을 이기지 못한 장희빈은 끝내 퇴출당하고 인현왕후는 원래의 자리에 복귀되었습니다. 파사현정破邪顯正이요 사필귀정事必歸正입니다.

그때도 장희빈은 물론이고 그녀를 후원하는 정치 세력가들 중 그 누구도 김만중을 명예훼손으로 기소하는 일은 없었습니다. 비난의 대상이 누구라는 것을 뻔히 알면서도 실명을 거론하지 않은 소설은 가상의 현실을 묘사한 문학작품이었기 때문입니다.

이런 일이 있은 지 많은 세월이 흐른 지금, 세계 10위권의 경제대국이 되어 선진국으로 떠오른 대한민국에서 320년 전 숙종 때조차 아무도 생각지 못했던 기상천외한 일이 벌어지고 있습니다.

우리나라 작가들은 320년 전 왕조 시대만도 훨씬 못한, 표현의 자유가 법으로 업압당하는 후진국 환경에서 살아야 하는지 알고 싶습니다. 판사님께서는 부디 현명한 판단을 내려주시기 바랍니다. 이상입니다."

변호인이 자리에 앉자 판사가 말했다.

"다음은 피고인께서도 최후로 하실 말씀이 있으면 해주시기 바랍니다. 몸이 불편하시면 앉아서 말씀하셔도 좋습니다."

마침 심한 기몸살을 앓고 있던 나는 앉은 채 입을 열었다.

"저는 40년 전 소설가로 데뷔한 이래 지금까지 125권의 소설을 썼고, 영자신문 기자로 23년을 근무한 언론인 출신의 작가입니다. 따라서 나의 소설의 내용은 검찰과 경찰이 적발해내지 못하는, 이 사회 구석구석에서 은밀히 자행되는 부정과 비리를 적발하여 세상을 바르게 해보자는 것이 주요 취지입니다.

다행히도 내 소설들은 대중적인 인기는 크게 끌지 못했지만 그런대로 출판시장에서 퇴출은 당하지 않고 수요 공급의 시장 원칙에 따라 그럭저럭 지금까지 생존해 왔습니다.

그 이유는 내가 쓴 저서들이 일정한 수효의 독자들의 관심을 끌수 있었기 때문이라고 생각합니다. 그것은 소설 내용이 작가 자신의 사익 추구나 흥미 위주가 아니라 조금이라도 공공의 이익을 위한 것이었기 때문이 아닌가 생각합니다.

실례를 하나 들겠습니다. 세월호 참사 이후 요즘 종편에 자주 등장하는 논객들 중에 정동섭 교수라는 분이 계십니다. 그분은 유병언 전 세모 그룹 회장의 통역으로 8년 동안 일한, 유병언 씨의 최측근이었습니다.

그분은 그 자신뿐만 아니라 그의 아내인 이영애 여사까지도 유병언 가에서 일을 했었기 때문에 종편에 나올 때는 늘 부부동반입니다. 그 이유는 이들 부부는 세월호 침몰 사건 전에 유병언과 구원파라는 사이비 종교 집단과 인연을 끊고 나와 버렸으므로 유병언에 대한 상세하고 구체적인 정보를 잘 알고 있기 때문입니다.

그들 부부가 유병언을 떠난 것은 대우가 나빴기 때문이 아니고 순전히 유병언의 인격과 품성에 환멸을 느꼈기 때문이었습니다. 사이비 교주가 다 그렇듯이 유병언은 종교 지도자 자격은 고사하고 성경에 나오는 십계명도 지키지 못하는 속물이요 저질이었습니다.

십계명에서 제일 먼저 나오는 것이 우상숭배를 하자 말라는 것인데, 그는 자신을 구세주라고 하여 자기 자신을 우상화했고, 간음을 하지 말라고 했는데도 정식 결혼한 부인 외에도 수많는 여자들과 간음을 했고, 거짓말하지 말라고 했는데도 당장 들통날 거짓말을 태연스럽게 했고, 과도한 임금 착취를 하는 등 사이비 종교를 이용한 교묘한 기업 사기꾼이었다는 것입니다. 고민 끝에 그들 부부는 마침내 유병언 곁을 떠나기로 한 것입니다.

이들 부부의 유병언과의 결별은 종교계에서는 큰 뉴스거리가 아닐 수 없었습니다. 그들 부부의 입을 통해 자신의 비리가 세상에 폭로되자 유병언은 그를 명예훼손으로 검찰에 고소했습니다.

검찰에 불려간 그는 혹심한 심문을 받으면서 한때는 31일 동안이나 구속까지 되면서, 1과 2심에서는 유죄 판결을 받았습니다. 드디어 대법원에까지 올라갔습니다. 그러나 대법원 판사는 1심과 2심 판사와는 사고방식이 완전히 딴판이었습니다.

피고가 유병언의 비리를 폭로한 것은 그 자신의 사욕을 채우기 위해서가 아니라 공공의 이익을 위하여 마땅히 할 일을 했을 뿐이므로 무죄라고 판결을 내렸습니다. 이 판결이 아니었더라면 정동섭 부부는 종편에 나와서 유병언의 비리를 구체적으로 입증할 수 없었을 것입니다.

판사님께서는 제가 사욕을 채우기 위해서 후배에게 추천사를 써주었거나 125권의 저서를 썼다고 혹 생각하십니까? 저 역시 1992년에 출판물에 의한 명예훼손으로 원고에 의해 검찰에 고소를 당하여 혹심한 심문을 받았지만 담당 검사는 저에게 기소부제기라는 무혐의 처분을 내린 것을 판사님께서는 잘 알고 계실 것입니다. 내가 쓴 글이 공익公益을 위한 것인지 사익私益을 위한 것인지 부디 현명하고 지혜로운 판단을 내려주시기 바랍니다. 이상입니다."

판사가 변호인에게 말했다.

"그 대법원 판결 부본을 구할 수 있을까요?"

변호인이 말했다.

"그럼요. 곧 구해 드리도록 하겠습니다."

문창극 후보자의 식민사관 시비

2014년 6월 13일 금요일

우창석 씨가 말했다.

“검경의 유병언 씨 체포 상황 추적 보도에 전력투구하던 언론이 어제 오늘 사이에 갑자기 문창극 국무총리 후보자의 식민사관 시비에 온 신경을 집중하기 시작했습니다. 그의 역사관에서 무엇보다도 먼저 ‘일제의 식민 지배와 남북 분단은 하나님의 뜻’이라는 그의 교회에서의 과거의 발언이 식민사관이라는 비난이 일자, 그는 ‘한국사의 숱한 시련이야말로 우리나라를 부강하게 만들기 위한 것이었음을 표현하자는 것이 본뜻이었다’고 해명했습니다. 이에 대해서 선생님께서는 어떻게 생각하십니까?”

“기독교도인 문창극 후보자의 입장에서는 그의 역사관에 하등의 문제가 되지 않는다고 봅니다. 기독교인이 아닌 평균적인 한국인들도 인명人命은 재천在天 즉 사람의 목숨은 하늘에 달려있다고 흔히들 말하지 않습니까? 그와 마찬가지로 한 국가의 흥망성쇠 역시 하늘의 뜻이라고 말하든 하나님의 뜻이라고 말하든 그가 말한 취지에는 별 차이가 없다고 봅니다.”

“두 번째로 ‘우리 민족 DNA에는 게으름이 있다’는 발언이 또 문제가 되자 그는 ‘일반인의 정서와 다소 거리가 있을 수 있다. 그 점

때문에 오해의 소지가 생긴 것은 유감이다'라고 해명했습니다. 이에 대해서는 어떻게 생각하십니까?"

"한국과 일본 국민의 근면성에는 다소 기복이 있습니다. 그러나 역사적으로 한일 관계를 관찰해 볼 때 임진왜란 이전까지는 우리 민족이 일본보다 더 부지런했다고 생각합니다. 왜 그러냐 하면 그 이전에는 왜구倭寇의 폐단은 있었지만 우리가 늘 일본을 가르쳐 온 선생의 나라였기 때문입니다.

그래서 일본의 국보급 문화재의 90% 이상은 한국인이 만들어 준 것이라는 것이 코벨이라는 미국의 미술사학자를 비롯한 국내외 학자들의 견해입니다.

실제로 일본이 1868년 명치유신으로 공업화에 성과를 보이자, 한국에서도 그와 비슷한 근대화 운동인 갑신정변이 김옥균 등의 개화파에 의해 1884년에 일어났지만 삼일천하三日天下로 끝나버렸습니다.

일본의 명치유신보다 겨우 16년 늦었지만 결국 준비 부족으로 실패했습니다. 그러나 그로부터 일제강점기와 분단과 육이오를 거친 77년 뒤에 5 16 군사혁명으로 본격적인 조국 근대화 작업은 시작되었습니다.

그 작업은 초고속으로 진행되어 지금은 IT, 조선, 휴대폰, 자동차, 영화, 드라마, 팝송, 팝댄스 등의 분야에서는 이미 우리가 일본을 추월하기 시작했습니다. 이처럼 한국과 일본 두 나라 국민의 근면성은 다소 기복은 있지만, 한국인에게 게으른 DNA가 있다는 말에는 동의할 수 없습니다. 그러나 본인이 이 말에 유감을 표시한 이상 특별히 문제가 될 것은 없다고 봅니다."

"세번째로 문 후보는 '위안부 문제는 일본이 사과할 필요 없다'고 말했는데 이것이 문제가 되자 처음에 그는 '자신의 동영상을 일부 언론이 악의적이고 왜곡된 편집을 했다. 해당 언론을 상대로 법적 조치를 취하겠다'고 말했다가 태도를 바꾸어 일본측의 형식적인 사과보다는 진정한 사과를 원한다는 것이 본뜻이라'고 말했습니다. 이에 대해서는 어떻게 생각하십니까?"

"위안부 문제는 한국뿐만 아니라 중국, 필리핀, 네덜란드, 영국, 미국 등 전세계가 일본의 사과와 보상을 요구하고 있기는 하지만 그 발언은 그가 총리 후보자가 되기 전에 일개 자연인으로 서울대 강단에서 한 발언입니다.

비록 독도와 함께 위안부 문제는 한일 관계를 경색 국면으로 몰아넣은 민감한 문제이긴 하지만 그 발언 자체가 그렇게 결정적인 결격 사유가 될 만한 사항은 아니라고 봅니다."

"야당과 새누리당 일부 초선 국회의원들도 그가 이조, 민비, 동학란 등의 용어를 쓰는 것으로 보아 식민사관을 가지고 있다고 비난하는가 하면 일본의 우익 신문들은 한국의 총리 후보자가 아베 총리의 후원자로 등장했다고 대환영이라고 합니다. 이에 대해서는 어떻게 생각하십니까?"

"그 정도의 발언을 문제삼아 그가 식민사관을 가지고 있다고 비난하는 것은 지나친 침소봉대針小棒大라고 봅니다."

"왜 그렇게 생각하십니까?"

"우리나라의 진짜 식민사학자들은 일제로부터 한국이 해방된 지 69년이 된 지금까지도 일제가 한국인을 일본의 노예로 길들이기 위하여 한국 강점기에 일본인 사학자들이 만들어 놓은 반도식민사관半島植民史觀으로 각종 교과서를 집필하고 있고 대학 강단과 각급 중고등 학교 교단에서 제자들에게 역사를 가르치고 있는 교수와 교사들이기 때문입니다.

내가 보기에는 문창극 후보자를 식민사학자라고 비난하는 정치인들은 한국사를 가르치는 교수와 교사들이 바로 지금도 한국의 젊은이들을 일본의 노예로 길들이고 있는 식민사학자라는 것을 모르고 함부로 식민사관 운운하고 하고 있다고 봅니다.

자기 내장이 썩어 들어가는 것도 모르고 피부에 난 가벼운 찰과상을 걱정하는 격입니다. 한국 역사 교육에 관한 한 대한민국은 지금도 일본제국주의 강점기와 비교해서 변한 것이 없습니다."

"반도식민사관 교육을 그처럼 방치하고 있는 것은 도대체 누구의 잘못입니까?"

"대한민국 정부 수립 후 지난 66년 동안 대한민국에서 대통령과 문교부장관을 지낸 사람들에게 일차적인 책임이 있습니다. 그 다음에는 국회의원을 비롯한 정치인들과 5천만 국민 전체의 책임입니다."

"왜 그런 끔찍한 일이 벌어지게 되었습니까?"

"해방과 육이오를 거치는 동안 일본인 사학자들에게서 역사를 공부한 이병도를 비롯한 한국인 사학자들이 대를 물려가면서 아무런 변동 없이 지금까지 각급 학교 강단에서 제자들을 가르치고 교과서를 집필해 왔기 때문입니다.

그대신 백암 박은식, 단재 신채호 같은 이름난 재야사학자들은 이미 해방전에 별세했고 위당 정인보 같은 이름난 사학자는 육이오 때 납북을 당하고 말았으니 한국은 식민사학자들의 독무대가 될 수 밖에 없었습니다.

그동안 백당 문정창, 이유립, 박창암, 임승국 같은 재야사학자들이 피나는 노력을 기울여왔지만 역사 교육의 중요성을 모르는 여야 정치인들의 무지몽매와 게으름으로 이 나라 역사 교육은 지금도 해방전 일본제국주의 강점 시대의 현황을 그대로 유지하고 있습니다."

"식민사관 중에서도 가장 문제가 되는 부분은 무엇입니까?"

"우리 한국 민족은 동아시아 대륙의 선주 민족으로서 9200여년의 역사를 가지고 있는 동양 문화의 종주국입니다. 그런데도 식민사관은 한단시대 7천년의 상고사를 아예 뚝 잘라버리고 한漢나라의 식민지인 한사군漢四郡에서부터 시작된, 겨우 2천여 년밖에 안 되는 날조된 역사를 각급학교 학생들에게 가르침으로써 우리 민족을 뿌리도 조상도 없는 열등 민족으로 폄하시킨 것입니다.

이처럼 잘못된 역사가 바로잡히지 않는 한 우리 민족의 장래는 암담할 수밖에 없습니다. 그래서 역사를 잃어버린 민족은 장래를 잃어버린 민족이라고 아니할 수 없습니다. 여기에 바로 식민사관의 사악한 독소가 숨겨져 있는 것입니다."

안경전 역주 '환단고기' 독후감

2014년 6월 19일 목요일

우창석 씨가 말했다.

"선생님, 안경전 역주 '환단고기' 다 읽으셨습니까?"

"네, 부피가 도전道典보다 약간 못한 1,434쪽이어서 이번엔 23일 만에 전부 다 읽었습니다."

"저도 오늘 아침에 다 읽었습니다. 이 책을 읽으신 선생님의 독후감이 무척 궁금합니다."

"전반부를 읽을 때는 이 책의 흡인력에 몰입되어 상당히 긴장되었었는데 후반부터는 맥이 빠지는 기분이었습니다. 내 독후감을 요약하면 전반부는 우리 민족의 지구촌의 시원 문화와 삼신일체 신도의 환단의 역사가, 최근에 만주에서 발굴된 홍산문화와 각종 자료와 저자가 중국과 중앙아시아를 비롯한 세계 각지를 탐방한 생생한 체험을 바탕으로, 생생하게 기술되어 있어서 그 참신함과 함께 우리의 상고사에 대한 저자의 열정과 노고에 숙연함마저 느꼈습니다.

불연듯 내가 30년 전인 1984년에 '소설 한단고기' 상하권을 집필할 때 이용할 만한 자료가 부족해서 거의 가공적인 상상력으로 지면을 채우면서 앞으로 내 후배 중에서 부디 훌륭한 사학자가 배출되어 나의 부족함을 매워주기를 은근히 기원했던 일이 뇌리에 되살아나면서 감회가 무척 새로웠습니다. 그러나 북부여 시대를 지나 고구려 · 백제 · 신라 · 대진국 · 고려시대에 접어들면서 갑자기 맥이 빠지는 기분이었습니다."

"아니, 왜요?"

"환단고기 본문과 맞지 않는 저자의 주석註釋에 실망했기 때문입니다. 실례로 '해양 제국을 건설한 백제'라는 항목 후미에 다음과 같은 글이 나옵니다.

'백제는 단군조선과 북부여 이후 무려 340년이 넘는 오랜 기간에 중국 동부 해안 지역을 지배했던 것이다. 그런데 백제와 고구려가 대중국 투쟁을 벌이며 대륙 해안선을 따라 경쟁적으로 획득한 영토는, 안타깝게도 신라가 반민족적 망국 통일을 추진함으로써 고스란히 당나라에 돌아가고 말았다.(윤내현, 『한국열국사연구』 이도학 『새로 쓰는 백제사』 참고)'

위 인용문의 뜻은 신라의 삼국통일 추진 때문에 고구려와 백제가 중국 동부 해안을 확보하여 340년 동안이나 지배했던 영토를 당나라에 돌려주고 동아시아 대륙에서 쫓겨난 것으로 되어 있습니다. 그러나 역사적 진실은 전연 그렇지 않습니다.

사학자 윤내현과 이도학의 저서를 인용했지만 이 책의 저자도 그들의 주장에 동의하기 때문에 이런 글을 여기에 인용한 것입니다. 이후에 지도와 역주에서 고구려, 백제, 신라, 고려가 한반도에는 있었던 일이 없다는 것이 역사의 진실인데 있었던 것으로 되어 있습니다.

환단고기의 북부여기, 태백일사를 위시하여 그 어디에도 고구려, 백제, 신라, 고려의 도읍이 한반도 안에 있었다는 기록은 없습니다.

삼국사기, 삼국유사, 고려사 지리지地理誌, 중국고금지명대사전中國古今地名大辭典을 제아무리 두 눈에 쌍심지를 켜고 뒤져보아도 고구려, 백제, 신라, 고려가 지금의 한반도에 도읍을 갖고 있었다는 기록은 전연 보이지 않습니다.

김부식이 인종의 명을 받고 1145년에 삼국사기 집필을 마쳤을 때도 그는 한반도가 아니라 지금 중국 산동성 임치구에 있던 개경에 있었던 것입니다. 요즘 제아무리 고고학이 발달되었다고 해도 역사는 당 시대의 사관들이 집필한 기록을 기초로 기술되어야 합니다.

바로 그 한국사의 기록이 환단고기, 삼국사기, 삼국유사, 고려사, 조선왕조실록, 신증동국여지승람新增東國輿地勝覽, 참고사료로는 중국의 이십오사二十五史 동이전東夷傳, 조선전朝鮮傳, 중국고금지명대사전 등이 있습니다. 이들 한국사의 기초자료들 그 어디에도 지금의 한반도에, 19세기 이전에 고구려, 백제, 신라, 고려, 조선왕조의 도읍이 있었다는 기록은 보이지 않습니다.

한반도에 조선왕조의 도읍이 있게 된 것은 오직 19세기 중엽 이후 서세동점기西勢東漸期에 조선과 일본 사이에, 조선 쪽에 불리하고도 굴욕적인 강화도조약이 체결된 1876년 이후의 일입니다.

그 당시 일본제국주의자들이 한반도를 병탐하고 한민족을 자기네 노예로 길들이기 위해서 한국 역사를 왜곡 날조한 일본인 어용사학자 하야시 다이스케(林泰補)가 19세기 후반에 반도식민사관에 맞추어 집필한 '조선사朝鮮史'에 처음으로 한반도에 우리나라의 도읍이 등장할 뿐입니다. 하야시야말로 반도식민사학 날조에 가장 앞장섰던 일본제국의 어용사학자입니다.”

“그럼 선생님, 환국, 신시 배달, 단군조선, 북부여는 어디에 있었습니까?”

“지금의 섬서성을 중심으로 한 중국 대륙에 있었습니다. 그리고 한반도는 탁라乇羅”라는 이름으로 삼국유사와 고려사에 등장합니다. 좌우간 우리나라는 환국 이래 9100년 만에 우리나라의 식민지였던 탁라 즉 한반도로 이주한 것입니다.”

“왜요?”

“당시 동양 침략의 선두에 섰던 영국 제국주의와 제휴한 일본제국주의의 강요로 한반도로 추방된 것이지만 지금 생각하면 이 모두가 원대한 앞날을 내다 본 하늘의 섭리라고 생각합니다.”

“그게 무슨 뜻입니까?”

“한반도는 지구촌의 길지요 명당이기 때문입니다. 이 명당이야말로 지구촌을 관리하는 사령탑이 차지해야, 우리 민족이 앞으로 전개될 5만년 후천 세계를 이끌어갈 지도국이 될 수 있기 때문입니다. ”

“그건 그렇구요. 이 독후감을 읽은 ‘환단고기’ 역주자나 일부 독자들 중에는 요즘 인기리에 방영 중인 티브이 연속방송극 ‘정도전’을 시청하는 사람이 있을 수도 있습니다.

무학대사의 추천으로 이성계가 도읍으로 정하려고 했던 계룡산 일대를 하륜河崙의 반대로 무산시키는 장면이 나오는데, 이것을 본 시청자들이 이것만 보아도 조선의 도읍이 한반도의 개성에 있었다는 것을 입증하는 것이 아니냐고 반문하면 선생님께서는 뭐라고 대답하실 것입니까?"

"참으로 좋은 질문을 해주셨습니다. 지금 우리가 쓰고 있는 한반도 내의 한자 지명의 90% 이상은 1910년 경술국치 이후 조선총독부에서 중국 대륙에 있던 한국지명들을 그대로 수평으로 위도와 경도에 맞추어 한반도로 옮겨온 것입니다. 그전까지 한반도 안에서 사용된 지명은 진고개, 무너미마을, 복사골 같은 순 우리말 지명이었습니다.

그렇게 하여 중국에 있던 한국식 지명들이 한반도로 무더기로 옮겨오면서 1911년 중국에서는 신해혁명이 일어나 만주족이 세운 청나라가 무너지고, 손문의 중화민국이 수립되면서, 반도로 옮겨간 한국식 지명 대신에 중국 서쪽 지방의 지명들을 순차적으로 옮겨오면서 될수록 빠른 시일 안에 한국인이 살았던 흔적을 모조리 파괴하고 없애버렸습니다.

1926년까지 대륙에 있던 일본의 조선총독부가 국공 합작의 압력으로 견디지 못하고, 경복궁 앞의 신청사가 준공되자 서울로 옮겨오면서 중국 내에 남아있던 한국인 흔적들은 또 한번 수난을 당했고, 세 번째 수난은 1960년대의 중공의 문화대혁명 때 홍위병들에 의해 깡그리 다 파괴당하고 말았습니다. 중국은 그때부터 이미 역사 주도권 확보 전쟁에 혈안이 되어 있었던 것입니다.

이것을 모르는 대부분의 한국의 식자들은 현재 우리가 쓰고 있는 한반도 내의 지명들이 2천년, 3천 년 전에도 그대로 쓰였던 것으로 착각을 합니다. 그래서 함흥차사咸興差使의 함흥하면 으레 북한의 함경남도 함흥으로 알지만 그거야말로 천만의 말씀입니다."

"그럼 함흥이 어딥니까?"

"지금의 중국의 내몽골자치주에 있는 호화특호시 근처에 있던 이성계의 고향인 동북면에 있는 화령和寧 즉 함흥입니다."

"그럼 지금도 경남 진주시 미천면 오방리에 있는 것으로 티브이 화면에 비쳐진 하륜河崙의 묘는 어떻게 된겁니까?"

"하륜의 후손들이 중국에서 이장을 했거나 아니면 선죽교善竹橋나 공민왕릉, 조선왕조의 27개 왕릉, 4대 궁궐 그리고 경주의 신라 왕릉들처럼 일제가 반도식민사관에 맞추어 주요 유적지들을 영화 세트 만들 듯 그럴듯하게 조작한 것입니다. 자금은 영국이 댔으니까 일본은 하수인 노릇을 충실히 했습니다.

한국의 사학자들은 반도식민 사학자들이나 재야사학자들을 막론하고 환단고기, 삼국사기, 삼국유사, 고려사, 조선왕조실록, 신증동국여지승람新增東國輿地勝覽, 이십오사二十五史, 중국고금지명대사전中國古今地名大辭典과 같은 기본 사료로 읽으면서 공부를 하려고 하지 않으니까 아직도 반도식민사관에서 완전히 벗어나지 못하고 있습니다."

"선생님의 서가에 보이는 중국고금지명대사전中國古今地名大辭典은 중국에서 만든 겁니까?"

"중국이 아니라 대만에서 만든 겁니다. 한국에서 계속적으로 주문이 하도 많이 쇄도하니까 이상하다고 생각하고 대만 출판사에서 한국에 사람을 보내 조사해보고는 이러다가는 동양사의 주도권 싸움에 불리하겠다 싶었던지 지금은 일체 수출이 중단되고 있습니다. 그래서 복사판만이 나돌고 있습니다. 이것도 복사판입니다.

한반도 안의 웬만한 한자 지명 쳐놓고 이 책에 들어있지 않은 것은 거의 없습니다. 지명은 말할 것도 없고 압록강, 두만강, 백두산, 금강산, 한강, 낙동강, 금강, 섬진강 등등 강산의 이름도 이 책에 등재되지 않은 것은 거의 없습니다. 그러나 이 중에는 중국에서는 사라진 지명도 많지만 아직도 옛날 그대로 쓰이고 있는 것도 적지 않습니다.

동양사의 기본 사료들을 살펴보면 한반도와 만주의 지명들은 이들 사료에 별로 등장하지 않습니다. 압록강, 두만강, 백두산 같은 유명한 지명들도 한반도에는 20세기 이후에 등장합니다. 지금 만주와 한반도의 한자 자명들은 20세기 전후에 중원 지방의 지명들에서 수평 이동한 것임을 알 수 있습니다."

"그렇다면 한반도와 만주는 최근까지 역사의 소외 지대였다는 말씀인가요?"

"그렇다고 말할 수밖에 없습니다. 그러니까 기본 사료에 등장하지 않는 2천년, 3천년 전 역사에 만주와 한반도를 대입시키는 어리석고도 무의미한 일이 아닐 수 없습니다."

[이메일 문답]

기운이 너무 강하게 돌아

안녕하셔요? 전희주입니다. 기억하실 줄 압니다. 말씀하신 것처럼 선도체험기는 50권까지 읽었고요. 궁금해서 100권과 105권도 사서 봤어요.(다 읽어야겠지만 저도 좀 여러 사정이 있어서)

선도체험기 읽으면서 호흡하려고 노력했고, 두어달쯤 불면증을 심하게 겪었기에 캄캄한 밤에 침대에 누워서 호흡을 조금 했어요. 단전에 의식을 두고, 처음에는 잘 안됐지만 호흡이 단전까지 닿게하려고 했는데 생각만큼 단전호흡이란 것이 쉽지 않아요.

처음 누워서 호흡을 한참 했는데 누워있는 상태로 어떤 기운 같은 것이 제 허리를 감싸고 있는 것 같으면서 그 기운이 저 대신 호흡을 하는 것 같았어요. 저는 호흡이 중지된 것 같은 느낌이고 심장 박동이 멈춘 것 같은 기분이었습니다. 한참 동안 기운이 숨을 쉬면서 제 허리를 감싸고 있다가 어느 순간 그 기운이 제 단전으로 쑥~ 들어오는 것 같았어요.

그때부터 계속 단전이 뱅글뱅글 돌면서 매일매일 체내 기운의 움직임이 달라요. 하루는 단전이 뱅글뱅글 돌면서 회오리바람 같은 기운이 제 단전을 중심으로 빙글빙글 돌고요.

그 이튿날은 팽이 같은 조그만 기운이 제 온몸을 뱅글뱅글 돌아요. 단전, 다리, 발목, 어깨, 머리 뇌 속까지, 이마 주로 목에서 많이 팔딱팔딱 거리고, 코에서도 느끼고, 이가 탁탁 부딪치기도 하고, 눈을 깜빡깜빡 거리고. 그 이튿날은 다시 기운이 계속 위, 아래도 올라갔다 내려갔다 하구요.

지금 심한 감기 증세로 삼일째 아파서 누워있고요. 호흡도 이, 삼일 안했어요. 근데도 계속 단전에서 기운이 강하게 느껴지고 기운이 다리 몸, 팔, 손에서 강하게 움직여요.

가뜩이나 약 먹고 힘없는데 기운이 너무 강하게 움직이니까 더 힘들어요. 그래서 단전호흡을 삼십년 가까이 하신 분께 전화로 물어보니

"그렇지 않는데 무언가 잘못됐다"고 하셔요.

이 글을 쓰고 있는 지금도 기운이 다리, 단전, 몸속, 팔, 허리, 머리, 손 강하게 움직여요. 말대로 무언가 잘못되었나요? 좀 많이 걱정됩니다. 읽어주시고 답변 좀 기다리겠어요. 감사합니다!

2014년 1월 24일 전희주 올림

[회답]

지금 전희주 씨는 단전호흡이 제대로 되고 있으니 조금도 의심하지 말아야 합니다. 선계(仙界)에서 특별히 보살피고 계십니다.

선도체험기를 50권까지 읽었으면 무슨 일이 있어도 51권부터 구입하든가, 아니면, 도서관에서 빌려서라도 순서대로 꾸준히 읽어야 합니다. 그래야 공부가 정상적으로 되고 몸도 좋아질 것입니다. 중요한 사항이니 꼭 지켜주시기 바랍니다.

문제가 생기면 다른 사람보다 나에게 먼저 메일을 보내주시기 바랍니다.

[전희주 씨의 회답]

네, 잘 알겠습니다.

감사합니다!

[필자의 회답]

"잘 알겠습니다. 감사합니다"로만 끝낼 일이 아닙니다. 내가 하라고 한 일을 꼭 실천해야 지금 전희주 씨가 처한 난관에서 벗어날 수 있다는 것을 명심하기 바랍니다.

[전희주 씨의 회답]

선생님!

기운이 자주 위장 있는 데까지 올라와서 강하게 팔딱거려 몹시 힘들어요.

좀 멈추게 할 수 있는 방법은 없나요?

지금 감기 증세도 있지만 거의 초죽음입니다.

할 수 있으면 기를 좀 멈추게 하고 싶어요.ㅠㅠ

[필자의 회답]

수술을 해야만 살아날 철없는 아이가 수술대에 누어서 의사를 보고 메스를 치워달라고 앙탈하는 것과 같습니다. 죽지 않고 살기 위해서는 지금의 과정을 숙명으로 알고 그만한 고통은 참고 받아들일 줄 아는 성숙한 지혜가 필요합니다.

참다가 씁니다

선생님!

계속 참다가 힘들어서 씁니다. 머리, 목, 오른쪽 어깨 부분이 너무 많이 아파요.

지금은 조금 나은 듯한데 기운이 머리 위로 움직이는 것 같아 어지럽고 머리가 멍~하고 속이 너무 안 좋고, 머리가 너무 아파요.

4~5일 전부터 감기를 심하게 앓고 있는데 감기가 맞는 것 같으나 솔직히 지속적인 기의 움직임과 관련이 있는 것은 아닌가 하는 생각도 많이 들고요.

무엇보다도 기운이 위로 치솟아 빙글빙글 돌 때는 너무 많이 아프고 힘들어요.

그리고 혹시나 해서요. 이런 일 태어나고 한 번도 없는데요. 화장실 볼 일을 일주일 내지 열흘 정도 못 봐요.

혹 이것도 기의 움직임과 관련이 있는 것은 아닌가 해서요. 워낙에 설사가 생활의 한 부분인 사람이라.

선계에서 특별히 보살피고 계신다 하셨는데 그러면 좋은 건가요. 선생님 아시는 분 중 다른 분들은 이런 일 없으신가요. 그렇다면 왜 저만 그런지. 단전이 항상 움직이니까 늘 좀 많이 간질간질하고 근질근질거려요.

기가 위로 올라 올 때는 위장 쪽에서도 역시나 근질근질하고요. 기가 손에서 느껴질 때는 손등도 역시나 근질거려요. 뭐 근질거리는 정도야 괜찮은데 기가 위로 올라와서 움직일 때 멍~하고 어지럽고 많이 아파서 참아내기가 좀 힘들어요.

모르지만 화장실 볼 일 못 보는 것도 기와 관련이 있는 것 같다는 생각이 들어요. 기가 항상 배 전체를 돌고 있으니까. 4~5일 전부터는 호흡도 전혀 안하고 있어요.

전 여러모로 특별한 사람인가 봅니다. 평범한 삶을 살기를 바라는 사람인데ㅠㅠ

선생님 답변에 무언가 해답이 있을 것 같습니다

감사합니다!

2014년 1월 26일 전희주 올림

[회답]

중간에 실종되었다가 뒤늦게 도착한 26일자 메일에 대한 회답입니다. 지금 전희주 씨가 겪고 있는 것과 같은 고통을 겪은 수련생들은 얼마든지 있습니다. 모두가 잘못되었던 부분들이 자연 치유되어 정상으로 돌아오는 과정에 일어나는 아픔입니다.

사람의 힘으로는 고칠 수 없는 것을 하늘이 전희주 씨에게 특별히 은총을 베풀어 치료하여 주는 것이니 고통스럽더라도 고맙게 생각하고 꾸준히 참는 수밖에 다른 길이 없습니다. 화장실 못 가는 것은 기존의 고질병이 치료되는 과정에서 생기는 일시적인 변비 현상이니 이것 역시 참다가 보면 반드시 낫게 될 것입니다.

4~5일 전부터 호흡을 안 하고 있다고 했는데 그러면 안됩니다. 선도수행자는 무슨 일이 있어도 단전호흡을 중단하면 안됩니다. 거듭 말하지만 아무리 고통스러워도 단전호흡만은 절대로 쉬지 말아야 합니다.

행주좌와어묵동정行住坐臥語默動靜 염념불망의수단전念念不忘意守丹田해야 합니다. 즉 길을 걸어가든, 머물러있든, 앉아있든, 누어있든, 말을 하든, 침묵을 지키든, 움직이든, 조용히 있든, 마음이 단전에서 한시도 떠나면 안 된다는 것을 명심해야 합니다.

전희주 씨는 좀 특별한 사람입니다. 그러니 평범하게 살고 싶어도 그럴 수 없습니다. 그 원인은 어디에 있을까요? 그 원인은 전희주 씨 자신에게 있습니다. 원인 없는 결과는 이 우주에서 있을 수 없으니까요.

요컨대, 모두가 전희주 씨가 전생에 저지른 업장 때문입니다. 그러니까 모든 것을 내 탓으로 돌리고 하늘의 은총에 감사하면서 지금의 어려움을 꿋꿋하게 이겨내야 합니다. 그 길 외에 다른 길은 없습니다.

2014년 1월 28일 삼공

[전희주 씨의 회답]

일일이 답변 쓰시는 것도 쉽지 않을 텐데 하나하나 주신 답변 감사합니다.

선생님 말씀 명심하겠습니다. 다가오는 설 명절 잘 보내시고 세세년년 만수무강 빕니다.

윤창중 사건의 진상

선생님께, 선도체험기 106권을 읽다가 윤창중 씨에 관한 이야기가 있어서 그것에 관해서 제가 한국에 계시는 분들보다는 좀 더 자세히 알 수 있는 입장이라 이미 지난 이야기지만 궁금한 부분이 있을까봐 이야기를 드립니다.

사실 피해 당사자와 부모가 제가 사는 동네〈Richmond .Va〉에서 살며, 같은 교회를 다니고 있는 멀지 않은 사이입니다. 그 집 숟가락이 몇개인지까지 알려면 알 수 있는 이웃입니다. 그 학생의 기본 성품은 열심히 노력하는 우수 모범생으로서 어떡하든 한국 귀빈을 잘 보필해서 대사관으로부터 고과점수를 잘 받아보겠다는 어린 여학생을 호텔방에 물건을 가져오라고 명령한 뒤 본인은 알몸에 가운을 대충 걸치고 침대에 앉아서 껴앉으려 했는데 큰 문제는 그때 가운 사이로 본인의 성기가 노출되어 있었다는 것입니다.

그러니 그 학생이 얼마나 놀라서 밖으로 나와 대사관 직원에게 알렸으나 아무런 조치가 없는 중에 다른 알바 학생이 경찰에 연락을 취하면서 사건이 확대되기 시작했습니다. 사건 후 본인과 본인의 부모는 대통령과 조국의 명예에 흠이 갈까봐 이후 사건을 가벼운 쪽으로 축소하여 끝냈습니다.

이 정도 사건은 미국에서는 경범죄가 아니라 충분히 중범죄로 분류 될 수도 있는 사건입니다. 미국서 자란 2세들도 한국의 관습과 문화를 충분히 이해하고 알고 있습니다. 문제는 한국에서는 힘 있고 돈 있고 권력이 있으면 무엇이든 통한다고 생각하는 썩은 부류가 너무 많다는 것입니다.

교민들은 아직도 대통령을 보좌하여 큰 임무를 수행하는 자가, 대통령은 정신없고 힘든 상항 중에 술이나 마시고 그딴 행동이나 하고 있었던 사실들이 도무지 이해되지 않습니다.

2014년 1월 31일 미국에서 이도원 올림.

[회답]

나라 전체가 발칵 뒤집혔던 유창중 사건의 숨은 진실을 알게 되어 고맙습니다. 윤씨는 그 사건 이후 보도가 되지 않아 알려진 것이 없습니다. 어디서 은둔 생활을 하고 있지 않나 생각됩니다. 해외 동포들에게 너무나도 부끄럽고 추잡한 이면을 보여준 것 같아 낯이 뜨거울 뿐입니다.

성욕과 분노가 점점 사라지고 있습니다

안녕하세요? 삼공 김태영 선생님, 김우진입니다. 그동안 안녕하셨는지요? 기억하실런지 모르겠지만 14~15년 전에 이메일 상으로 한 번 인사드린 적이 있습니다. 언젠가 꼭 찾아뵈어야 하는데 아직 선생님의 만남 조건에 부합하지 않아 차일피일 미루고 있습니다.

얼마 전에야 종교계의 큰 별들이신 대행스님과 문화영 선생님이 타게 하셨다는 소식을 접하였습니다. 많이 놀랐고 당황스러웠습니다. 앞으로도 오랫동안 후학들에게 길을 밝혀주실 줄 알았는데 개인적으로 참 안타까운 소식이었습니다.

그래도 김태영 선생님이 아직 삼공재를 통하여 후배들에게 길을 밝혀주시니 정말 다행으로 생각하고 있습니다. 앞으로도 오랫동안 늘 푸른 고목처럼 건재하여 주시기 바랍니다. 그동안 홀로 수련하면서 많은 경험을 하였고 조금이나마 일취월장하고 있습니다. 한동안 개인적인 사정으로 선도수련을 게을리하기도 하였지만 작년부터는 제 자신을 등불삼아 수련에 더욱 정진하고 있습니다.

요즘에는 인간의 기본적인 감정인 성욕과 분노가 점점 사라지고 있어 나름 놀라기도 하고 결과에 만족하고도 있습니다. 한 가지 특기할 만한 점은 선생님의 말씀처럼 이놈의 빙의령들은 정말 감당하기 힘들 정도로 점점 강력한 존재들이 되어 들어오고 있습니다.

1년 내내 거의 안 들어오는 날이 없을 정도이며 정말 얼마나 강력한지 가슴이 부서져 내리는 느낌이 들 정도입니다. 이런 강력한 영가들이 들어올 때면 정신력이 얼마나 강해야 하는지 자칫 잘못하면 문제가 발생할 수도 있을 것 같습니다.

때로는 이러다 정말 죽을 수도 있겠다는 생각이 들 정도입니다. 과거 선도의 단전호흡 수련이나 불교의 참선호흡 수련을 하다가 잘못하면 미칠 수도 있다는 말을 요즘 들어 새삼 느끼고 있습니다.

그러나 그 빙의령들도 천도되어 나갈 때에는 꿈속에서 고맙다는 말을 하기도 하고 저에게 좋은 소식을 전하여 주고 가기도 합니다. 너무 힘이 들 땐 교보문고에 비치되어있는 선생님의 선도체험기를 읽으며 붙잡고 있기도 하였습니다.

그럴 때마다 신기하게 가슴이 편해지는 느낌을 받았고 기운이 잔잔하고 고르게 들어오는 것을 느꼈습니다. 언젠가 북한산의 도선사에서 참선 중에 느꼈던 그 기색 그 파장과 많이 흡사하였습니다.

요즘에는 선생님께서 쓰신 구도자요결과 선도체험기를 읽고 있습니다. 읽고 있으면 기운이 진정되고 마음이 더 편안해집니다. 이렇게 기력으로 빙의령들을 천도하며 수련에 변화가 있는 사실이 참 특이하고 신기하기도 합니다.

다른 종교계에는 없는 독특한 수련 방식이 아닌가하는 생각이 듭니다. 금년 봄에는 진표율사와 도선국사의 수행처에 다녀올 예정입니다. 방법은 다르지만 같은 길을 걸었던 선조들의 뒤를 따라 꼭 큰 깨달음을 얻도록 하겠습니다.

훗날 통일이 되면 백두산 아래에 대한민국 선도수련학교를 설립할 예정입니다. 살아생전에 꼭 만나 뵙길 바라며 갑오년 한 해에도 하화중생하시고 수련에 일취월장하시여 큰 뜻을 펼치시기 바랍니다.

내내 건강하시고 평안하시길 기원합니다. 감사합니다.

2014년 2월 19일 자등명법등명 김우진 올림

[회답]

선도체험기를 읽고 수련에 도움을 받고 있다니 대견하고 고맙습니다. 교보문고에 가서 선도체험기를 읽는다고 하셨는데, 책 살 돈이 없으면 막노동을 해서라도, 107권 전질全帙을 다 구입하여 머리맡에 쌓아두고 읽으면 수련에 가일층 큰 도움을 받게 될 것입니다.

미신 같은 소리라고 웃어버릴 수도 있는 일이지만, 속는 셈치고 한번 실천해보시기 바랍니다. 그런 후에 다시 메일을 보내주시기 바랍니다.

삼공재 수련이 암벽을 뚫는 굴착기입니다

안녕하십니까? 선생님 울산에 최성현입니다. 삼공재를 개방하시고 수련을 봐주셔서 항상 감사합니다. 삼공재에 2주마다 방문하는 것이 12월, 1월, 2월해서 이제 3달째인 것 같습니다. 그동안의 수련으로 변화를 꼽자면,

첫째로 전보다 수련할 때 단전에 따뜻함을 뚜렷하게 느끼고 있습니다. 전에는 그날의 컨디션에 따라서 따뜻할 때도 있고 그렇지 않을 때도 있었는데, 지금은 10번에 8번 정도로 따뜻함을 느끼고 있습니다. 원래는 거의 매번 느꼈었는데 중간에 한달 지나고 두번 몽정을 하고 두달째에 다시 3번 몽정을 하면서 컨디션이 왔다 갔다 했습니다.

한창 수련이 잘되는 중이었기에 나름 경계를 한다고 했으나 몽정을 해서 솔직히 많이 실망했었고 상당히 허탈감을 느꼈습니다. 전부터 제 수련의 가장 큰 장애물이었으니까요. 하지만 원인 없는 결과가 없고 이런 일 또한 나의 잘못이 그 원인이라 생각하기에 칠전팔기의 정신으로 다시금 노력하고 있습니다.

선생님 빙의령 때문에 이렇게 몽정이 일어날 수도 있는가요? 제가 스스로를 관하기에는 현실적인 다른 원인은 보이지 않습니다.

두번째로는 꾸준히 빙의령이 천도됨을 느끼고 있습니다. 저 같은

경우에는 하루에 기공부를 40분 정도 그리고 체험기를 40분 정도 읽고 헬스장에서 러닝을 50분 정도 하는데 보통은 러닝할 때 축기완성, 대맥유통, 소주천, 대주천 등의 과정을 암송하느라면 천도가 됩니다.

그래서 보통 하루에 한번 정도 이렇게 운동할 때 뚜렷하게 빙의령이 천도됨을 느낍니다. 삼공재에 방문하기 전에 혼자서 수련할 때에 비해서 이렇게 뚜렷한 변화가 있으므로 정기적으로 방문하는 원인이 된 것 같습니다.

상공재에서의 수련이 앞을 막고 있는 단단한 암벽을 뚫을 수 있는 굴착기라고 할까요? 다시 한번 감사드립니다.

참 선생님 지금 이산가족 상봉중이라는데 선생님도 가족분들과 상봉하셨는지요? 선생님께서 원하시는 대로 잘되셨으면 합니다. 그럼 이만 줄이겠습니다.

2014년 2월 21일 최성현 올림

[회답]

삼공재 수련이 효과를 보고 있다니 다행입니다. 효과가 있을 때 꾸준히 삼공재 수련을 하여 소주천, 대주천 경지에 오르기 바랍니다.

빙의령 때문에 몽정이 일어날 수도 있습니다. 특히 미녀 영가에게 빙의되면 그런 현상이 일어납니다. 꿈에 미녀가 나타나면 물러가라 하고 소리쳐 쫓아버리거나 피해서 달아나야 합니다.

저도 부모님과 헤어진 지 어느덧 64년이 된 이산가족이지만 탈북한 사람들의 말에 의하면 부모님은 벌써 돌아가셨다고 합니다. 남은 동생들은 통일 후에 만나볼 작정입니다. 이산가족들이 통일 전 동서독에서처럼, 언제나 상호방문을 할 수 없는 한 제2, 제3의 이별을 원하지 않기 때문입니다.

가족이 화목할 수 있도록

삼공 선생님 안녕하십니까? 사모님께서도 안녕하신지요? 이종림입니다. 그동안 찾아뵙지도 소식도 전하지 못해 죄송합니다. 저는 이번 2월 24일자 인사로 대전에서 인천으로 자리를 옮겼습니다.

그동안 주중엔 대전 사무실에서 일하고 주말에는 서울 집으로 와서 가족들과 함께 지내고 있었습니다.

형사 합의 재판부를 운영하면서 사건 부담도 많고 또 큰 아이가 사춘기에 접어든데다 엄마 말을 잘 듣지 않아, 아이 엄마가 많이 힘들어 하므로 주말엔 아이들을 챙기느라 선생님 댁에 찾아뵙지도 못했습니다.

사춘기에다 공부에 흥미를 잃고 제멋대로 행동하는 아들을 엄마 혼자 감당하기엔 너무 벅차 보여 주말엔 제가 전적으로 아들을 맡아 여러가지 시도를 해보곤 있지만 자아가 너무 강하고 부모 말을 잘 듣지 않습니다. 그러나 이러한 난관을 지금 나에게 주어진 큰 업이자 숙제로 여기고 묵묵히 견뎌내면서 해결책을 강구하고 있습니다.

이제 인천으로 발령받아 가족과 함께 지내게 되어 좀 더 가족이 화목할 수 있도록 노력하면서 삼공수련에도 매진해보려고 합니다.

그동안 선도체험기가 105권, 106권이 나왔는데 미처 구입하지도 못했습니다. 생식도 떨어졌는데 요즘 2끼 식사를 하는 관계로 일단 육기생식 3통과 선도체험기 105, 106권 두권을 제 사무실로 보내주시면 감사하겠습니다.

답신으로 생식비, 책값, 배송료를 알려주시면 계좌로 바로 송금해드리겠습니다. 항상 건강하시고 계속 선도체험기가 출간되기를 바라며 또 소식 전하겠습니다.

2014년 2월 27일 도율 올림

[회답]

그렇지 않아도 근황이 궁금했었는데, 반가운 소식 전해주어 고맙습니다. 직장과 가정과 수행 사이에 조화를 이루려고 무척 애쓰는 도률의 모습이 보지 않아도 눈에 선합니다. 부디 좋은 성과 거두기 바랍니다.

삼공재도 지난 1월 2일에 그전의 한솔 아파트에서 바로 옆에 있는 102동 508호로 옮겼습니다. 혹 휴가 때 시간나면 찾아오시기 바랍니다.

눈이 좋아지려면

제주에서 삼공 작가님의 책은 모조리 읽으려고 노력하는 애독자입니다. 겨울이 끝나고 봄이 왔네요. 아직 좀 쌀쌀하니 감기 조심하십시요. 다름이 아니옵고 안경 문제 때문에 메일을 올립니다.

눈이 좋아지려면 어떻게 하면 좋겠습니까? 안경을 쓴 것과 안 쓴 것은 하늘과 땅의 차이 많큼 큽니다.

김종윤 재야 사학자님의 저서를 주문하며 대화를 나누었는데 결론은 그렇게 위대한 정신문화가 무엇이냐고 저에게 물어 보셨습니다.

저는 그게 바로 소설 댕글리 5권입니다하고 대답했습니다. 제가 삼대경전을 인터넷으로 보았고 구입도 해 보았는데 현재 삼공스승님께서 해석하신 게 가장 훌륭합니다.

음 다시 현시대 상황에 맞게 참전계경을 다시 해석하는 것도 나쁘지 않을 것 같습니다.

그리고 두꺼운 성경도 줄줄이 외우는 크리스챤이 많은데 저는 우선 삼대경전을 여러번 필사해 보기로 마음먹었습니다. 두번째 필사중입니다.

소설 단군 1, 2권을 전자책으로는 구입하였으나 종이책으로는 구하기가 어렵네요. 단군 1, 2권이 종이책 남는 게 있으면 알려 주십시요.

마지막으로 어머님께서 선도체험기 읽는 것을 반대하시지 않습니다. 대신 어머님께서 필사하신 성경을 읽고 있습니다.

삼공작가님의 책이 훌륭하고 높다는 것은 누구도 부정하지 않을 것입니다.

박달나무 임금님 해 4347년, 부처님 해 2558년,
예수님 해 2014년 3월 8일 오라동 외가댁에서 金 澤水올립니다.
안녕히 계십시요.

[회답]

한번 나빠진 눈이 좋아지는 방법은 없는 것 같습니다. 나는 시력이 0.7 내지 0.8로, 좌우가 다릅니다. 안경은 불편해서 안 쓰고 가운데 손가락으로 안구를 하루에 백번씩 비벼주는 운동을 하고 있습니다. 최소한 눈이 더 이상 나빠지지는 않습니다.

소설단군 상, 하권은 필자가 몇 부 가지고 있으니 3만원을 국민은행 431802-91-103970(예금주 김태영)에 입금하고 정확한 주소를 알려주시면 우편으로 보내드리겠습니다.

감기 몸살의 악화

안녕하세요? 대전에 조성용입니다. 몸이 좋지 않아 오늘 삼공재에 참석 못 하겠어요. 지난번에 앓던 감기 몸살이 도루 악화됐습니다. 그 전에는 사나흘이면 낫더니 요번에는 이상하게도 보름이 넘도록 나을 기미가 없네요.

이런 일은 처음이라 나름 관해보지만 뾰족한 방법이 떠오르질 않네요. 병에 대해서 자성에 물으면 답이 나올까요? 하루속히 나아 찾아뵐 수 있도록 노력하겠습니다.

그럼 편안한 주말 보내세요.

2014년 3월 15일 조성용 올림.

[회답]

금년 들어 점점 늘어나기 시작한 중국발 미세먼지로 감기도 악성으로 변했다는 말이 있습니다. 나 역시 얼마 전에 한 보름 동안 독감으로 고전한 일이 있습니다. 독감에는 특효약도 없고 오직 몸을 따뜻하게 유지하되 잘 때는 두꺼운 이불을 덮어 땀을 푹 내는 것이 좋습니다. 감기의 원인은 몸을 차게 하는 것입니다. 될수록 한기를 느끼지 않을 정도로 따뜻하게 옷을 입고 찬 음식을 조심해야 합니다.

요컨대 감기에 걸리는 것도 몸 관리에 소홀했기 때문입니다. 부디 몸 조심하여 빨리 회복하여 삼공재에 다시 나타나기 바랍니다.

친구들의 빙의령 천도

안녕하세요? 선생님.

이제 본격적인 농사철을 맞아 좀 바쁜 나날을 보내고 있습니다.

오는 일요일에는 한 해 농사의 절반이라고 할 수 있는 볍씨 파종 및 못자리를 합니다.

종전에는 파종 후 육묘상에서 모를 약간 기른 후 못자릴 했습니다만 노동력과 비용을 절감하기 위해 한 번에 하는 방법이 많이 보급되었지요.

아무튼 이런저런 이유로 다음주 토요일에나 삼공재 수련에 참여할 수 있을 것 같습니다. 그럼 그때 뵙겠습니다. 안녕히 계십시오.

2014년 4월 17일 조성용 올림

추신: 얼마 전에 친구들을 집으로 초대했었습니다. 그 후 나흘 가량을 엄청난 피로감에 힘들었는데, 왜 그럴까 고민해본 결과 오랜만에 본 친구들에게서 빙의령들이 옮겨온 게 아닌가하는 생각이 듭니다.

그런데 제가 그럴 만한 수준이 되나요?

[회답]

바쁜 일 다 끝낸 뒤에 오시기 바랍니다. 조성용 씨는 친구들의 빙의령들을 천도할 능력을 갖게 되었습니다. 자부심을 가지고 수련에 가일층 매진하기 바랍니다.

대주천 수련

선생님 그동안 안녕하셨습니까? 지난달 3월 24일에 생식 구입차 갔었던 경북 경산에 거주 중인 스님인 지안입니다.

그날 선생님께서 수련하면서 이제는 소주천을 행하고 축기에 힘쓰라고 하시면서 다음엔 백회를 열어 주신다는 말씀에 큰 위안을 얻었습니다. 감사했습니다. 더 열심히 수련에 임하겠습니다.

이번주 금요일(4월 25일) 오후3시에 방문하려는데 가능한지요?

항상 선생님의 강건함을 기원합니다.

2014년 4월 21일 경북 경산에서 지안 올림

[회답]

백회를 열어주겠다는 말을 한 것은 사실입니다. 그러나 그 말을 하고 나서 지환스님이 돌아가신 뒤에 중요한 것을 깜박 잊은 것을 알고 후회했습니다.

지금까지 나온 선도체험기를 다 읽어야 한다는 것이었습니다. 지금 몇 권까지 읽으셨는지요? 시간이 좀 걸리시더라도 다 읽으신 뒤에 대주천 수련을 본격적으로 하는 것이 좋겠습니다.

선도체험기를 읽어나가시다가 보면 왜 내가 이런 말을 하는지 자연히 알게 될 것입니다.

4월 25일 오후 3시에 기다리겠습니다.

필리핀으로 이주한 수행자

스승님 안녕하세요, 사모님께서도 안녕하신지요? 춘천에서 필리핀으로 이주한 이옥현입니다. 전번 찾아뵜을 때도 1년이 넘어서 찾아뵙게 되어 마음 한쪽이 무거웠었습니다. 사는 게 순서나 계획대로 되는게 아니라서 그러려니 하며 살아내고 있습니다.

춘천서 필리핀으로 이주를 하는 바람에 마음처럼 삼공재 방문이 쉽지가 않습니다. 그렇다고 수련을 빠트리거나 걸르는 일은 없습니다. 필리핀은 항상 더운 날씨라서 수련하기가 여간 힘든게 아닙니다.

아침 일찍부터 밤늦게까지 가만있어도 땀이 흘러 호흡은 고사하고 아무 생각도 할 수가 없을 지경입니다. 새벽에 동트기 한참 전에 정좌수련하고 아주 늦게 자기 전에 누워서 호흡을 한 결과, 저번 스승님께서 소주천이 되냐고 하문하셨을 때였습니다.

나 자신 분명 소주천이 잘되고 있다고 자신했었는데 하문하신 순간, 잠시 멍하면서 소주천이 되긴 됐었지만 명확한 것이 아니라 여기저기 띄엄띄엄 되는 것 같다는 생각이 스쳐서 우물쭈물 대답도 못했었습니다.

그날 방문 후 더욱 힘있게 집중해서 한 결과 지금은 잘되는 거 같아졌습니다. 저는 아주 오래 전에 배꼽 밑 1cm 부분에 가로 2cm

정도 수술 자국이 있고 또 단전 밑에 속옷 고무줄 부분에 가로 15cm정도 수술 부분이 있어서 임맥이 완전히 끊어진 상태에서 수련을 했기 때문에 호흡한 지 오래 되었어도 막히고 끊어진 임맥이 이어질지 의문을 품고 호흡을 했습니다.

항상 자신이 없는 상태에서 진행했었고 그래서 시간이 많이 걸리게 된 거 같습니다. 지금도 대맥과 임맥이 다 연결된 거 같은데도 복부 부분이 타이어 모양으로 빙 둘러져 있습니다. 언제쯤 빠질런지, 아니면 이대로 복부 비만인 상태가 지속될런지요.

선생님 또 한가지 질문은 지난 4월 15일 제 남편이 뇌경색으로 왼쪽이 완전히 반신불수가 되었습니다. 그래서 한국 방문 스케줄이 뒤엉켜서 삼공재 방문이 또 미뤄지게 됐습니다.

그래서 여쭙니다. 제 남편은 식사는 아무거나 잘하고 소화도 잘되고 하니 생식을 해도 무방할 것 같습니다. 물론 남편이 먼저 생식하겠다고 말했고, 15~16여 년 전에 김또순 씨한테 처방받아 먹었던 경험도 있고 해서 아무 문제없으리라 생각되는데 선생님 생각은 어떠하신지요?

생식해도 되면 보내주시기 바랍니다. 지금은 남편이 운신을 할 수가 없어서 맥을 볼 수가 없으니 보통 식사하는 것처럼 표준을 먹일까 합니다. 그래도 되는 건지요? 물론 저도 같이 먹는 거고요. 그래도 문제가 안 된다면 표준 4통을 보내주시기 바랍니다.

국민은행 계좌번호와 대금을 알려주시면 바로 송금하겠습니다. 빠른 시일 내에 찾아뵙겠습니다 선생님. 모바일 메일이라 오타를 수정

한다고 했는데 그래도 오타가 있을 수 있으니 이해해주시기 바랍니다.

2014년 4월 30일 이옥현 올림

[회답]

수술로 인한 복부비만 회복은 사람에 따라 다릅니다. 수련과 운동으로 좋아질 수도 있습니다. 임맥 부위 수술로 임맥이 끊어지면 회복이 어려운데 이옥현 씨는 열심히 수련한 결과 부분적으로나마 소주천이 되는 걸 보면 복부비만도 회복될 수도 있지 않을까 생각됩니다.

생식 지함표준 4통 값은 24만원입니다. 국민은행 431802 - 91 - 103970 (예금주 김태영)에 입금하시면 주소지로 보내드리겠습니다. 집배원이 주소지를 못 찾을 경우를 위해 휴대전화 번호를 꼭 알려주시기 바랍니다.

9차 선도수련 체험기

신 성 욱

2013년 8월 12일 삼공재 수련 249번째

삼공선생님이 나의 체험기(8차)를 보시고 호흡 길이(한 호흡 10분) 보다 질에 관심을 가지라 하셨다. 즉, 호흡 시간이 짧더라도 더 강한 기운을 경맥으로 보낼 수 있도록 노력하라니 이제 강가에서 놀지 말고 깊은 물속으로 뛰어들어 마음껏 다녀보라는 뜻인 것 같다.

2013년 8월 16일

선생님의 말씀에 따라 한 호흡을 5분(들숨, 날숨 각 2분 30초)으로 정하고 고요한 마음을 하단전에 집중하여 열기가 많이 모이도록 노력하고 있다. 이것이 강한 기운을 운기시키기 위한 사전 준비로 생각되나 바른 길인지 지나보면 알 것 같다. 요즈음 오른쪽 귀에 귀청이 많고, 눈은 자주 충혈되며 수련 30분 후 숨이 막히다 1시간이 지나면 정상으로 돌아온다.

2013년 8월 21일 삼공재 수련 251번째

어제는 백회가 냄비 뚜껑처럼 열려 김이 나간 후 닫혀 버렸고 오늘 삼공재에서 배 속이 뒤집히는 느낌이 4번 들었다. 수련 후 선생님이 삼일신고와 참전계경을 외우라 하여 저녁에 삼일신고를 두번째 읽던 중 백회에서 기운이 들어오니 참 신통했다.

2013년 9월 3일

저녁 수련시 백회가 바늘로 찌르는 것 같고 얼굴이 달아오르더니 그 열이 목까지 내려왔고 독맥(좌우 견갑골 중앙)에도 열이 나는 것 같다.

2013년 9월 7일

요즈음 빙의령으로 인해 자다가 숨이 막히고 허리가 아프지만 수련은 전보다 더 잘되고 있다. 백회로 자주 기운이 들어오고 수련이 끝날 무렵 천기는 백회를 지나 목까지 내려왔고 지기는 용천을 지나 종아리를 통과한 느낌이다.

2013년 9월 19일

저녁 수련 후 열기는 장심, 용천, 삼음교가 따뜻하고 하단전, 가슴, 옆구리는 차다. 누워서 수련시 손을 하단전에 올려 놓았더니 서로 감응효과가 생길 것 같은 느낌이고 오늘 처음 용천이 바늘로 찌르고 화끈거리는 느낌이 들었다.

2013년 9월 25일 삼공재 수련 261번째

수련 전 장심과 하단전의 열기가 같았으나 수련중 하단전이 차고 더운 것이 자꾸 반복된다. 삼공재 수련 후 집으로 오는 도중 배 속이 텅 비어있고 그 속에 맑은 공기가 가득 찬 기분이다.

2013년 10월 3일

이태리 여행을 위해 9월 28일 인천 공항을 떠난 지 5일째. 이번에는 여행사 단체관광이었다. 매일 버스로 6시간 이동 후 관광을 하는 일정에다 나는 아침, 저녁 1시간씩 수련하니 자는 시간은 6시간, 여행 3일째부터 혓바늘과 입술이 터질 것 같은 증상이 나타나면서 그때마다 천기가 들어와 없어지니 (하루 5~6회) 선도수련보다 더 좋은 약은 이 세상에 아무것도 없는 것 같다.

한 가지 이상한 것은 자다 다리에 힘을 주면 종아리에 큰 줄기가 생기며 마비되니 자면서 기를 받는지 근육이 뭉쳐 있는지 알 수 없었다.

2013년 10월 10일

정신 집중과 수련 향상을 위해서 한 호흡 5분을 6분 40초(10분을 3으로 나눔)로 늘였다. 호흡이 길수록 정신집중이 잘되니 한번 시도해 보았다. 누워서 수련시 장심을 하단전 위에 놓으니 장심과 하단전의 열기가 서로 감응하여 하단전이 따뜻해짐을 느낄 수 있었다.

2013년 10월 18일

10월 12일 서울을 출발, 스페인 바르셀로나를 관광중이다. 이곳을 찾는 관광객은 연간 2천 5백 만 명. 그 중 반 이상이 천재 건축가 가우디의 작품을 보기 위해 찾아온 것 같으며 그의 대표작 성가족 성당은 여름철 하루 입장객이 10만 명이라니 언제 우리도 저런 천재 건축가가 나올까?

오후 인근 몬세라트 대성당에서 단체 관람하던 초등학교 5학년 학생들이 우리보고 "싸이 싸이"하면서 양손을 맞잡고 강남 스타일의 말 춤 흉내를 내고 있었다. 미국을 지나 유럽을 열광케하는 우리 싸이(본명: 박재상)는 정말 대단한 인물이었다.

2013년 10월 28일 삼공재 수련 266번째

삼공재 수련 중 백회로 들어오던 기가 7cm 정도 이마 쪽으로 내려왔고 하단전의 열기가 장심과 같이 미지근하다. 수련 끝나고 집에 오는 길에 100m 달리기를 했다. 1978년 아픈 이후 35년만에 처음 뛰어본 것이니 이 기운이 하늘에서 내려왔는가?

2013년 11월 13일

구미에서 곡골까지 배꼽을 중심으로 원을 그리면서 나타났던 열기가 다시 찾아왔다. (금년 1월 22일~6월 10일의 증상) 그때는 배(하단전과 배꼽 주변)가 차가왔으나 이번에는 미지근한 것만 다르다.

삼음교에 열이 나다가 30분 후에 사라지고 오후에는 백회, 갈비뼈 밑, 삼음교에서 열이 나더니 수련 끝날 무렵에는 삼음교 열기가 아래 위로 퍼져 발 전체와 무릎 아래 15㎝까지 올라왔다. 하루에도 열기의 변화가 자주 일어나는 것 같다.

몸의 열은 장심의 촉각으로 판단하나 이것이 수련중에 차고 더워지므로 기준하기 어렵다고 생각되나 이것은 나중에 알게 될 것으로 생각하여 적고 있다.

2013년 11월 14일 삼공재 수련 271번째

삼공재 수련시 선생님 몰래 기를 훔쳐 보았다. 마음속으로 내 하단전의 기를 선생님의 하단전으로 보내 임맥을 타고 백회를 거쳐 다시 내 백회로 가져와 임맥을 통해 하단전으로 기를 돌려보니 더 많은 기운(시뻘건 굵은 쇳물이 선생님한테서 내 백회로)이 들어오고 장심에 열이 났다. 집에서도 선생님을 생각하며 기를 돌려보았다.

오늘 수련시 선생님께 여쭤보니 하단전에 기가 모여 대맥으로 돌고 나서 해보라 하셨다. 삼공재 수련시 하단전이 처음 따뜻해지는 것을 느꼈다.

2013년 11월 15일

어느 날은 삼음교가 제일 뜨겁고 어제는 백회가, 오늘은 갈비뼈 밑에서 곡골까지 둥그렇게 원을 그리며 그곳만 뜨겁다. 수련 중 오른쪽 종아리에서 허벅지까지 굵은 기운 뭉치가 움직이니 매우 아팠다.

2013년 11월 17일

전철을 타고 석수역에서 내려 시흥 뒷산과 삼성산을 거쳐 서울대 옆으로 내려오는 4: 10분 산행을 했다 오후 수련시 하단전이 장심보다 따뜻하고 손등이 장심보다 차가웠다.

2013년 11월 22일

수련 중 백회가 몹시 따갑고 아프다가 바위 덩어리가 깨지는 것 같이 꽝하고 무너졌다. 수련 후반에 방귀가 자주 나오고 속이 시원했다.

2013년 11월 23일

혈압이 150/94까지 올라가고 어지러워 병원에 다녀왔다. 그동안 뿌듯하게 생각하던 고혈압이 5년반 만에 찾아왔고 체온도 35.6도(6개월 동안 36.2도 유지)로 내려가 하루 종일 누워 있었다.

2013년 11월 29일

수련 끝나도록 장심이 차고 누워 수련시 장심을 하단전에 올려놓으면 하단전까지 차가워지니 장심을 통해 사기가 하단전으로 들어가고 있는 것 같다.

2013년 12월 5일

두 달 전까지도 나는 저혈압 증상이었는데 왜 갑자기 고혈압에 머리가 아플까? 하루에도 고혈압과 저혈압을 왔다 갔다 하니 고통이 이만저만 아니다.

2013년 12월 10일

수련중 백회에 무거운 쇳덩어리를 얹어 놓은 것 같고 수련 끝난 후 하단전 기운이 배꼽 오른쪽으로 5cm 이동한 느낌이다.

2013년 12월 12일

아침 수련 중 하단전의 기 뭉치가 자석의 힘으로 우측으로 끌려가는 느낌이며 오후 수련 중 가장 맑고 깨끗한 기운이 들어온 것 같으며 수련 전 열기는 첫째 용천, 삼음교 둘째, 장심 세번째는 몸통(하단전과 가슴)이 제일 차가웠으나 수련 1시간 30분 후 열기는 첫째 갈비뼈와 곡골을 연결하는 둥근원 두 번째 얼굴, 삼음교 세번째 하단전, 가슴, 용천 네 번째 장심이었다.

2013년 12월 14일

아침 수련 중 하단전 기 뭉치가 배꼽 우측을 통과하여 배꼽 위 5cm까지 올라왔다. 즉 하단전에서 위로 10cm 이동한 셈이다.

2013년 12월 18일

지난 월요일(12 / 16)부터 종아리 아래가 차갑고 왼손이 오른손보다 차다. 체온이 35.0도로 떨어지고 밤새도록 몸이 차서 깊은 잠을 못 이루었다. 수련시 츄리닝 위에 잠바를 걸쳐 입어도 콧물이 계속 나왔다.

2013년 12월 27일

혈압으로 응급실에 두 번(11 / 11과 11 / 19) 다녀왔고, 12 / 5일부터 혈압약을 먹었더니 부작용이 이만저만 아니다. 다리가 뒤틀리고 힘이 없어 움직이기 싫고 축 늘어진다. 손발이 차고 수련 후에도 하단전 장심, 용천이 차가웠다.

2014년 1월 2일

저녁 수련 40분 후 오른쪽 다리 허벅지에서 굵고 강한 줄기가 종아리로 내려가서 다리를 바꿔주었으나 조금 후 생각하니 기가 돌고 있는데 왜 다리를 바꾸었는지 후회되었다.

2014년 1월 10일

재진료 하니 고혈압이 아닌 것도 같다. 병원에서 2분 간격 15번을 자동 측정해도 최고 혈압이 100을 넘지 못하였다. 그러니 지난 약 50일간 고통은 나의 수련이 진전되는 만큼 몸 안의 질병의 찌꺼기가 나가고 새로운 기운이 들어와 내 몸을 한단계 업그레이드된 것인지 알 수 없었다.

2014년 1월 20일 삼공재 수련 289번째

이제 약을 안 먹고 수련에 정진하며 이겨볼 생각이다. 그러나 갑상선 호르몬은 부족하니 그것은 안 먹을 수 없다. 요즈음은 백회로 기운이 들어오지 않고 삼공재 수련시에도 별 진전이 없는 침체기이다.

2014년 2월 3일

2월 2일, 서울 출발 AFRICA TANZANIA 수도 DAR ES SALAM 공항 도착. 입국심사를 받으려 줄을 서서 기다리는데 공항직원이 나와 입국서류, 여권, 비자수수료 50$을 받아 가니 줄은 없어지고 외국인들은 4개 창구 앞에 모여 불안한 마음으로 기다렸다.

약 40분 후 내 이름을 못 읽어(외국인은 한글 발음 어려움) 여권을 창문으로 보여주며 찾았다. 그는 나의 얼굴 사진을 찍은 후 입국 VISA를 주었다. 나는 왜 다른 사람같이 열 손가락 지문을 찍지 않으냐고 물었으나 그냥 가라고 손짓을 했다. 돌아서 생각하니 늙은이가 여기까지 와서 죄 지을 힘이나 있소라고 묻는 것 같았다.

2014년 2월 10일

아침 최고혈압이 174가 나왔다. 가져온 혈압약 1일 0.5개를 한 개로 늘렸다. 오늘은 KENYA의 수도 NAIROBI를 떠나 5시간 만에 동물의 왕국으로 유명한 MASAI MARA 국립공원 앞 텐트 야영장에 도착해 여장을 풀고 사진을 찍고 있는 나를 보고 원주민 3명이 지나가며 어디서 왔느냐고 물었다.

나는 한국에서 왔다고 대답했다. 그중 하나가 남한인지, 북한인지를 물었다. 나는 세계 여러 곳을 다녔으나 북한 사람을 한 번도 본 일이 없는데 왜 물어 보는지 궁금했다.

이곳 KENYA는 현 미국 오바마 대통령의 아버지 나라로 그가 공식 석상에서 자주 한국과 케냐의 경제발전을 이야기한다. WORLD BANK

가 발표한 1인당 국민소득을 비교해 보면 1962년 한국 = 110$, 케냐 = 100$, 2011년 한국 = 20,870$, 케냐 = 820$ 정말 차이가 너무 난다.

2014년 2월 18일

BOTSWANA 여행중 생수 1리터를 샀다. 가격은 11 PULA(1 PULA = 우리 돈 140원) 나는 20 PULA 짜리 지폐 1장을 줬고 그는 계산기로 20 - 11 = 9 로 두들린 다음 9 PULA 를 거슬러 주었다. 나는 초등학교 1학년도 아는 것을 계산기로 장난하느냐고 불평했다.

MAUN에서 NAMIBIA로 가는 관광버스 운전기사가 월드컵 때 우리 관중들이 입은 붉은 악마 티셔츠(태극기와 한글)를 입었으나 밑에 UNITED KOREA 라고 쓰인 걸 보니 이곳에서 만든 모조품이었다.

그들 생각에는 UNITED 가 들어가면 미국, 영국같이 경제대국이라고 믿고 있는 느낌이 들어 한편으로는 반가웠다.

아프리카는 흑인 국가이고 그들은 대통령, 장관 등 권력을 가지고 있으나 이곳 항공기 승객이나 고급 음식점의 흑인 비율은 20% 내외로 경제력은 모두 백인이 가지고 있으니 지금도 유럽이 지배하고 있는 것 같았다.

2014년 2월 21일

아프리카 서쪽 NAMIBIA의 인구는 불과 2.1백만 명, 면적은 남한의 여덟 배, 우리 일행 휴대폰 중 SK만 터지고 KT, LG는 불통, 그런대 KAKAOTALK으로 무료통화가 되었다. 국내외국 모두 무료니 정말 좋았다.

우리 일행 15명이 이곳에서 환전을 했다. 담당자는 여자 1명뿐 조금 후 상급자로 보이는 남자가 나타나 여직원의 환전 과정을 자세히 체크하고 있었다. 여직원은 위폐 여부, 여권 복사, 환전에 정신이 없다.

나중에 그 남자는 여권 복사 하는 일을 도왔다. 우리 같으면 그가 지점장이라도 직접 환전해 주었을 것이다.

이번 여행 3일 후부터 설사로 기운을 잃었다. 이곳 음식이 비위생적이라는 것을 알고 생수와 익힌 것만 먹었으나 사막 투어에서 주는 야외 도시락은 안 먹으면 배고프고 먹으면 탈이 나니 이때 오행생식을 가져갔더라면 얼마나 좋을까 하고 후회했다.

이번 여행 중 매일 하루 2시간씩 수련을 했으나 계속되는 설사로 기는 점점 약해지고 2월 19일부터 수련후 바로 장심에서 열이 나고 바늘로 찌르는 느낌이 삼공재 오기 전(약 5년)부터 있었지만 이것이 갑자기 사라져 버려 제일 아깝고 또한 하단전과 손발이 차가워지니 걱정이다.

2014년 2월 22일

NAMIBIA SOSSUSVLEI 텐트 야영장, 배가 차가워 잠이 안 왔다. 태어난 지 72년 2개월 노쇠의 물결은 더욱 빨라지고 이를 헤쳐나갈 힘은 부족하니 물결에 그냥 떠내려 가고 있다. 왜 체력도 없으면서 선도수련을 시작했는가?

폐결핵 3년, 간염 12년을 투병하며 몸이 황폐해진 것을 알면서 무슨 욕심으로 가지 못할 길을 들어섰는가?

아니다. 며칠만 기다려다오. 내 귀국해서 열심히 수련하면 틀림없이 회복할 자신이 있다. 3년 전 남산을 계단으로 오르지 못하던 내가 선도수련으로 2012년 11월 그린파크 호텔을 출발 북한산 백운대(837m)에 올라 선도 만세, 삼공 선생님 만세라고 외치던 날을 생각하며 하룻밤을 보냈다.

2012년 2월 27일

태양이 적도를 중심으로 매년 북회귀선과 남회귀선을 왕복하므로 남극이든 북극이든 하지의 낮 길이는 이론상 같다는 생각이 들어 재미로 알아보려고 인터넷으로 낮시간을 조사하고 떠났다. 나는 천문, 지리의 전문가가 아니므로 장비도 없는 주먹구구식이다.

남아공화국 CAPE TOWN은 남위 33도 55분, 우리나라 서귀포시는 북위 33도 15분 적도를 중심으로 남북으로 거의 같은 거리에 위치하고 있다.

CAPE TOWN의 2014년 2월 26일은 남극에서 하지 지난 68일째 이곳에서 낮시간을 측정하니 12시간 55분(나는 일출은 구름 위 햇살로, 일몰은 주변 어두움으로 측정), 서귀포의 하지(2014년 6월 21일) 지난 68일은 2014년 8월 28일, 이때 낮 시간은 12시간 59분으로 4분의 오차가 나지만 내 측정이 부정확하니 같다고 본다면 같은 위도에서 북극, 남극의 하지는 6개월의 간격을 두고 낮시간이 같다고 할 수도 있지만 1년 중 하루를 보고 전체를 판단하는 바보들의 노래일 뿐이었다.

귀국 비행기가 남아공화국 CAPE TOWN에서 ETHIOPIA 수도 ADDIS ABABA에 도착 후 다른 비행기로 갈아타는 시간, 나는 미리 준비한 편지와 50$를 공항직원에게 주었다. 에티오피아는 6.25 참전으로 고귀한 121명의 젊은이가 전사, 600명이 부상하는 등 우리를 위해 피를 흘려준 고마운 나라. 작은 돈이지만 이곳 사랑스러운 어린이의 교육을 위해 기부한다고 적었다.

이번에 방문한 아프리카 국가들은 말은 있으나 문자가 없어 자기 역사를 후손에게 전하지 못했다. 예를 들면 세계 3대 폭포 중 하나인 VICTORIA 폭포를 영국인 탐험가가 발견하고 당시 자기나라 여왕 이름을 따서 폭포 이름을 지었다니 얼마나 황당한 일인가?

이곳 원주민들이 수천 년 간 살아오며 많은 전설과 실화가 있었지만 문자가 없어 기록으로 남기지 못했으니 이 나라 국민들은 얼마나 속이 상할까?

우리 일행이 케냐의 마사이마라 국립공원 옆 초등학교를 방문할 때 교실에는 요일과 월을 영어로 써서 줄에 걸어 놓고 가르치고 있었다.

아프리카도 같은 지구촌이다. 우리 모두 다같이 잘살려면 그 나라 국민들이 남보다 더 부지런하고 잘살아 보려는 굳은 의지가 있어야 하지만 내가 다녀본 곳 모두 가게의 주인은 백인, 흑인은 종업원, 게으르고 나태한 그들을 누가 도와주겠는가?

2014년 3월 1일

귀국한 지 2일이 지났다 수련시 하단전이 미지근해지고 장심에 열이 나기 시작하니 기운이 생긴다. 그 지독한 아프리카의 설사도 귀국 후에는 소리없이 사라졌다.

2014년 3월 3일 삼공재 수련 292번째.

선생님께 귀국 인사 후 수련하니 장심만 조금 따뜻하고 다른 곳은 모두 차운 기만 없어졌다. 며칠 전부터 수련 중 케냐에서 사자의 밥이 된 내 몸의 10배나 되는 코뿔소가 자꾸 나타나는 것으로 보아 그것이 나에게 빙의 된 것 같다.

2014년 3월17일 삼공재 수련 296번째

엊저녁 자다 하단전 우측 배 속에서 큰 뭉치가 소용돌이쳤고 삼공재 수련 중 백회 위에 태양이 떠있다가 조금 후 굵은 파이프로 서로 연결되었고 백회에 바늘구멍이 여러 개 뚫려 더 넓게 기운이 들어왔다. 수련 후 몸에 열기는 모두 비슷. 이제 아프리카 가기 전 기력이 회복되었다.

2014년 3월 31일 삼공재 수련 300번째

내가 처음 선생님을 찾은 2010년 6월 15일은 퇴직 후 3달이 지나 무엇을 찾아 이루고 싶은 마음이 있었고 나 혼자 수련 5년으로 고혈압과 잔병이 없어졌으나 더 이상 진전이 없었다.

선생님이 요구하는 매일 조깅과 1주일에 한번 등산을 못 하지만 선도체험기를 85권까지 읽으며 마음공부를 했고 나같은 체력이 부족한 사람도 수련에 전념하면 될 수도 있다는 것을 보여주고 싶은 오기도 생겼다.

그러나 삼공재 수련 300번에 세월이 3년 9개월이 지났지만 갈 길은 멀기만 했다. 선생님의 기를 받을 능력을 기르는 데 6개월이 필요했고 지금도 선도의 기본인 호흡 또한 마음대로 되지 않으며 자기 감정을 통제하기 위한 정신 집중도 어렵다.

수련중 하단전에 집중된 의식이 정신차리지 않으면 곧 다른 곳으로 가버리며 수련시간은 매일 도인체조와 마무리 체조까지 매일 5시간이지만 지금 나의 수련 상태는 하단전의 기 뭉치가 10cm 이동이 한번 있었고 하단전에 열은 미지근하며 백회에 작은 구멍이 몇 개 뚫려 따가운 기운이 조금씩 들어오고 한 호흡은 6분에서 10분.

이번에는 내 몸에 대하여 살펴보자. 삼공재를 다닌 후부터 기가 되살아나고 체력이 강해져 모든 일에 자신감이 생겼다.

선생님한테 오기 전에는 무릎이 아파 서울역에서 남산까지 도로를 따라 50분 걸은 다음 남산타워에서 버스를 타고 내려왔으나 수련 13개월(2011년 8월 2일)후에는 남산 팔각정을 계단으로 오르내렸으며 (1: 30분), 2012년 11월 27일에는 북한산 백운대(높이 837m, 5:40분 소요)를 올랐다.

남들은 70이 넘어 용기를 잃은 노인이 되었으나 나는 체력을 회복하고 자신감을 얻어 중국 30일, 남미 43일, 동남아 60일, 아프리카

27일, 미국 15일 등의 해외여행을 다녔고 특히 동남아 60일과 미국 여행 15일은 나 혼자 배낭여행으로 다녀왔다.

이 모든 것이 나에게는 기적에 가깝고 나는 선도의 최대 수혜자이니 나에게는 이보다 더 좋은 보약은 없다. 요즈음 많은 사람들이 여러 건강 프로그램에 참가하고 있지만 선도만큼 우리에게 마음과 몸을 되찾는 프로그램은 없어 보인다.

지금 나의 목표가 금생에서 백회가 열려 우주의 기를 받을 수 있는 대주천까지 수련할 수 있을지는 알 수 없지만 다음 생에도 금생과 같이 열심히 수련할 생각이다.

2014년 4월 11일

수련 시작 불과 8분 후 백회가 아프면서 작은 구멍으로 기가 들어왔고 수련 끝난 후에도 백회가 바늘로 찌르는 느낌이다. 하단전이 열이 나는 느낌이나 만져보면 미지근하다. 아침에 자고 일어나면 허리와 옆구리가 많이 아픈 것은 기가 뚫리는 현상으로 보인다.

2014년 4월 28일 삼공재 수련 308번째

삼공재 수련시 백회가 몇 번 무너지고 주변이 따갑고 기운이 더 잘 들어 왔다. 수련 중간부터 몸+마음=NOTHING 이라는 생각이 자꾸 떠올랐다.

작년 11월부터 백회로 기가 조금씩 들어와 내 몸이 서서히 변하면서 생기는 명현현상과 빙의령으로 혈압과 설사가 계속되는 것인가?

지금 혈압약 중지 한 달이 지났고 체온도 전과 같이 돌아왔다. 아프리카 여행중에 실망했지만 귀국 후 수련하니 그전보다 기운의 질이 향상되었으니 알다가도 모를 일이고 평소 마음은 선도에 있으나 아프면 병원부터 찾는 겁쟁이고 두 번이나 응급실을 달려가는 그저 보통사람일 뿐이다.

삼공선생님께

수련이 순조롭게 나가다 지난 11월부터 몸에 병(?)이 생겨 많은 고생을 했으며 아직도 끝나지 않았지만 기운은 전보다 강하면서 잘 되고 있습니다.

이렇게 명현현상이 길게 진행될 수도 있는지요? 체험기를 써놓고 한, 두 달이 지나보면 앞뒤가 맞지 않아 며칠분은 지웠습니다.

2014년 5월 9일 신도림에서 제자 성욱 올림

[필자의 소감]

수련 중에 일어나는 내과 계통의 병은 거의 다 명현현상으로 보아도 됩니다. 명현현상이 자주 일어나는 것은 그만큼 수련이 잘 진행되고 있다는 신호입니다. 명현현상을 기몸살이라고도 하는데 기몸살은 일주일 안으로 끝나는 수도 있지만 3개월, 6개월, 1년씩 가는 수도 있습니다.

수련을 해 보지 못한 대부분의 의사들은 기몸살과 질병을 구분하지 못하여 오진을 하는 수도 있으니 조심하시기 바랍니다. 하단전에 축기를 하시어 소주천이 될 수 있도록 집중해 주시기 바랍니다.

제가 보기에 신성욱 님은 여전히 젊은 사람들보다도 수련이 훨씬 잘되고 있으니 자신감을 갖고 계속 정진해주시기 바랍니다.

전질 다 읽고 나서

스승의 날을 맞이하여 스승님께 감사 인사 올립니다. 감사합니다. 삼공재에서 수련할 수 있음에 대하여 너무나 기쁘고 소중하게 생각되어 감사드립니다.

오랜 시간 후학들에게 길을 밝혀 이끌어 주심에 너무너무 감사드립니다. 고맙습니다.

스승의 날 감사를 위해 찾아뵙지 못하고 E-mail로만 대신하는 걸 매우 송구스럽게 생각합니다.

항상 스승님에 강건하심을 기원하면서.

2014년 5월 15일 경북 경산에서 지안 올림.

PS: 선도체험기 열심히 읽고 열심히 수행하고 있습니다. 전질 다 읽고 나서 E-mail 드리고 찾아뵙겠습니다.

[회답]

기다리고 있습니다.

수련 현황 보고

삼공 김태영 작가님께

안녕하십니까? 저는 삼공 김태영 작가님의 애독자 김택수입니다. 우선 수련 상황부터 말씀드리겠습니다.

몸 공부

애향 운동장 현재 다섯 바퀴 달리기하고 있습니다. 조금씩 늘려갈 예정입니다. 팔굽혀펴기 21회씩 3Set, 평행봉 10회씩 3Set, 누워서 다리 들었다 내렸다 15회, 등산은 쉬고 있습니다.

이번주 일요일 한라산 어승생 난코스 1시간 거리 다녀올 예정입니다.

오행생식 표준 하루 3개 복용, 솔잎 생강차 복용. 현재 6~7성에서 4~5성으로 조금씩 회복 중입니다.

기 공부: 1~3성이 될 때까지 쉼.

마음 공부

한자 공부. 천자문 공부 중입니다. 선도체험기 1권부터 다시 읽으려고 결심했습니다. 소설 단군에서 필사해 가지고 다니는 천부경, 삼일신고, 참전계경 읽기, 구도자 요결 결제 배달 대기 중입니다. 이상입니다.

소설 단군 1~2권 종이책 구입하고 싶은데 안 팝니다. 선도체험기 9~10권도 품절입니다. 물론 저는 헌책방에서 선도체험기 8~10권을 구할 수 있었습니다.

예전에 고등학교 3학년 때 친구와 함께 가까운 오행생식원에 가서 오행생식 교육을 받았습니다.

맥보는 법은 사람이 많이 없어서 이론만 배우고 실기는 못 배워서 체질점검 하는 법은 모릅니다.

이메일을 보내는 이유는 소설 단군 1, 2권 종이책을 구입할 수 있을까 해서 묻습니다. 6월 20일에 입금해 드리겠습니다.

김종윤 사학가님 책은 선도체험기에 나온 번호로 전화하니 구입할 수 있었습니다.

한국인에게 역사는 있는가, 인물로 본 조선사의 허구 상, 하를 구입하여 읽고 있습니다.

천일염으로 양치질하고 그 다음에 치약으로 양치질을 하니 이빨에 씌운 크라운이 모두 빠졌습니다. 안경을 꼭 필요할 때만 쓰고 그 외에는 쓰지 않고 있습니다.

선도체험기에 나온 '되지못한 사방치료를 하면 천벌을 면치 못 할 것이다'는 꼭 의사가 되면 천벌을 받는다는 말로 오해할 수 있을 것 같습니다.

차라리 '되지못한 사방치료를 받으면 누구나 천벌을 면치 못 할 것이다'가 이해가 쉽지 않을까 합니다.

이상입니다. 안녕히 계십시오.

4347(2014)년 5월 22일 목요일 제주도에서 김택수 올립니다.

[회답]

선도 수련하는 사람은 단전호흡을 쉬면 안 됩니다. 소설단군 종이책 1, 2권을 구입하려면 배달료 포함해서 2만원을 국민은행 431802-91-103970(예금주 김태영)에 입금하시고 정확한 주소를 이메일로 알려주면 됩니다. 사방치료에 대한 충고는 다음 출판시 시정할 작정입니다.

빙의에 대한 질문

안녕하세요? 선생님. 조성용입니다.

토요일 삼공재 수련시 질문드렸던 빙의 문제에 대해서 말씀드립니다. 기분이 약간 우울하고 또 좀 피곤하기도 하여 빙의가 아닐까 의심되는 경우 집중적으로 관을 해보면 이렇다 할 뭐가 느껴지지 않는 때가 종종 있습니다.

이런 상황이 제게는 참 어려운데요. 기간도 상당이 길고 경험상 영력이 상당히 강한 것으로 느꼈습니다.

그날도 그랬는데 역시나 빙의였었나 봅니다. 수련을 마치고 일어서는 저에게 자주오는 게 좋겠다 하실 때 직감적으로 아주 심하게 빙의됐구나 느꼈습니다.

오늘 아침이 되어서야 우울했던 기분이 많이 밝아지고 몸도 가벼워져 잠든 중에 천도가 되었나? 그럼 나 때문에 스승님께서 주말 이틀 동안이나 빙의령에 시달리신 게 아닐까! 이런 생각이 들자 스승님께 죄송한 마음과 감사한 마음이 듭니다. 고맙습니다 선생님.

그런데 지금 눈이 뻑뻑하고 열이 오르는 걸 볼때 아직 완전히 천도가 된건 아닌가? 아님 다른 빙의령인가? 이런저런 생각이 일어납니다.

혹시 스승님께서 기억나시는 게 있으시다면 알려주시면 저에게 많은 도움이 될 것입니다. 꼭 좀 부탁드립니다.

이제 시급한 농사일은 마무리되었으니 자주 찾아뵙겠습니다.

그럼 안녕히 계십시오.

대전에서 조성용 올림.

2014년 6월 2일 조성용 올림

[회답]

나는 빙의가 되더라도 이틀씩 가는 일은 별로 없으니 그 점은 걱정하지 않아도 됩니다. '지금 눈이 빽빽하고 열이 오르는' 것은 새로 빙의가 된 것입니다. 계속 관을 하다가 보면 천도가 될 것입니다.

빙의령과도 친해져야

조성용입니다. 걱정하지 않아도 된다시니 참 다행입니다. 눈이 뻑뻑하고 열이 오르는 등 표가 나는 빙의는 사실 별 걱정하지 않습니다. 얼마 걸리지 않아 천도될 걸 잘 아니까요.

진짜 조심스러운 건 빙의인지 뭔지 도무지 모르겠는 경우인데, 앞으론 이런 때 무조건 빙의라고 보려합니다. 지금까지 돌이켜 봤을 때 그게 맞는 것 같거든요.

변함없는 지도에 감사드리며 이만 인사드립니다. 토요일에 뵙겠습니다.

2014년 6월 2일 조성용 올림.

[회답]

빙의령과도 자주 상대하다 보면 자기도 모르는 사이에 도가 트는 때가 올 것입니다. 비의령을 귀찮은 존재로만 여길 것이 아니라 이웃처럼 친숙한 사이로 지내기 바랍니다.

선도체험기 독후감

문지안

내가 선도체험기를 구독하게 된 것은 제주 서사라 수지침학회에서 수지침을 배울 때였다. 그때 고급반(음양맥진반)을 이수하면서 자연스럽게 맥 보는 법과 치료에 보탬이 되는 오행생식을 배웠었다.

그때 교재로 선도체험기 8, 9, 10권을 공동 구매하여 보게 됐는데 내용이 아주 재미있어서 선도체험기를 1권부터 다시 개인적으로 구입해서 처음부터 구독하게 되었다.

선도체험기를 구독하면서 나에게 가장 보탬이 된 것 중 하나가 관법이었다.

역지사지 방하착 관법

어떤 일에 부딪치면서 발생하는 짜증, 억울함, 분노, 감정의 찌꺼기들을 바라보면서 상대와 나의 처지를 바꿔서 보는 역지사지 관법은 처음에는 감정이 개입되어 잘 잡히지 않았다.

그래도 시간이 흐르면서 계속 역지사지 방하착을 하다보니까 조금씩 조금씩 관을 하는 게 되어 가는 것이 보였다.

마음을 차분히 하고 특히 감정이 배제되어야 훨씬 수월하게 되었다. 그리해도 역지사지가 안 되는 부분은 하단전에 내려놓고 방하착을 하였다.

처음에 방하착을 하는데는 망막하고 꽤 많은 시간이 걸렸는데 그냥 행하는 것보다 모든 일은 인과응보로 이루어진다는 것을 이해하고 믿고 확신하니까 훨씬 더 빠른 시간에 방하착이 되어갔다.

특히 좌선시에 번뇌 망상이 올라올 때 하단전에다 하나씩 올려다 놓으니 화롯불에 눈송이 녹듯이 사라졌다. 참 신기하다고 생각했다.

맨 처음에는 시간도 많이 걸리고 되는 둥 마는 둥 감이 안 잡혔는데 한시간, 십분씩 걸려 응어리가 풀리면서 편안한 시간들이 나중에는 십분에도 되고 어떤 건 일분 동안에도 되고 나중에는 습관이 되면서 번뇌망상이 뜨자마자 하단전으로 옮기려는 순간 저절로 녹아버리기도 했다.

행주좌와어묵동정 염염불망의수단전. 역지사지 방하착하는 관법이 나름 나 자신을 보게 만들어 줬다.

내 성격이 보이고 내 행동이 보이고 내 감정이 훨씬 선명하게 보이면서 내가 하는 행동들을 바로 내 뒤에서, 내 위에서, 내 옆에서 보게 되었다.

내가 나를 냉정하게 보게 되고 조절하는 게 가능해지기도 하고, 나 스스로 나에게 위로해 주기도 하고 냉정하게 상황을 판단하고 조언해주는 변하지 않는 또 하나의 확실한 친구를 얻게 되었다.

금 연

어릴 때(중, 고등학교)부터의 내 좌우명은 굵고 짧게 살자였다.(내 나이 십대) 물론 나중엔 내가 뭘 하다가 죽으면 소원 없이 웃으면서 갈까? 내가 하고 싶은게 뭔가? 돈, 명예, 권위…….

고민 고민하면서 찾은 게 공부하다 죽으면 제일 맘이 편할 것 같아서 공부하다 가자로 좌우명을 바꾸었다.(내나이 삼십대)

내가 제일 좋아하는 게 담배였다. 보통 하루에 담배 한갑 반에서 두갑 정도를 피웠고 고민이 심할 땐 3갑도 피웠다.

사회 분위기도 그렇고 꼴초들이 애국자라고 농담할 정도로 많은 상황들이 담배를 피우게 만들어 줬다.

담배 피는 게 멋있다고 생각하는 이들이 많았고, 버스에서도 흡연하고, 심지어 비행기에서도 흡연석이 있었고, 좌석 손잡이에 재떨이가 달려 있어서 흡연하기 편리했다. 지금은 물론 상상도 못할 일이지만 그땐 그랬다.

친구들끼리 누가 담배 끊는다고 하면 담배를 끊는 건 독한 사람만 한다며 자기는 독한 놈 하고는 친구 안 한다고, 앉은 자리에 풀도 안 날 놈이라고 비아냥댔다.

내 자신도 친구가 담배와 여자 중 하나만 택한다면 어느 쪽을 택할래? 했을 때 주저없이 나는 담배라고 말할 정도로 꼴초였었다.

그러던 내가 기침감기가 좀 심해 금연을 해야할 필요성이 생겼다. 짧은 기간일지라도 금연을 시도하기로 했다.

금연을 시작한 지 만 하루가 지나자 불안하고 초조하고 속쓰리고 특히 식후에 담배 생각이 간절했다.

다음 날이 되면서 점차 몸 컨디션이 인내의 한계를 벗어나기 시작했다. 손가락 끝이 알콜 중독자처럼 떨려오고 심장이 등등거리며 뛰는게 무섭게 내 귀에 들려오고 왕짜증에 천년 만년 살 것도 아닌데,,, 심하게 감정에 흔들렸다.

육체적으로 정신적으로 작심삼일도 아닌 이틀만에 금연을 결국 포기했었다. 그 당시 예상보다 매우 심각한 금단 증상에 그 후로 금연은 아예 생각을 안 했다.

더불어 오래 살려는 바람도 없는데 담배를 끊어야 할 이유가 없었다. 작심 이틀이 부끄럽고 창피하고 자신감이 확 줄어드는 게 주변에 금연 이야기를 안 하고 시도한 게 다행이라고 생각했다.

그리하여 일차 금연 시도는 무참하게 실패하고 내 의지력도 많이 상하여 자신감이 두루두루 많이 약해졌다.

그후에는 금연한다는 생각을 한번도 해본적이 없다. 왜냐하면 금연을 시도했다 실패하면 그때마다 정신력, 의지력이 많이 약해지는 걸 느꼈기 때문이다.

그런데 어떻게 금연에 성공했냐면 담배 피우는 내 모습을 계속 지켜봤다. 피우고 싶어하는 모습, 피우면서 즐거워하는 모습, 생 담배향을 음미하는 모습, 담뱃재를 터는 모습 등등 한 장면 한 장면을 보고 또 보고 계속 봤다.

어느 한 순간 자신감이 생길 때까지 계속 봤다. 자신감이 생기면 좋고 안 생기면 말고 하는 마음으로 지겹게 봤다.

대략 석달 정도 지나자 한순간 이제는 끊을 수도 있겠다는 자신감이 들었고 그 순간에 그냥 끊어버렸다.

그냥이란? 담배를 끊어도 좋고 못 끊어도 좋고 하는 중간의 마음이랄까? 세밀하게 보면 긍정 대 부정이 51 대 49 즉 담배 끊으면 좋고가 51%, 못 끊어도 좋고가 49%의 마음으로 그냥 했다.

물론 이번에는 니코친 부족으로 몸에서 일어나는 부작용(손떨림, 맥동성 심장박동 이명)을 염려하여 팔에다 붙이는 니코친패드를 사용했다. 그 덕분인지 전혀 부작용이 나타나지 않았다.

심지어 손떨림 맥동성 심장박동 이명은 물론 왕짜증도 없이 그냥 아주 자연스럽게 담배를 끊었다.

격한 마음이 아닌 부드럽고 순한 마음으로 신기하게 담배를 끊었다. 계속 지켜보는 힘이 신비하고도 참 크다는 것을 경험했고 그냥이라는 말뜻을 제대로 경험하였다.

그 이후에 힘들고 어려운 일이 앞에 있을 때는 그냥 '되면 좋고 안 돼도 좋고'라는 마음으로 임했더니 뜻 밖에 좋은 결과를 얻었고 수련(기도)할 때도 역시 좋은 결과를 얻었다.

이번 생에는 담배를 절대로 못 끊을 줄 알았는데 뜻밖에 금연할 수 있음에 지금 이 순간도 흐뭇하고 뿌듯하다.

오행생식

대략 16년쯤 전에 오행생식을 6개월 정도 했었다. 그때 100% 오행생식은 아니고 하루 두끼 생식하고 한끼는 일반식으로 했다. 단전호흡을 하면서가 아닌 그냥 수지학회에 생식 대리점이 있어서 구입하기 쉬웠고 생식 효과를 경험해 보고자 오행생식을 했다.

복용은 가루 그대로 씹어먹고 물 조금 마시고 했었다. 그러던 중 점차 점차 담배 냄새가 싫어져 가더니만 급기야 역겨워져서 토할 정도로 속에서 쓴물이 목구멍까지 솟아올라 왔다.

결국에는 담배를 피우는 데 곤란한 몸 상태가 되버렸다. 담배연기, 냄새 땜시 욕지기가 계속 올라왔다. 옆 사람이 담배 피워도 견디기가 힘들었다. 사무실에서 누구나 다 담배 피던 시절이라 더 힘들었다. 그 당시에 내게 담배는 큰 즐거움 중의 하나였었다.

결국에는 오행생식을 끊었다. 그때는 자신이 있었다. 나중에 금연하고 싶을 때 다시 오행생식을 하지 뭐 하면서 담배 계속 피는 쪽을 선택하고 오행생식을 끊었다.

에구에구~ 오행생식을 1년전부터 시작했지만서두 예전에 그 생각은 커다란 착오였었다. 첫째로 오행생식이 이제는 몸에서 안 받아줬다. 생식을 복용하고 20분쯤 지난 후 위에서 목구멍으로 밀쳐 올라왔다.

처음에는 쉽게 생각했다. 지가 배고프면 당연히 먹겠지 했다. 그러나 먹는 게 문제가 아니라 먹고난 후에 소화가 안 돼서 밀어 쳐 올리는 데는 방법이 없었다. 우선은 살살 다스리기로 작정하여 미역국 된장국 김치 오이 콩나물과 같이 들었다.

반찬과 국을 같이하니까 한결 속이 수월해졌다. 그런데 세끼 생식을 하니까 배가 살살 아프면서 계속 설사끼가 이어졌다. 그래서 하루 세끼를 두끼 생식으로 바꾸고 한끼는 밥으로 바꾸었다.

그러면서 속에서 치미러 오르는 욕지기가 조금씩 내려가기 시작하면서 속이 편안해져 갔다. 그러다가도 다시 하루 세끼로 바꾸면 여지없이 설사끼가 다시 생겼다. 그 이유를 막연히 과민성 대장증후군으로 장이 약해서 그런가보다 하고 추측만 할 뿐이었다.

이번에 선도체험기 107권까지 못 읽었던 분량을 한꺼번 벼락치기로 하루에 6시간 이상을 읽어 나갔다. 보름쯤 지나면서 갑자기 배탈이 났다.

오후 5시경에 배가 살살 아프더니 내리 물설사로 다섯번씩이나 화장실을 들락거렸다.

기운은 빵빵하게 몸에 가득 차서 돌리는 대로 잘 돌아간다. 왠만하면 참고 견디자고 다짐했다. 배가 아팠다 안 아팠다를 계속 반복하다가 점차 통증이 심해져 밤 12시 넘으면서 도저히 견딜수 없는 통증으로 커졌다. 위경련 비슷했다.

결국 밤 1시에 택시 타고 병원 응급실로 갔다. 가다가 과속방지턱에 택시가 출렁임에도 배가 많이 아팠다. 응급실에서 수액주사에 적당한 처방을 받고 세 시간만에 돌아와서 이틀 동안 내내 잠이 들었다. 계속 자도자도 졸리고 졸렸다.

그 사이에 5킬로 살이 빠졌다. 장염에는 굶는 게 제일 좋다고 약도 왠만하면 안 먹는게 좋다고 의사는 말했다.

속이 심하게 치받쳐서 생식을 못 하고 죽으로 조금씩 조금씩 회복해 간다. 장에 탈이 난 부분 세 곳이 확연하게 느껴진다. 전화위복으로 삼아야 되겠다는 생각이 든다. 또 한편으로는 생식이 소화 잘 될 때 쭉 안 들고서 사서 고생이다. 잘될 때는 무조건 열심히 하자. 내게 스스로 조언을 각인한다.

제게 선도체험기 독후감을 쓰라고 하신 말씀에 녜~ 하고 대답한 거는 독후감을 잘 쓸 수 있어서가 아니라 스승님이 시키면 무조건 행하는 게 기본 도리라 생각했기 때문이었습니다. 나름 독수리 타법으로 열심이 했습니다. 글솜씨가 없어서 송구합니다. 오래오래 건강해 주십시오. 감사합니다.

2014년 6월 12일 경북 경산에서 지안 올림

[필자의 논평]

내 경험에 의하면 설사가 날 때는 설사가 멎을 때까지 무조건 굶는 것이 제일입니다. 나는 문지안 님이 선도체험기를 최근에 107권까지 한 질을 다 읽었다고 하시기에 독후감을 좀 써보라고 권했는데, 막상 써 보내 주신 것을 읽어보니 독후감의 극히 일부만을 읽은 느낌입니다.

역지사지 방하착 관법, 금연, 오행생식 이외의 주제들에 대해서도 가능하면 지금까지 써 온 것만큼 계속 더 써 보내주시기 바랍니다.

금언金言과 격언格言들

쇠후원얼, 도시성시작적衰後冤孼, 都時盛時作的. - 여곤(呂坤, 명나라 후기의 사상가)의 속소아어續小兒語 -

쇠망한 뒤에 받은 원망과 죄악은 모두 융성할 때 만들어 놓은 것이다.

사위지기자사, 여위열기자용士爲知己者死, 女爲悅己者容. - 전국책戰國策 -

선비는 자기를 알아주는 이를 위해서 목숨을 바치고, 여자는 자기를 행복하게 해주는 이를 위해 몸단장을 한다.

채찍 맞은 좋은 말처럼
부지런히 힘써 수도하라.
마음과 계율과 정진으로
정신을 가다듬고 진리를 찾으라.

지혜와 덕행을 갖추고
깊은 명상으로 고통에서 벗어나라. - 법구경 -
선비가 벗을 시기하면 어진 벗과 사귈 수 없고,
임금이 신하를 투기하면 어진 신하가 찾아오지 않는다. - 순자荀子 -

서로 다투는 철학자들의 논쟁을 초월하여
진정한 깨달음의 도를 얻은 사람은
'나는 지혜를 얻었으니 이제 남의
지도를 받을 필요가 없다'고 알아,
무소의 뿔처럼 혼자서 가라. - 숫타니파타 -

어귀탈쇄, 불가타니대수語貴脫灑, 不可拖泥帶水. - 엄우(嚴羽, 송나라의 시인)의 창랑시화滄浪詩話 -

말은 깔끔해야 귀티가 난다. 흙탕물 같은 군말이 섞여서는 안 된다.

물대는 사람은 물을 끌어들이고
궁장은 화살을 곧게 한다.
목수는 재목을 다듬고

유덕한 사람은 자기 자신을 가다듬는다. - 법구경 -

하늘은 녹祿 없는 사람을 내지 아니하고,

땅은 이름 없는 풀을 기르지 아니한다. - 명심보감 -

* 이 세상에 태어나는 사람은 누구나 다 태어날 만한 이유가 있어서 태어나는 것이고, 삼라만상 역시 다 존재할 만한 이유가 있다는 뜻이다.

탐내지 말고 속이지 말며,

갈망하지 말고 남의 덕을 가리지도 말며,

혼탁과 미혹을 버리고 세상의 온갖 집착에서

벗어나, 무소의 뿔처럼 혼자서 가라. - 숫타니피타 -

화복무문, 유인자소禍福無門, 唯人自召

화복이 스스로 찾아가는 문은 없다. 단지 부르는 사람에게 제 발로 찾아갈 뿐이다.

화려한 임금의 수레도 닳아버리듯

이 몸도 늙어버리지만,

착한 이의 가르침은

진리의 샘물 되어 시들지 않는도다. - 법구경 -

큰 부자는 하늘이 내고 작은 부자는 부지런함에서 나온다. - 명심보감 -

의롭지 못한 것을 보고 그릇되고 굽은 짓에
사로잡힌 나쁜 친구를 멀리 하라.
탐욕에 빠져 게으른 자를 가까이 하지 말고,
무소의 뿔처럼 혼자서 가라. - 숫타니파타 -

노요지마력, 일구견인심路遙知馬力, 日久見人心

먼 길을 가보아야 말의 힘을 알 수 있고, 오래 사귀어 보아야 사람의 마음을 알 수 있다.

독서파만권, 하필여유신讀書破萬卷, 下筆如有神. - 두보杜甫 -

만권을 책을 독파했더니 붓을 들자 신들린듯 글이 써지더군.

모미발이사인지지謀未發而使人知之, 미유불태자야未有不殆者也. - 소철蘇轍 -
꾀한 일을 시행 전에 남에게 알리고도, 실패하지 않는 일은 없다.

배움이 적은 사람은
육신의 살은 찌지만
지혜는 자라지 않아
육우처럼 늙어갈 뿐이다. - 법구경 -

자수성가自手成家한 집 아이는 똥 아끼기를
돈 아끼듯 하지만 패가망신敗家亡身한
집 아이는 돈을 똥처럼 하찮게 여긴다. - 명심보감 -

* 우리나라가 산업화되지 전까지만 해도 농가에서 인분은 가장 소중한 비료였다.

추위와 더위, 굶주림과, 갈증, 바람,
그리고 뜨거운 햇볕과 쇠파리와 뱀,
이러한 모든 것을 이겨내고
무소의 뿔처럼 혼자서 가라. - 숫타니파타 -

기책인야중이주其責人也重以周, 기대인야이약其待人也以約. - 한유(韓愈, 당나라의 문학가, 사상가) -

자신을 꾸짖을 때는 엄중해야 하고, 남을 꾸짖을 때는 간략해야 한다.

사불삼사, 종유후회事不三思, 終有後悔.

세 번 생각해보지 않는 일은 끝내 후회를 낳는다.

이 집 지은 이를 찾아
이리 기웃 저리 기웃 하였건만
찾지 못한 채
여러 생을 보냈도다.
생존은 어느 것이나
괴로움의 연속이니라. - 법구경 -

*이 집 지은 이: 이 육체를 만든 존재

한가롭게 지낼 때에 아무 일 없다고 부디 장담하지 말라.

아무 일 없다고 장담하기가 무섭게 걱정거리가 생길 것이다.

맛깔스런 음식이라고 해서 지나치게 즐기면 반드시 재앙이 따르리라.

병난 뒤에 약 드는 것은 병 나기 전에 예방하는 것만 같지 못하리라. - 소강절(邵康節, 송나라 유학자) -

마치 어깨가 떡 벌어진 얼룩 코끼리가
그 무리를 떠나 자유로이 숲속을 거닐 듯이
무소의 뿔처럼 혼자서 가라. - 숫타니피타 -

식다상신, 화다상인食多傷身, 話多傷人.

많이 먹으면 몸을 상하고, 말이 많으면 남에게 상처를 입힌다.

젊을 때 수행하지 않고
정신의 재산 모아두지 못한 이는
부러진 활처럼 쓰러진 채
하염없이 지난 일을 탄식하리라. - 법구경 -

아무리 신통한 묘약이라도 원한으로 멍든 병은 고칠 수 없고,

뜻밖에 생긴 재물로는 명운이 다한 사람을 부자로 만들지 못한다.

일거리 만들어 놓고 나서 일거리 생긴 것을 그대는 원망치 말지어다.

그대가 남을 해꼬지 하고 나서 남이 그대를 해꼬지 한다고 성내지 말라.

천지자연에는 인과응보의 이치가 살아 있나니,

멀리는 자손에게, 가까이는 그대 자신에게 미치느니라. - 재동제군(梓童帝君, 도가에서 받드는 신)의 수훈垂訓 -

(선도체험기 109권에 계속됨. 109권은 이 책이 나간 지 3~4개월 후 발행될 예정임)

저자 약력

경기도 개풍 출생
1963년 포병 중위로 예편
1966년 경희대학교 영어영문학과 졸업
코리아 헤럴드 및 코리아 타임즈 기자생활 23년
1974년 단편 『산놀이』로 《한국문학》 제1회 신인상 당선
1982년 장편 『훈풍』으로 삼성문예상 당선
1985년 장편 『중립지대』로 MBC 6.25문학상 수상

저서로는 단편집 『살려놓고 봐야죠』(1978년), 대일출판사, 민족미래소설 『다물』(1985년), 정신세계사, 장편 『소설 환단고기』(1987년), 도서출판 유림, 『인민군』 3부작(1989년), 도서출판 유림, 『소설 단군』 5권(1996년), 도서출판 유림, 소설선집 『산놀이』 ①(2004년), 『가면 벗기기』 ②(2006년), 『하계수련』 ③(2006년), 지상사, 『선도체험기』 시리즈 등이 있다.

선도체험기 108권

2014년 8월 5일 초판 인쇄
2014년 8월 12일 초판 발행

지은이 김 태 영
펴낸이 한 신 규
편 집 안 혜 숙
펴낸곳 글앤북
주 소 138-210 서울특별시 송파구 동남로 11길 19(가락동)
전 화 Tel. 070-7613-9110 Fax. 02-443-0212
등 록 2013년 4월 12일(제25100-2013-000041호)
E-mail geul2013@naver.com

ISBN 979-11-950284-8-1 03810 정가 15,000원